中等职业教育教材
职业技能鉴定教材

U0140758

数控车床操作工
（中级）

于万成　主　编

王桂莲　副主编

电子工业出版社

Publishing House of Electronics Industry

北京·BEIJING

内 容 简 介

本书根据技能型人才培养培训指导方案中核心教学与训练要求及中级数控车工考核标准要求编写。全书共分十二章，分别为数控车床操作工考核标准介绍、数控车削加工技术基础、数控车床的机械结构、数控车削加工常用的量具与刀具、工件的定位与装夹、数控车削加工工艺、数控机床编程基础、FANUC Oi Mate—TB 系统数控车床编程与操作、GSK980 TD 系统数控车床编程与操作、华中 HNC—21/22T 系统数控车床编程与操作、零件加工实训、数控车床维护和故障诊断。本书图文并茂，形象直观，文字简明扼要，通俗易懂。

本书既可作为数控技术应用专业技能型人才培养培训教材，也可作为职业院校数控专业教材及机械工人岗位培训和自学用书。

图书在版编目（CIP）数据

数控车床操作工：中级 / 于万成主编. —北京：电子工业出版社，2009.1
中等职业教育教材. 职业技能鉴定教材
ISBN 978-7-121-07834-7

Ⅰ. 数… Ⅱ. 于… Ⅲ. 数控机床：车床—操作—专业学校 Ⅳ. TG519.1

中国版本图书馆 CIP 数据核字（2008）第 181675 号

策划编辑：杨宏利
责任编辑：陈心中
印　　刷：北京丰源印刷厂
装　　订：涿州市桃园装订有限公司
出版发行：电子工业出版社
　　　　　北京市海淀区万寿路 173 信箱　邮编 100036
开　　本：787×1092　　1/16　　印张：15.75　　字数：401 千字
印　　次：2009 年 1 月第 1 次印刷
印　　数：4000 册　　定价：23.50 元

前言

本教材充分考虑学生的特点，以数控技术应用和中级数控车床操作工技能考核要求为主线，结合企业需求，合理设计理论知识点和复习训练，重点考虑培养学生的数控车床加工工艺分析能力、编程能力和实际操作能力。

在本书编写过程中注重各个数控系统编程的特点与联系，以便学生掌握基本的指令使用方法，并能融会贯通、举一反三。通过综合实训巩固编程指令的综合使用方法。

本书共分为十二章：第1章数控车床操作工考核标准介绍、第2章数控车削加工技术基础、第3章数控车床的机械结构、第4章数控车削加工常用的量具与刀具、第5章数控车床上工件的定位与装夹、第6章数控车削加工工艺、第7章数控机床编程基础、第8章 FANUC Oi Mate—TB 系统数控车床编程与操作、第9章 GSK980 TD 系统数控车床编程与操作、第10章华中 HNC-21/22T 系统数控车床编程与操作、第11章零件加工实训、第12章数控车床维护和故障诊断。其中，第1章、第2章由山东荣成第二十三中学王玲玲编写，第7章、第9章、第11章由山东省轻工工程学校于万成编写，第3章由山东平度职教中心于修君编写，第4章由山东青岛市即墨市第一职业中等专业学校鲁泽鹏编写，第8章、第10章由山东省轻工工程学校潘克江编写，第5章、第6章、第12章由山东省轻工工程学校王桂莲编写，全书由于万成、王桂莲统稿。

为了方便教师教学，本书还配有教学指南、电子教案及习题答案（电子版）。请有此需要的教师登录华信教育资源网（www.huaxin.edu.cn 或 www.hxedu.com.cn）免费注册后再进行下载，有问题时请在网站留言板留言或与电子工业出版社联系（E-mail：hxedu@phei.com.cn）。

由于时间仓促和水平有限，书中难免有错误之处，恳请读者指正，谢谢。

编者
2008 年 12 月

目 录

第1章 数控车床操作工考核标准介绍

【教学目标】

掌握中级数控车床操作工职业概况与基本要求；掌握数控车床的安全操作规程；掌握数控车床的文明生产和职业守则；通过学习，能够正确操作机床，保证安全操作。

【工具设备】

数控车床若干。

【教学方法与课时安排】

教师讲授、演示、演示与学生讨论相结合的教学法。共用2～4学时。

1.1 中级数控车床操作工职业概况与基本要求

1.1.1 职业概况

1. 职业名称

数控车工。

2. 职业定义

从事编制数控加工程序并操作数控车床进行零件车削加工的人员。

3. 职业等级

本职业共设四个等级，分别为：中级（国家职业资格四级）、高级（国家职业资格三级）、技师（国家职业资格二级）、高级技师（国家职业资格一级）。

4. 职业环境

室内、常温。

5. 职业能力特征

具有较强的计算能力和空间感，形体知觉及色觉正常，手指、手臂灵活，动作协调。

6. 基本文化程度

高中毕业（或同等学历）。

7. 培训要求

（1）培训期限

全日制职业学校教育，根据其培养目标和教学计划确定。晋级培训期限：中级不少于400标准学时；高级不少于300标准学时；技师不少于200标准学时；高级技师不少于200标准学时。

（2）培训教师

培训中、高级人员的教师应取得本职业技师及以上职业资格证书或相关专业中级及以上专业技术职称任职资格；培训技师的教师应取得本职业高级技师职业资格证书或相关专业高级专业技术职称任职资格；培训高级技师的教师应取得本职业高级技师职业资格证书2年以上或取得相关专业高级专业技术职称任职资格2年以上。

（3）培训场地设备

满足教学要求的标准教室、计算机机房及配套的软件、数控车床及必要的刀具、夹具、量具和辅助设备等。

8. 鉴定要求

（1）适用对象

从事或准备从事本职业的人员。

（2）申报条件

中级（具备以下条件之一者）：

① 经本职业中级正规培训达规定标准学时数，并取得结业证书。

② 连续从事本职业工作5年以上。

③ 取得经劳动保障行政部门审核认定的，以中级技能为培养目标的中等以上职业学校本职业（或相关专业）毕业证书。

④ 取得相关职业中级《职业资格证书》后，连续从事本职业2年以上。

（3）鉴定方式

分为理论知识考试和技能操作考核。理论知识考试采用闭卷方式，技能操作（含软件应用）考核采用现场实际操作和计算机软件操作方式。理论知识考试和技能操作（含软件应用）考核均实行百分制，成绩皆达60分及以上者为合格。

（4）考评人员与考生配比

理论知识考试考评人员与考生配比为1:15,每个标准教室不少于2名相应级别的考评员；技能操作（含软件应用）考核考评员与考生配比为1:2,且不少于3名相应级别的考评员；综合评审委员不少于5人。

（5）鉴定时间

理论知识考试为120分钟，技能操作考核中实操时间为：中级不少于240分钟。

（6）鉴定场所设备

理论知识考试在标准教室里进行，软件应用考试在计算机机房进行，技能操作考核在配备必要的数控车床及必要的刀具、夹具、量具和辅助设备等。

1.1.2　基本要求

1．职业道德

（1）职业道德基本知识

（2）职业守则

① 遵守国家法律、法规和有关规定。

② 具有高度的责任心，爱岗敬业，团结合作。

③ 严格执行相关标准、工作程序与规范、工艺文件和安全操作规程。

④ 学习新知识新技能、勇于开拓和创新。

⑤ 爱护设备、系统及工具、夹具、量具。

⑥ 着装整洁，符合规定；保持工作环境清洁有序，文明生产。

2．基础知识

（1）基础理论知识

① 机械制图知识

② 工程材料及金属热处理知识

③ 机电控制知识

④ 计算机基础知识

⑤ 专业英语基础

（2）机械加工基础知识

① 机械原理知识

② 常用设备知识（分类、用途、基本结构及维护保养方法）

③ 常用金属切削刀具知识

④ 典型零件加工工艺

⑤ 设备润滑和冷却液的使用方法

⑥ 工具、夹具、量具的使用与维护知识

⑦ 普通车床、钳工基本操作知识

（3）安全文明生产与环境保护知识

① 安全操作与劳动保护知识

② 文明生产知识

③ 环境保护知识

（4）质量管理知识

① 企业的质量方针

② 岗位质量要求

③ 岗位质量保证措施与责任

（5）相关法律、法规知识

① 劳动法的相关知识

② 环境保护法的相关知识

③ 知识产权保护法的相关知识

3. 中级数控车工工作要求

职业功能	工作内容	技 能 要 求	相 关 知 识
一、加工准备	（一）读图与绘图	1. 能读懂中等复杂程度（如曲轴）的零件图 2. 能绘制简单的轴、盘类零件图 3. 能读懂进给机构、主轴系统的装配图	1. 掌握复杂零件的表达方法 2. 掌握简单零件图的画法 3. 掌握零件三视图、局部视图和剖视图的画法 4. 掌握装配图的画法
	（二）制定加工工艺	1. 能读懂复杂零件的数控车床加工工艺文件 2. 能编制简单（轴、盘）零件的数控加工工艺文件	会制定数控车床加工工艺文件
	（三）零件定位与装夹	能使用通用夹具（如三爪卡盘、四爪卡盘）进行零件装夹与定位	1. 掌握数控车床常用夹具的使用方法 2. 掌握零件定位、装夹的原理和方法
	（四）刀具准备	1. 能够根据数控加工工艺文件选择、安装和调整数控车床常用刀具 2. 能够刃磨常用车削刀具	1. 掌握金属切削与刀具刃磨知识 2. 掌握数控车床常用刀具的种类、结构和特点 3. 掌握数控车床、零件材料、加工精度和工作效率对刀具的要求
二、数控编程	（一）手工编程	1. 能编制由直线、圆弧组成的二维轮廓数控加工程序 2. 能编制螺纹加工程序 3. 能够运用固定循环、子程序进行零件的加工程序编制	1. 掌握数控编程知识 2. 掌握直线插补和圆弧插补的原理 3. 掌握坐标点的计算方法
	（二）计算机辅助编程	1. 能够使用计算机绘图设计软件绘制简单（轴、盘、套）零件图 2. 能够利用计算机绘图软件计算节点	掌握计算机绘图软件（二维）的使用方法
三、数控车床操作	（一）操作面板	1. 能够按照操作规程启动及停止机床 2. 能使用操作面板上的常用功能键（如回零、手动、MDI、修调等）	1. 熟悉数控车床操作说明书 2. 掌握数控车床操作面板的使用方法
	（二）程序输入与编辑	1. 能够通过各种途径（如 DNC、网络等）输入加工程序 2. 能够通过操作面板编辑加工程序	1. 掌握数控加工程序的输入方法 2. 掌握数控加工程序的编辑方法 3. 掌握网络知识
	（三）对刀	1. 能进行对刀并确定相关坐标系 2. 能设置刀具参数	1. 掌握对刀的方法 2. 掌握坐标系的知识 3. 掌握刀具偏置补偿、半径补偿与刀具参数的输入方法
	（四）程序调试与运行	能够对程序进行校验、单步执行、空运行并完成零件试切	掌握程序调试的方法

职业功能	工作内容	技 能 要 求	相 关 知 识
四、零件加工	（一）轮廓加工	1. 能进行轴、套类零件加工，并达到以下要求： （1）尺寸公差等级：IT6 （2）形位公差等级：IT8 （3）表面粗糙度：$R_a1.6\mu m$ 2. 能进行盘类、支架类零件加工，并达到以下要求： （1）轴径公差等级：IT6 （2）孔径公差等级：IT7 （3）形位公差等级：IT8 （4）表面粗糙度：$R_a1.6\mu m$	1. 掌握内外径的车削加工方法、测量方法 2. 掌握形位公差的测量方法 3. 掌握表面粗糙度的测量方法
	（二）螺纹加工	能进行单线等节距的普通三角螺纹、锥螺纹的加工，并达到以下要求： （1）尺寸公差等级：IT6～IT7级 （2）形位公差等级：IT8 （3）表面粗糙度：$R_a1.6\mu m$	1. 掌握常用螺纹的车削加工方法 2. 掌握螺纹加工中的参数计算
	（三）槽类加工	能进行内径槽、外径槽和端面槽的加工，并达到以下要求： （1）尺寸公差等级：IT8 （2）形位公差等级：IT8 （3）表面粗糙度：$R_a3.2\mu m$	掌握内、外径槽和端槽的加工方法
	（四）孔加工	能进行孔加工，并达到以下要求： （1）尺寸公差等级：IT7 （2）形位公差等级：IT8 （3）表面粗糙度：$R_a3.2\mu m$	掌握孔的加工方法
	（五）零件精度检验	能够进行零件的长度、内外径、螺纹、角度精度检验	1. 掌握通用量具的使用方法 2. 掌握零件精度检验及测量方法
五、数控车床维护和故障诊断	（一）数控车床日常维护	能够根据说明书完成数控车床的定期及不定期维护保养，包括机械、电、气、液压、冷却、数控系统检查和日常保养等	1. 掌握数控车床说明书 2. 掌握数控车床日常保养方法 3. 掌握数控车床操作规程 4. 掌握数控系统（进口与国产数控系统）使用说明书
	（二）数控车床故障诊断	1. 能读懂数控系统的报警信息 2. 能发现并排除由数控程序引起的机床一般故障	1. 掌握使用数控系统报警信息表的方法 2. 掌握数控车床的编程和操作故障诊断方法
	（三）机床精度检查	能进行机床水平的检查	1. 掌握水平仪的使用方法 2. 掌握机床垫铁的调整方法

1.2 数控车床的安全操作规程

数控车床是一种自动化程度高、结构复杂且又昂贵的先进加工设备，它与普通车床相比具有加工精度高、加工灵活、通用性强、生产效率高、质量稳定等优点，特别适合加工多品种、小批量形状复杂的零件，在企业生产中有着至关重要的地位。数控车床操作者除了应掌握好数控车床的性能、精心操作外，还要管好、用好和维护好数控车床，养成文明生产的良好工作习惯和严谨的工作作风，具有良好的职业素质和高度责任心，做到安全文明生产，严格遵守数控车床安全规则和安全操作规则。

1.2.1 数控车床一般安全规则

（1）操作必须穿工作服，戴袖套和防护眼镜，女同志要戴安全帽。

（2）为了防止铁屑飞入眼睛，操作时应戴防护眼镜。

（3）操作时不准戴手套。

（4）操作时必须集中精力，车床开动时不得离开车床或做与操作无关的事，更不允许在车床周围说笑、打闹。

（5）装夹刀具和工件必须牢固。

（6）卡盘扳手用完后必须随手取下，以防飞出伤人。

（7）不能用手刹住正在旋转的卡盘或齿轮、丝杠等。

（8）车床主轴未停稳时，不能用精密量具测量工件。

（9）在切削工件期间不要清理切屑。

（10）清除切屑要用钩子和刷子，不可用手直接清除。

（11）不可用手触摸转动着的卡盘或工件表面。

（12）安装或卸下刀具都应在停车状态下进行。

（13）一定要在停车的状态下调整冷却液的喷嘴。

（14）未经允许任何人不得动用车床。

（15）不得倚靠在车床上操作。

（16）不要随便装拆车床上的电气设备和其他附件。

（17）工作完毕后，必须清除车床及其周围的铁屑和冷却液，并用棉纱将床面擦干净后加上机油。

1.2.2 数控车床操作安全规则

（1）操作人员必须熟悉机床使用说明书上的有关资料，如主要技术参数、传动原理、主要结构、润滑部位及维护保养等一般知识。

（2）开机前应对机床进行全面细致的检查，确认无误后方可操作。

（3）机床通电后，检查各开关、按钮和键是否正常、灵活，机床有无异常现象。

（4）检查电压、气压、油压是否正常，有手动润滑的部位要先进行手动润滑。

（5）机床空运转达 15 min 以上，使机床达到热平衡状态。

（6）加工前使各坐标轴手动回零（机床原点）。

（7）程序输入后，应认真核对，确保无误，其中包括对代码、指令、地址、数值、正负号、小数点及语法的查对。

（8）正确测量和计算工件坐标系，并对所得结果进行验证和验算。

（9）将工件坐标系输入到偏置页面，并对坐标、坐标值、正负号、小数点进行认真核对。

（10）未装工件以前，空运行一次程序，看程序能否顺利执行，刀具长度的选取和夹具的安装是否合理，有无超程现象。

（11）刀具补偿值（位置、半径）输入偏置页面后，要对刀补号、补偿值、正负号、小数点进行认真核对。

（12）检查各刀头的安装方向及各刀具旋转方向是否合乎程序要求。

（13）查看各刀杆前后部位的形状和尺寸是否合乎程序要求。

（14）无论是首次加工的零件，还是周期性重复加工的零件，首件都必须对照图样、工艺程序和刀具调整卡，进行逐段程序的试切。

（15）单段试切时，快速倍率开关必须打到最低挡。

（16）每把刀首次使用时，必须先验证它的实际长度与所给刀补值是否相符。

（17）在程序运行中，要观察数控系统上的坐标显示，了解目前刀具运动点在机床坐标系及工件坐标系中的位置；了解程序段的位移量、还剩余多少位移量等。

（18）程序运行中也要观察数控系统工作寄存器和缓冲寄存器显示，查看正在执行的程序段各状态指令和下一个程序段的内容。

（19）在程序运行中要重点观察数控系统上的主程序和子程序，了解正在执行主程序段的具体内容。

（20）试切和加工中，刃磨刀具和更换刀具后，一定要重新测量刀长并修改好刀补值和刀补号。

（21）程序检索时应注意光标所指位置是否合理、准确，并观察刀具与机床运动方向坐标是否正确。

（22）程序修改后，对修改部分一定要仔细计算和认真核对。

（23）手摇进给和手动连续进给操作时，必须检查各种开关所选择的位置是否正确，弄清正、负方向，认准按键，然后再进行操作。

（24）在确认工件夹紧后才能启动机床，严禁工件转动时测量、触摸工件。

（25）操作中出现工件跳动、打抖、异常声音、夹具松动等异常情况时必须立即停机处理。

（26）自动加工过程中，不允许打开机床防护门。

（27）严禁盲目操作或误操作。

（28）加工镁合金工件时，应戴防护面罩，注意及时清理加工中产生的切屑。

（29）一批零件加工完成后，应核对程序、偏置页面、调整卡及工艺中的刀具号、刀补值，并做必要的整理、记录。

（30）操作结束后，要做好机床卫生清扫工作，擦净导轨面上的切削液，并涂防锈油，以防止导轨生锈。

（31）依次关闭机床操作面板上的电源开关和总电源开关。

1.3　数控车床的文明生产和职业守则

现代工厂对文明生产都十分重视，因为它直接关系着产品的质量和企业的荣誉，因此，在学习车工操作技能的同时，必须培养文明生产的习惯。

1.3.1　文明生产

文明生产主要包括以下几个方面内容：

（1）工作服、鞋、帽等应经常保持整洁。

（2）正确使用机床，做好机床设备的维护保养工作，使设备经常处于完好状态。

① 上班前向机床各油孔注油，并使主轴低速空转 $1\sim2$ min，让润滑油散布到各润滑点。

② 操作时切削用量不能选得过大，防止机床因超负荷运转而损坏。机床导轨上不应直接安放工具和杂物。

③ 主轴运转时不得变换转速，进给箱变速允许在低速下进行。

④ 下班前应清除机床上及机床周围的切屑，并在各油孔及导轨上加油。

（3）图样、工艺卡片安放位置应便于阅读，并注意保持清洁和完整。

（4）工具、刃具和量具都要按现代工厂对定置管理的要求，做到分类定置和分格存放。要求做到重的放下面，轻的放上面；不常用的放里面，常用的放在随手可取的方便处。应按工具箱内的定置图示位置存放，每班工作结束应整理清点一次。

（5）精加工零件应用工位器具存放，使加工面隔开，以防止相互磕碰而损伤表面。精加工表面完工后，应适当涂油以防锈蚀。

1.3.2　数控车工职业守则

（1）遵守法律、法规和有关规定。

（2）爱岗敬业，忠于职守，具有高度的责任心。

（3）努力钻研业务，刻苦学习，勤于思考，善于观察。

（4）工作认真负责，严于律己，吃苦耐劳，团结合作。

（5）遵守操作规程，坚持安全生产。

（6）着装整洁，符合规定，爱护设备及工具、夹具、刀具、量具。

（7）严格执行工作程序、工作规范、工艺文件。

（8）保持工作环境清洁有序，文明生产。

【知识训练】

1. 中级数控车床操作工职业概况与基本要求有哪些？

2. 数控车床的安全操作规程是什么？

3. 数控车床的文明生产和职业守则有哪些？

第2章　数控车削加工技术基础

【教学目标】

掌握数控车床的用途、组成及各部分功能；掌握数控车床的分类方法，以及主要用途；了解数控车床的发展趋势；掌握数控车床的工作原理，了解数控车床的工作过程；能够根据零件的形状特点正确选择合理的机床。

【工具设备】

数控车床。

【教学方法与课时安排】

教师讲授、演示与学生讨论和实训相结合的项目教学法。共用 6 学时。

2.1　数控车床的分类及组成

数控车床，即用计算机数字控制的车床。主要用于对各种形状不同的轴类或盘类回转表面进行车削加工。在数控车床上可以进行车内外圆、车端面、钻孔、镗孔、铰孔、切槽、车螺纹、滚花、车锥面、车成形面、攻螺纹以及高精度的曲面及端面螺纹等的加工。

数控车床上所使用的刀具有车刀、钻头、铰刀、镗刀以及螺纹刀具等加工刀具。数控车床加工零件的尺寸精度可达 IT5～IT6，表面粗糙度 R_a 可达 1.6μm 以下。

2.1.1　数控车床的分类

随着数控车床制造技术的不断发展，形成了产品繁多、规格不一的局面。对数控车床的分类有多种方法。

1. 按数控系统的功能分类

（1）经济型数控车床

经济型数控车床（图 2.1）是在普通车床基础上进行改进设计的，一般采用步进电动机驱动的开环伺服系统。此类车床结构简单，价格低廉，但无刀尖圆弧半径自动补偿和恒线速切削等功能。

（2）全功能型数控车床

全功能型数控车床（图 2.2）一般采用闭环或半闭环控制系统，可以进行多个坐标轴的控制，具有高刚度、高精度和高效率等特点。

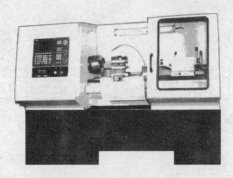
图 2.1　经济型数控车床

图 2.2　全功能型数控车床

（3）车削中心

车削中心（图 2.3）是在全功能型数控车床基础上发展而来的。它的主体是全功能型数控车床，并配置刀库、换刀装置、分度装置、铣削动力头和机械手等，可实现多工序的车、铣复合加工。在工件一次装夹后，它可完成对回转体类零件的车、铣、钻、铰、攻螺纹等多种加工工序，其功能全面，加工质量和速度都很高，但价格也较贵。

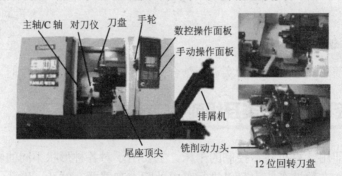
图 2.3　车削中心

（4）FMC 车床

FMC（Flexible Manufacturing Cell）车床实际上是一个由数控车床、机器人等构成的柔性加工单元。它能实现工件搬运、装卸的自动化和加工调整准备的自动化，如图 2.4 所示。

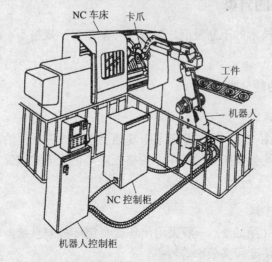
图 2.4　FMC 车床

2．按主轴的配置形式分类

（1）卧式数控车床

即主轴轴线处于水平位置的数控车床，如图 2.1 和图 2.2 所示。

（2）立式数控车床

即主轴轴线处于垂直位置的数控车床，如图 2.5 所示。此外，还有具有两根主轴的车床，称为双轴卧式数控车床或双轴立式数控车床，如图 2.6 所示。

图 2.5　立式数控车床

图 2.6　双主轴车床

3．按数控系统控制的轴数分类

（1）两轴控制的数控车床

机床上只有一个回转刀架，可实现两坐标轴控制。

（2）四轴控制的数控车床

机床上有两个独立的回转刀架，可实现四轴控制。

4．其他分类方法

按加工零件的基本类型分为卡盘式数控车床，顶尖式数控车床；按数控系统的不同控制方式分为直线控制数控车床，轮廓控制数控车床等；按性能可分为多主轴车床，双主轴车床，纵切式车床，刀塔式车床，排刀式车床等。

2.1.2　数控车床的组成和用途

1．数控车床的组成

数控车床一般由以下几个部分组成。

（1）车床本体

本体是数控车床的机械部件，主要包括床身、主轴箱、刀架、尾座、进给传动机构等。

（2）数控系统

数控系统是数控车床的控制核心，其主体是一台计算机（包括 CPU、存储器、总线、输入和输出接口等）。

（3）伺服驱动系统

伺服驱动系统是数控车床切削工作的动力部分，主要实现主运动和进给运动，由伺服驱动电路和伺服驱动装置两大部分组成。

（4）辅助装置

辅助装置是数控车床中一些为加工服务的配套部分，如液压、气动装置、冷却、照明、润滑、防护和排屑装置等。

（5）机电接口

数控机床的许多功能（如自动换刀、冷却热开关、离合器开关等）由可编程控制器完成的逻辑程序控制，这些逻辑开关的动力由强电线路提供，必须经过接口电路转换成 PLC 可接收的信号。

2．数控车床的用途

数控车床的用途与普通车床一样，主要用来加工轴类或盘类的回转体零件。数控车床是通过程序控制来自动完成内外圆柱面、圆锥面、圆弧面、端面和圆柱螺纹、锥螺纹、多头螺纹等的切削加工，并能进行切槽、切断、钻孔、扩孔和铰孔等工作。

数控车床相对于普通车床而言，加工精度高、质量稳定、适应性强且自动化程度高，可大大提高劳动生产率，降低劳动强度，因此特别适合精度高、形状复杂、多品种中小批量零件的加工。

【知识训练】

1．试述数控车床有哪几种分类方法？
2．数控车床一般由哪几个部分组成？
3．数控机床本体包括哪几部分？

2.2　数控车床加工的特点与适用范围

1．数控车床加工的特点

与普通卧式车床加工相比，数控车床加工具有如下特点：

（1）自动化程度高　在数控车床上加工零件时，除了手工装卸零件外，全部加工过程都可由数控车床自动完成，大大地减轻了操作者的劳动强度，改善了劳动条件。

（2）具有加工复杂形状的能力　用手工难以控制尺寸的零件，如外形轮廓为椭圆、内腔为成形面的复杂形状零件等，可用数控车床很方便地加工。

（3）加工精度高，质量稳定　数控车床是按照编制好的加工程序进行工作的，加工过程很少有人参与或调整，因此成熟的数控程序在运行中不受操作者的技术水平或者情绪的影响，加工精度稳定。

（4）生产效率高　因为数控车床自动化程度高，具有自动换刀和其他辅助操作自动化等功能，而且工序较为集中。同时在加工中可采用较大的切削用量，有效地减少了加工中的切削时间，大大提高了劳动生产率，缩短生产周期。

（5）不足之处的主要表现　要求操作者技术水平高，数控车床价格高，加工成本高，技术复杂，对加工编程要求高，加工中难以调整，维修困难等。

2．数控车床加工适用范围

（1）形状复杂、加工精度要求高，特别是较为复杂的回转曲线等方面的零件。
（2）产品更换频繁、生产周期要求短的场合。
（3）小批量生产的零件。
（4）价值较高的零件等。

【知识训练】

简述数控车床的特点及加工范围。

2.3　数控装置与数控车床的工作过程

2.3.1　数控装置（CNC 装置）的工作过程

CNC 装置的工作过程是在硬件的支持下，执行软件的过程。CNC 装置的工作原理是通过输入设备输入机床加工零件所需的各种数据信息，经过译码、计算机的处理、运算，将每个坐标轴的移动分量送到其相应的驱动电路，经过转换、放大，驱动伺服电动机，带动坐标轴运动，同时进行实时位置反馈控制，使每个坐标轴都能精确移动到指令所要求的位置。

1．输入

CNC 装置开始工作时，首先要通过输入设备完成加工零件各种数据信息的输入工作。输入给 CNC 装置的各种数据信息包括零件程序、控制参数和补偿数据。输入的方式有光电阅读机纸带输入、键盘输入、磁盘输入、通信接口输入和连接上级计算机的 DNC 接口输入。在输入过程中 CNC 装置还要完成输入代码校验和代码转换。输入的全部数据信息都存放在 CNC 装置的内存储器中。

2．译码

在输入过程完成之后，CNC 装置就要对输入的信息进行译码，即将零件程序以程序段为单位进行处理，把其中的零件轮廓信息、加工速度信息及其他辅助信息，按照一定的语法规则解释成计算机能识别的数据形式，并以一定的数据指令格式存放在指定的内存专用区内。

在译码过程中还要完成对程序段的语法检查等工作。若发现语法错误便立即报警显示。

3．刀具补偿

通常情况下，CNC 机床是以零件加工轮廓轨迹来编程的，但是 CNC 装置实际控制的是刀具中心轨迹（刀架中心点和刀具中心点），而不是刀尖轨迹。刀具补偿的作用是把零件轮廓轨迹转换为刀具中心轨迹。刀具补偿是 CNC 装置在实时插补前要完成的一项插补准备工作。刀具补偿包括刀具半径补偿和刀具长度补偿（刀具偏置）。目前，在较先进的 CNC 装置中，刀具补偿的功能还包括程序段之间的自动转接和切削判别，即所谓的 C 功能刀具补偿。

4．进给速度处理

CNC 装置在实时插补前要完成的另一项插补准备工作是进给速度处理。因为编程指令给出的刀具移动速度是在各坐标合成方向上的速度，进给速度处理要根据合成速度计算出各坐标方向的分速度。此外，还要对机床允许的最低速度和最高速度的限制进行判别处理，以及用软件对进给速度进行自动加减速处理。

5．插补

插补就是通过插补程序在一条已知曲线的起点和终点之间进行"数据点的密化"工作。CNC 装置中有一个采样周期，即插补周期，一个插补周期形成一个微小的数据段。若干个插补周期后实现从曲线的起点到终点的加工。插补程序在一个插补周期内运行一次，程序执行的时间直接决定了进给速度的大小。因此，插补计算的实时性很强，只有尽量缩短每一次插补运算的时间，才能提高最大进给速度和留有一定的空闲时间，以便更好地处理其他工作。

6．位置控制

一般位置控制是在伺服系统的位置环上。位置控制可以由软件完成，也可以由硬件完成。它的主要任务是在每个采样周期内，将插补计算出的指令位置与实际位置反馈相比较，获得差值去控制进给伺服电动机。在位置控制中，通常还要完成位置回路的增益调整、各坐标方向的螺距误差补偿和反向间隙补偿，以提高机床的定位精度。

7．I/O 接口

I/O 接口主要是处理 CNC 装置与机床之间强电信号的输入、输出和控制，例如换刀、换挡、冷却等。

8．显示

CNC 装置显示的主要作用是便于操作者对机床进行各种操作，通常有零件程序显示、参数显示、刀具位置显示、机床状态显示、报警显示等。有些 CNC 装置中还有刀具加工轨迹的静态和动态图形显示。

9．诊断

现代 CNC 机床都具有联机和脱机诊断功能。联机诊断是指 CNC 装置中的自诊断程序随时检查不正常的事件。脱机诊断是指系统空运转条件下的诊断。一般 CNC 装置都配备脱机诊断程序，用以检查存储器、外围设备和 I/O 接口等。脱机诊断还可以采用远程通信方式进行诊断。把用户的 CNC 装置通过电话线与远程通信诊断中心的计算机相连，由诊断中心计算机对 CNC 机床进行诊断、故障定位和修复。

2.3.2 数控车床的工作过程

数控车床的工作过程如图 2.7 所示。

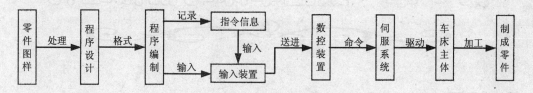

图 2.7 数控车床的工作过程

（1）根据零件图所给出的形状、尺寸、材料及技术要求等内容，进行各项准备工作，包括程序设计、数值计算及工艺处理等。

（2）将上述程序和数值按数控装置所规定的程序指令格式编制出加工程序，通过输入（手工或计算机传输等）方式，将加工程序的内容输送到数控装置。程序较小时，可以直接在车床的操作面板的输入区域操作；程序较大时，也可在装有编程软件的普通计算机上进行。编程软件国内一般采用模拟软件和专业软件，经过相应的后置处理，生成加工程序。再通过车床控制系统上的通信接口或其他存储介质（软盘、光盘等），把生成的加工程序输入到车床的控制系统中。

（3）数控装置将数控系统接收来的程序"翻译"为二进制的机器码，再转换为控制 X、Z 方向运动的电脉冲信号以及其他辅助处理信号，以脉冲信号的形式向伺服系统发出指令，要求伺服系统执行。

（4）伺服系统接到执行的信号指令后，通过伺服机构处理，传到驱动装置（主轴电机、步进或交、直流伺服电动机），立即驱动车床的进给运动机构严格按照指令的要求进行位移，使数控车床自动完成相应零件的加工。

【知识训练】

1．什么是插补？

2．数控车床加工零件之前需要做哪些准备工作？数控车床是怎样工作的？

第 3 章　数控车床的机械结构

【教学目标】

掌握数控车床机械结构的特点和组成，能正确说出车床各部分的功用。

【工具设备】

数控车床若干。

【教学方法与课时安排】

教师讲授、演示与学生讨论相结合的教学法。共用 8 学时。

3.1　数控车床的布局

3.1.1　数控车床的机械结构及布局

1. 典型数控车床的机械结构系统组成

典型数控车床的机械结构系统仍由主轴传动机构、进给传动机构、刀架、床身、辅助装置（刀具自动交换机构、润滑与切削液装置、排屑、过载限位）等部分组成（图3.1），只是数控车床的进给系统与卧式车床的进给系统在结构上存在本质上的差别。卧式车床主轴的运动经过挂轮架、进给箱、溜板箱再传到刀架实现纵向和横向进给运动，而数控车床是采用伺服电动机经滚珠丝杠传到滑板和刀架，实现 Z 轴向（纵向）和 X 轴向（横向）进给运动的。

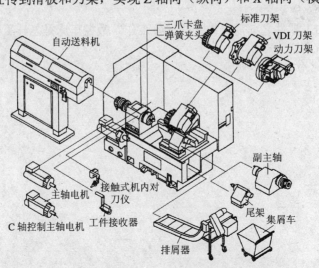

图 3.1　典型数控车床的机械结构系统组成

2. 数控车床的布局

数控车床的主轴、尾座等部件相对于床身的布局形式与普通机床基本一致，而刀架和导轨的布局形式发生了根本的变化，这是因为其直接影响数控车床的使用性能及机床的结构和外观所致。

（1）床身和导轨的布局

数控车床的床身导轨与水平面的相对位置通常有 4 种布局形式：水平床身 [图 3.2（a）]，斜床身 [图 3.2（b）]，平床身斜滑板 [图 3.2（c）]，立床身 [图 3.2（d）]。

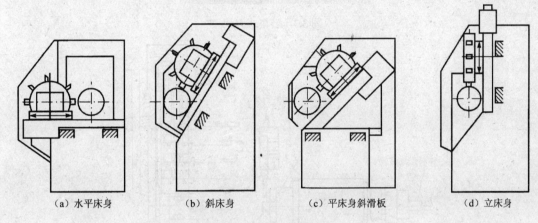

（a）水平床身　　　（b）斜床身　　　（c）平床身斜滑板　　　（d）立床身

图 3.2　数控车床布局

① 水平床身。水平床身配置水平滑板，其工艺性能好，便于导轨面的加工。水平床身配上水平放置的刀架可提高刀架的运动精度，一般用于大型数控车床或小型精密数控车床的布局。但是水平床身由于下部空间小，故排屑困难。从结构尺寸来看，刀架水平放置使得滑板横向尺寸较大，从而加大了机床宽度方向的结构尺寸。

② 斜床身。斜床身配置斜滑板，这种结构的导轨倾斜角度多采用 30°、45°、60°、75° 和 90°。倾斜角度小，排屑不便；倾斜角度大，导轨的导向性及受力情况差。导轨倾斜角度的大小还直接影响机床外形尺寸高度和宽度的比例。综合考虑上面的诸因素，中小规格的数控车床，其床身的倾斜度以 60° 为宜。

③ 平床身斜滑板。水平床身配置倾斜放置的滑板，这种结构通常配置有倾斜式的导轨防护罩，一方面具有水平床身工艺性好的特点，另一方面机床宽度方向的尺寸较水平配置滑板的要小，且排屑方便。一般被中小型数控车床所普遍采用。

④ 立床身。立床身配置导轨倾斜角度为 90° 的滑板。

（2）刀架的布局

刀架作为数控车床的重要部件，它安装各种切削加工工具，其结构和布局形式对机床整体布局及工作性能影响很大。

数控车床的刀架分为转塔式和排刀式刀架两大类。转塔式刀架是普遍采用的刀架形式，它通过转塔头的旋转、分度、定位来实现机床的自动换刀工作。转塔式回转刀架有两种形式，一种主要用于加工盘类零件，其回转轴线垂直于主轴；另一种主要用于加工盘类零件和轴类零件，其回转轴与主轴平行。两坐标连续控制的数控车床，一般采用 6～12 工位转塔式刀架，如图 3.3 所示。排刀式刀架主要用于小型数控车床，适用于短轴或套类零件加工，如图 3.4 所示。

图 3.3　转塔式刀架

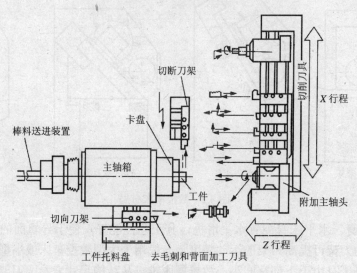

图 3.4　排刀式刀架

3.1.2　数控车床机械结构的特点

数控机床的机械结构和普通机床的机械结构相比，具有如下特点：

（1）支承件的高刚度化　床身、立柱等采用静刚度、动刚度、热刚度特性能较好的支承构件。

（2）传动机构简约化　主轴转速由主轴的伺服驱动系统来调节和控制，取代了普通机床的多级齿轮传动系统，简化了机械传动结构。

（3）传动元件精密化　采用效率、刚度和精度等各方面性能都较好的传动元件，如滚珠丝杠螺母副、静压蜗轮蜗杆副以及带有塑料层的滑动导轨、静压导轨等。

（4）辅助操作自动化　采用多主轴和多刀架结构、刀具与工件的自动夹紧装置、自动换刀装置、自动排屑装置、自动润滑冷却装置、刀具破损检测装置、精度检测和监控装置等，改善了劳动条件，提高了生产率。

【知识训练】

1. 数控机床是怎样布局的？

2. 数控车床机械结构有哪些特点？

3.2　数控车床主轴系统及其传动

3.2.1　数控车床主轴系统的结构形式

主轴系统是数控车床的基本配置，通常工件夹装在主轴上，主轴卡盘带动工件旋转，然后伺服轴带动滑台运动，刀塔固定在滑台上，利用刀塔的车刀进行切削加工。因为车刀切削旋转的工件，所以车床的主轴是一个动力部件。

1. 数控车床的主轴系统一般有三种方式

（1）伺服主轴　现代数控车床使用的主轴一般都采用伺服主轴。伺服主轴的控制系统又分为直流伺服系统和交流伺服系统，现在基本都使用交流伺服系统。

（2）普通主轴　主轴电动机采用普通交流电动机，主轴启动只控制开和关，不控制速度调整。

（3）变频主轴　这种主轴用三相异步电动机加变频器，实现主轴变频。

2. 数控机床的主传动方式主要有三种

数控机床的主传动方式如图 3.5 所示。

（1）带有二级齿轮变速的主传动方式　如图 3.5（a）所示，主轴电动机经过二级齿轮变速，使主轴获得低速和高速两种转速系列，这种分段无级变速，确保低速时的大扭矩，满足机床对扭矩特性的要求，是大中型数控机床采用较多的一种配置方式。

（2）通过定比传动的主传动方式　如图 3.5（b）所示，主轴电动机经定比传动传递给主轴，定比传动采用齿轮传动或带传动。带传动方式主要应用于小型数控机床上，可以避免齿轮传动的噪声与振动。

（3）由主轴电动机直接驱动的主传动方式　如图 3.5（c）所示，电动机轴与主轴用联轴器同轴联结。这种方式大大简化了主轴结构，有效地提高了主轴刚度。但主轴输出扭矩小，电动机的发热对主轴精度影响较大。近年来出现了一种电主轴，该主轴本身就是电动机的转子，主轴箱体与电动机定子相连。其优点是主轴部件结构更紧凑，质量小，惯性小，可提高启动、停止的响应特性；缺点同样是热变形问题。

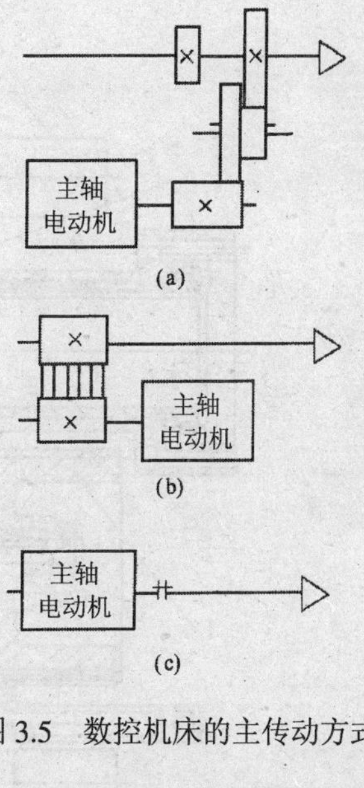

图 3.5　数控机床的主传动方式

3. CK6136 数控卧式车床的传动系统

如图 3.6 所示的 CK6136 数控卧式车床的传动系统图中，主运动传动由主轴直流伺服电动机（27kW）驱动，经齿数为 27/48 同步齿形带传动到主轴箱中的轴Ⅰ上。再经轴Ⅰ上双联滑移齿轮，经齿轮副 84/60 或 29/86 传递到轴Ⅱ（即主轴），使主轴获得高（800r/min～3150r/min）、低（7r/min～800r/min）二挡转速范围。在各转速范围内，由主轴伺服电动机驱动实现无级变速调速。主轴箱内部省去了大部分齿轮传动变速机构，因此减小了齿轮传动对主轴精度的影响，并且维修方便，振动小。

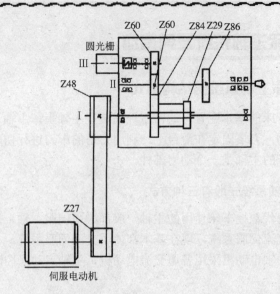

图 3.6　CK6136 数控卧式车床的传动系统图

3.2.2　CK6136 数控卧式车床主轴箱结构

数控车床主轴箱是一个比较复杂的传动部件。图 3.7 为 CK6136 数控车床的主轴箱展开图，该图是沿轴 I → II → III 的轴线剖开后展开的。

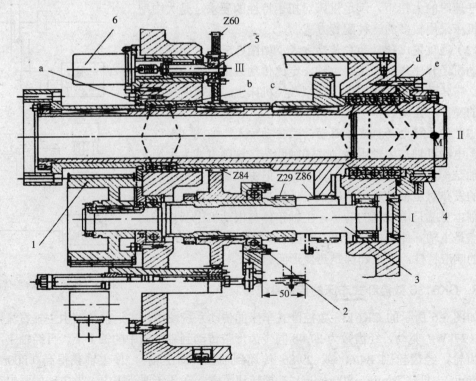

1—带轮；2—拨叉轴承；3—联滑移齿传动轴；4—主轴；5—检测轴；6—主轴编码器

图 3.7　CK6136 数控车床的主轴箱展开图

1．变速轴（Ⅰ轴）

变速轴是花键轴。左端装有齿数为 48 的同步齿形带轮，接受来自主电动机的运动。轴上花键部分安装有一双联滑移齿轮，齿轮齿数分别为 29 和 84。29 齿轮工作时，主轴运转在低速区；84 齿轮工作时，主轴运转在高速区。双联滑移齿轮为分体组合形式，上面装有拨叉轴承，拨叉轴承隔离齿轮与拨叉的运动。双联滑移齿轮由液压缸带动拨叉驱动，在轴Ⅰ上轴向移动，分别实现齿轮副 29/86、84/60 的啮合，完成主轴的变速。变速轴靠近带轮的一端是球轴承支承，外圈固定；另一端由长圆柱滚子轴承支承，外圈在箱体上不固定，以提高轴的刚度和减小热变形的影响。

2．主轴组件（Ⅱ轴）

数控机床的主轴是一个空心的阶梯轴，主轴的内孔是用于通过长的棒料及卸下顶尖时穿过钢棒，也可用于通过气动、电动及液压夹紧装置的机构。主轴前端采用短圆锥法兰盘式结构，用于定位安装卡盘和拨盘。

主轴安装在 2 个支承上，这种主轴转速较高，要求的刚性也较高，所以前、后支承都用角接触球轴承（可以承受径向力和轴向力）。前支承有 3 个一组的轴承，前面两个大口朝外（朝主轴前端），接触角为 25°，后面一个大口朝里，接触角为 14°。在前面两个轴承的内圈之间留有间隙，装配时加压消隙，使轴承预紧，纵向切削力由前面两个轴承承受，故其接触角较大，同时也减少了主轴的悬伸量，并且前支承在箱体上轴向固定。后支承为两个角接触球轴承，背对背安装，接触角皆为 14°。这两个轴承用以共同担负支承的径向载荷。纵向载荷由前支承轴承承担，故后轴承的外圈轴向不固定，使得主轴在热变形时，后支承可沿轴向微量移动，减小热变形的影响。主轴轴承间隙必须适当，这就要进行间隙和过盈量调整。调整方法是：旋紧主轴尾部螺母，使其压紧托架，由托架压紧后支承的轴承，并压紧主轴上的齿轮（齿数为 60）、推动齿轮（齿数为 86），压紧前支承轴承到轴肩上，从而达到调整前、后轴承间隙和过盈量的目的。最后旋紧调整螺母的锁紧螺钉。主轴轴承采用油脂润滑，迷宫式密封。常见的主轴结构如图 3.8 所示。

3．主轴编码器

数控车床主轴编码器采用与主轴同步的光电脉冲发生器。该装置可以通过其传动轴上的齿轮 1:1 地与主轴同步转动，也可以通过弹性联轴器与主轴同轴安装。利用主轴编码器检测主轴的运动信号，一方面可实现主轴调速的数字反馈，另一方面可用于进给运动的控制。

CK6136 数控车床的主轴编码器安装在检测轴（Ⅲ轴）上，检测轴通过两个球轴承支承在轴承套中。它的一端装有齿数为 60 的齿轮，齿轮的材料为夹布胶木；另一端通过联轴器转动圆光栅齿轮与主轴上的齿数为 60 的齿轮相啮合，将主轴运动传到编码器圆光栅上，圆光栅每转一圈发出 1024 个脉冲，该信号送到数控装置，使数控装置完成对螺纹切削的控制。

4．主轴箱

主轴箱的作用是支承主轴和主轴运动的传动系统，主轴箱材料为铸铁。主轴箱使用底部定位面在床身左端定位，并用螺钉紧固。

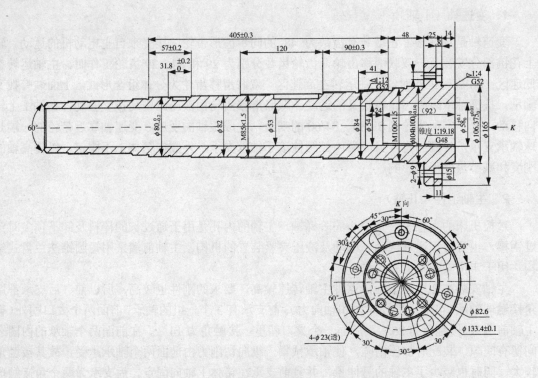

图 3.8 主轴结构

【知识训练】

1. 数控车床的主轴控制系统一般有哪几种形式？
2. 数控机床的主传动方式主要有哪几种形式？
3. 数控车床主轴的支承配置主要有哪几种方式？
4. 简述 CK6136 数控车床的主轴箱的结构组成。

3.3 数控车床进给系统的机械传动

数控机床进给系统的运动采用无级调速的伺服驱动方式，大大简化了驱动变速箱的结构。通常进给系统是由一到两级齿轮或带轮传动副和滚珠丝杠螺母副、或齿轮齿条副、或蜗轮蜗杆副所组成。数控机床要求进给系统具有高精度、高稳定性和快速响应等能力。

3.3.1 数控车床对进给系统的性能要求

首先需要有高性能的伺服驱动电动机，同时还要有高质量的机械机构。数控机床的进给系统是将伺服电动机的旋转运动转变为执行部件的直线运动或回转运动。由于数控机床的进给运动是完全由数字控制的，工件的加工精度与进给系统的传动精度、灵敏度和稳定性密切相关。因此，在设计数控机床进给传动机构时，必须考虑以下几方面：

（1）尽量减少运动件的摩擦阻力

在数控机床进给系统中，为了减小丝杠螺母副和导轨的摩擦阻力，消除低速进给爬行现象，提高整个伺服进给系统的稳定性，广泛采用刚度高、摩擦系数小且稳定的滚动摩擦副，如滚珠丝杠螺母副、直线滚动导轨。

（2）提高传动精度和刚度

进给系统的传动精度和刚度，与滚珠丝杠螺母副、蜗轮蜗杆副及其支承构件的刚度有密切的关系。为此，不仅要保证每个零件的加工精度，还要提高滚珠丝杆螺母副（直线进给系统）、蜗轮蜗杆副（圆周进给系统）的传动精度。通常，采用对滚珠丝杠螺母副和轴承支承进行预紧、消除齿轮和蜗轮蜗杆等传动件间的间隙等措施来提高进给精度和刚度。

（3）减少各运动部件的惯量

运动部件（尤其是高速运转的部件）的惯量对进给系统的启动和制动特性有很大的影响，在满足传动强度和刚度要求的前提下，应尽可能减小运动部件的惯量。

（4）系统要有适度阻尼

阻尼一方面会降低进给伺服系统的快速响应特性，但同时又可增加系统的稳定性。当刚度不足时，运动件之间的适量阻尼可消除低速爬行现象，提高系统的稳定性。

（5）稳定性好、寿命长、使用维护方便

稳定性与系统的惯性、刚性、阻尼及增益等多个因素有关。为保证进给系统的寿命，应合理选择各传动件的材料、热处理方法及加工工艺，并采用适宜的润滑方式和防护措施，以延长寿命。数控机床进给系统的结构应便于维护和保养，最大限度地减少维修工作量，以提高机床的利用率。

3.3.2 数控车床进给系统传动方式和传动元件

1. 进给系统传动方式

进给系统采用交流伺服电动机经滚珠丝杠传到滑板和刀架，实现纵向和 X 向进给运动，如图 3.9 所示。

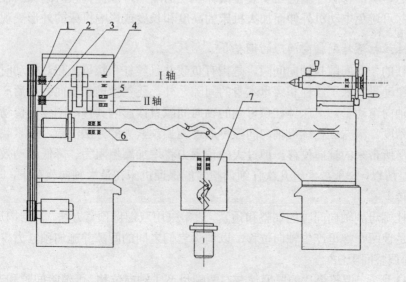

1、2、3、4、5—轴承；6—纵向进给丝杠；7—横向进给丝杠

图 3.9 CAK6140/1000 数控机床传动系统图

　　工件最后的尺寸精度和轮廓精度都直接受进给运动的传动精度、灵敏度和稳定性的影响，为此，数控机床的进给传动系统应具有摩擦力小、传动精度和刚度高，并能消除传动间隙以及减少运动件的惯量等特点。

2．纵向进给滚柱丝杠螺母副

　　中、小型数控车床的纵向进给系统一般采用滚珠丝杠副传动。伺服电动机与滚珠丝杠的传动连接方式有两种：

（1）滚珠丝杠与伺服电动机轴端的锥环连接

　　锥环连接是进给传动系统消除传动间隙的一种比较理想的连接方式。它主要靠内外锥环锥面压紧后产生的摩擦力传递动力，避免了键联结产生的间隙。这种连接方式在进给传动链的各个环节得到了广泛的应用，其结构如图 3.10 所示。

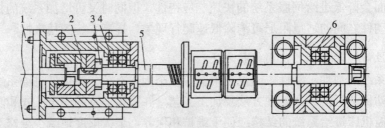

1—伺服电机；2—联轴器；3—螺母；4、6—轴承；5—滚柱丝杠

图 3.10　纵向进给驱动装置

（2）滚珠丝杠通过同步齿形带与伺服电动机连接

　　为了消除同步齿形带传动对精度的影响，将脉冲编码器安装在滚珠丝杠的端部，以便直接对滚珠丝杠的旋转状态进行检测。这种结构允许伺服电动机的轴端朝外安装，减少齿形带传动对精度的影响，将脉冲编码器安装在滚珠丝杠的端部，以便直接对滚珠丝杠的旋转状态进行检测；并可避免电动机外伸而加大机床的高度和长度或影响机床的外形美观。

（3）滚珠丝杠螺母副轴向间隙的调整

　　滚珠丝杠的传动间隙是轴向间隙，是指有负载并且丝杠和螺母无相对转动时，两者之间的最大轴向窜动量。除了丝杠和螺母本身的间隙之外，还包括施加轴向载荷后产生的弹性变形所造成的轴向窜动量。滚珠丝杠螺母副的轴向间隙直接影响其传动刚度和传动精度，尤其是反向传动精度。滚珠丝杠螺母轴向间隙可通过施加预紧力的方法消除，预紧载荷能有效地减小弹性变形所带来的轴向位移。但过大的预紧力将增加摩擦阻力、降低传动效率，并使寿命大为缩短。所以，一般要经过几次仔细调整才能保证机床在最大轴向载荷下，既消除间隙，又能灵活运转。

　　滚珠丝杠螺母副轴向间隙的调整和预紧，通常采用双螺母预紧办法，其结构形式有三种，基本原理都是使两个螺母产生轴向位移，以消除它们之间的间隙并施加预紧力。

　　① 垫片调整间隙法

　　如图 3.11 所示，调整垫片的厚度使左右两螺母产生轴向位移，可消除间隙和产生预紧力。这种方法能精确调整预紧量，结构简单，工作可靠，但调整费时，滚道磨损时不能随时进行调整，适用于一般精度的机床。

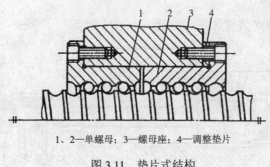

1、2—单螺母；3—螺母座；4—调整垫片

图 3.11　垫片式结构

② 齿差调整间隙法

如图 3.12 所示为齿差式调整结构，两个螺母的凸缘上分别为 Z_1、Z_2 圆柱外齿轮，而且齿数差为 1，即 $Z_1-Z_2=1$。两个齿轮分别与两端相应的内齿轮相啮合。内齿轮紧固在螺母座上，预紧时脱开内齿轮，使两个螺母同向转过相同的齿数，然后再合上内齿轮。两螺母的轴向相对位置发生变化，从而实现间隙的调整和施加预紧力。这种方法能精确微调预紧量，工作可靠，滚道磨损时可随时调整。但结构复杂，尺寸较大，适用于高精度传动。

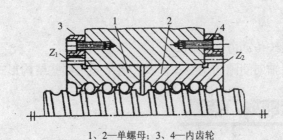

1、2—单螺母；3、4—内齿轮

图 3.12　齿差式结构

③ 螺纹调整间隙法

如图 3.13 所示为利用螺母来实现预紧的结构，左螺母（4）外端有凸缘，而右螺母（1）是螺纹结构，用两个圆螺母（2、3）把垫片压在螺母座上，左右螺母和螺母座上加工有键槽，采用平键连接，使螺母在螺母座内可以轴向滑移而不能相对转动。调整时，只要拧紧圆螺母（3）使右螺母（1）向右滑动，改变两螺母的间距，即可消除间隙并产生预紧力。螺母（2）是锁紧螺母，调整完毕后，将螺母（2）和螺母（3）并紧，可以防止螺母在工作中松动。这种调整方法具有结构简单、工作可靠、调整方便等优点，但调整预紧量不准确。

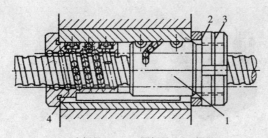

1—右螺母；2、3—圆螺母；4—螺母

图 3.13　螺母式结构

3. 横向进给传动装置

数控车床横向进给传动装置如图 3.14 所示。

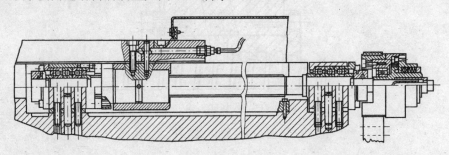

图 3.14　CK6136 横向进给传动装置

（1）横向进给运动传动　横向进给运动传动是由横向直流伺服电动机通过齿数 24/24 同步齿形带轮，经安全联轴器驱动滚珠丝杠螺母副，使横向滑板实现横向进给运动。

（2）横向进给运动传动装置　横向滑板通过导轨安装在纵向滑板的上面，作横向进给运动。横向滑板的传动系统与纵向滑板传动系统相类似，但由于横向电动机的安装，所以在安全联轴器和直流伺服电动机之间增加了精密同步齿形带传动，使机床的横向尺寸减小。

【知识训练】

1. 数控车床进给系统传动方式有哪些？
2. 滚珠丝杠螺母副轴向间隙的调整和预紧，通常采用哪些结构形式？

3.4　数控车床的换刀装置

3.4.1　常见的自动换刀装置

数控车床上使用的回转刀架是一种最简单的自动换刀装置。根据加工对象的不同，有四方刀架、六角刀架和八（或更多）工位的圆盘式轴向装刀刀架等多种形式。对于经济型和小规格数控车床，由于其加工范围和能力有限，一般采用装刀数量较少（多为 4 工位）、承载能力较小的刀架。在车削中心和全功能数控车床上普遍使用装刀数量较多、承载能力较大的刀塔。在一些刀塔上除了常规刀具外甚至配备有回转动力刀具，以便完成小直径孔的加工任务，刀塔的回转定位使用伺服驱动，刀塔上一般可安装 8～16 把刀具。如图 3.15 所示为常见的刀架和刀塔。随着数控车床的发展，数控刀架开始向快速换刀、电液组合驱动和伺服驱动等方向发展。

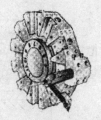

（a）立式刀架　　　　　　（b）卧式刀塔

图 3.15　刀架和刀塔

3.4.2　立式四方刀架换刀过程

如图 3.16 所示为数控车床方刀架结构，该刀架可以安装 4 把不同的刀具，转位信号由加工程序指定。

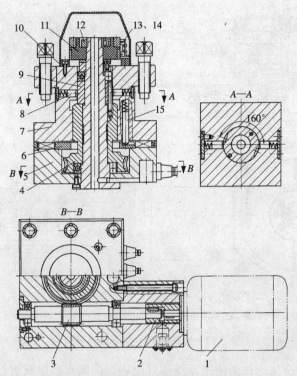

1—电动机；2—联轴器；3—蜗杆轴；4—蜗轮丝杠；5—刀架底座；6—粗定位盘；7—刀架体；8—球头销；
9—转位套；10—电刷座；11—发信体；12—螺母；13、14—电刷；15—粗定位销

图 3.16　数控车床方刀架结构

刀架的工作过程如下：

（1）**刀架抬起。**　当数控装置发出换刀指令后，电动机启动正转，通过平键套筒联轴器使蜗杆轴转动，从而带动蜗轮丝杠转动。刀架体的内孔加工有螺纹，与丝杠连接，蜗轮与丝杠为整体结构。当蜗轮开始转动时，由于刀架底座和刀架体上的端面齿处在啮合状态，且蜗轮丝杠轴向固定，因此这时刀架体抬起。

（2）**刀架转位。**　当刀架体抬至一定距离后，端面齿脱开，转位套用销钉与蜗轮丝杠连接，随蜗轮丝杠一同转动，当端面齿完全脱开时，转位套正好转过 160°（如图 3.16 A—A 剖视图所示），球头销在弹簧力的作用下进入转位套的槽中，带动刀架体转位。

（3）**刀架定位。**　刀架体转动时带着电刷座转动，当转到程序指定的刀号时，粗定位销在弹簧的作用下进入粗定位盘的槽中进行粗定位，同时电刷接触导体使电动机反转。由于粗定位槽的限制，刀架体不能转动，使其在该位置垂直落下，刀架体和刀架底座上的端面齿啮合实现精确定位。

（4）**夹紧刀架。**　电动机继续反转，此时蜗轮停止转动，蜗杆轴自身转动，当两端面齿增加到一定夹紧力时，电动机停止转动。这种刀架在经济型数控车床及卧式车床的数控化改造中得到广泛的应用。

3.4.3　六角回转刀架换刀过程

图 3.17 所示为数控车床的六角回转刀架，适用于盘类零件的加工。

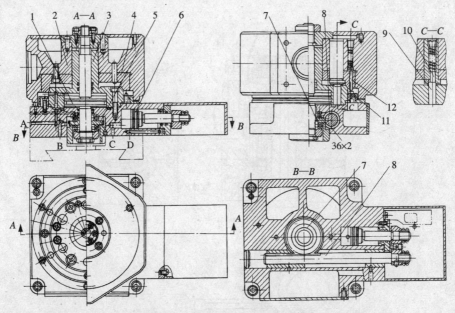

1—活塞；2—刀架体；3、4—零件；5—空套齿轮；6—活塞；7—齿轮；
8—齿条；9—固定插销；10—活动插销；11—推杆；12—触头

图 3.17　数控车床六角回转刀架结构

六角回转刀架的全部动作由液压系统通过电磁换向阀和顺序阀进行控制。它的动作分为四个步骤。

（1）**刀架抬起**。　当数控装置发出换刀指令后，压力油由 A 进入压紧液压缸的下腔，活塞（1）上升，刀架体抬起使定位活动插销与固定插销脱开。同时，活塞杆下端的端齿离合器与空套齿轮结合。

（2）**刀架转位**。　当刀架抬起之后，压力油从 C 孔转入液压缸左腔，活塞（6）向右移动，通过连接板带动齿条移动，使空套齿轮做逆时针方向转动，通过端齿离合器使刀架转过 60°。活塞的行程应等于空套齿轮节圆周长的 1/6，并由限位开关控制。

（3）**刀架压紧**。　刀架转位之后，压力油从 B 孔进入压紧液压缸的上腔，活塞（1）带动刀架体下降。零件（3）的底盘上精确地安装着六个带斜楔的圆柱固定插销，利用活动插销消除定位销与孔之间的间隙，实现可靠定位。刀架体下降时，定位活动插销与另一个固定插销卡紧，同时零件（3）与零件（4）的锥面接触，刀架在新的位置定位并压紧。这时，端齿离合器与空套齿轮脱开。

（4）**转位液压缸复位**。　刀架压紧之后，压力油从 D 孔进入转位液压缸右腔，活塞（6）带动齿条复位，由于此时端齿离合器已脱开，齿条带动齿轮在轴上空转。

如果定位和压紧动作正常，推杆与相应的触头接触，发出信号表示换刀过程已经结束，可以继续进行切削加工。

回转刀架除了采用液压缸驱动转位和定位销定位外，还可以采用电机 — 十字槽轮机构转位和鼠盘定位，以及其他转位和定位机构。

【知识训练】

1．数控车床的自动换刀装置有哪些？
2．简述四方刀架的工作过程。

3.5 数控车床的润滑系统和排屑系统

3.5.1 数控车床的润滑系统

数控车床的润滑系统主要包括机床导轨、传动齿轮、滚珠丝杠及主轴箱等的润滑，其形式有电动间歇润滑泵和定量式集中润滑泵等。其中电动间歇润滑泵用得较多，其自动润滑时间和每次泵油量，可根据润滑要求进行调整或用参数设定。

图 3.18 为 CLK 6136A 经济型数控机床的润滑位置示意图。

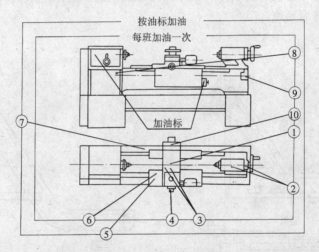

1—横向进给丝杠副；2—尾架套筒；3—横溜板；4—横向进给前轴承；5—纵向进给丝杠副；6—床身导轨；
7—油箱；8—纵向进给前轴承；9—纵向进给后轴承；10—横向进给后轴承

图 3.18 CLK 6136A 经济性数控机床的润滑位置示意图

主轴箱的润滑油盛放在前床腿后部油箱内。加油时，须先打开油箱的油盖，加油量约为18L。润滑泵对床头箱实行强制润滑。

溜板及滚珠丝杠副采用手压柱塞泵润滑，其余部件用注油器定时加油润滑（表 3.1）。

表 3.1 数控机床各部分润滑时间表

编　号	润滑部分	处　数	油（脂）	加油（脂）	更　换　期
1	横向进给丝杠副	1	20# 机械油	每班一次	
2	尾架套筒	2	20# 机械油	每班一次	
3	横溜板	2	20# 机械油	每班一次	
4	横向进给前轴承	1	锂基润滑油		6个月
5	纵向进给丝杠副	1	20# 机械油	每班一次	
6	床身导轨	4	20# 机械油	每班一次	
7	油箱	1	20# 机械油	按油标加油	

编　　号	润 滑 部 分	处　　数	油（脂）	加油（脂）	更 换 期
8	纵向进给前轴承	1	锂基润滑油		6个月
9	纵向进给后轴承	1	锂基润滑油		6个月
10	横向进给后轴承	2	锂基润滑油		6个月

3.5.2　排屑系统

为了使数控车床的自动加工顺利地进行，并减少数控车床的发热，数控车床应具有合适的排屑装置。在数控车床的切屑中往往混合着切削液，排屑装置应从其中分离出切屑，并将它们送入切屑收集箱内，而切削液则被回收到切削液箱。常见的排屑装置有平板链式排屑装置（图3.19）、刮板式排屑装置（图3.20）和螺旋式排屑装置（图3.21）。排屑装置的安装位置一般尽可能靠近刀具切削区域，车床的排屑装置装在旋转工件下方，以简化机床和排屑装置结构、减小机床占地面积、提高排屑效率。排出的切屑一般都落入切屑收集箱或小车中，有的直接排入车间排屑系统。

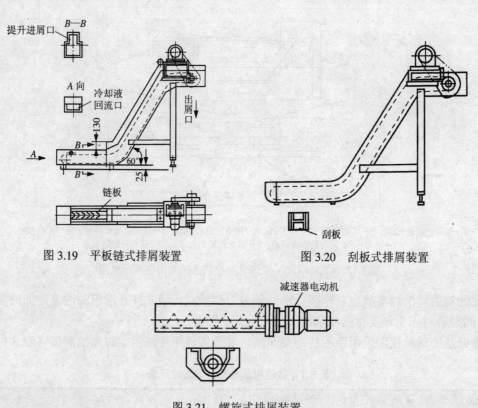

图 3.19　平板链式排屑装置　　　　　图 3.20　刮板式排屑装置

图 3.21　螺旋式排屑装置

【知识训练】

1. 数控车床的润滑系统主要包括哪些内容？

2. 数控车床的排屑装置有哪些？

第4章 数控车削加工常用的量具与刀具

【教学目标】

掌握常用量具的用途和使用方法；掌握刀具的选择方法、安装和刃磨方法；掌握切削用量的选择方法；能够正确测量工件的尺寸；能够根据工件的材料和形状正确选择数控车刀。

【工具设备】

数控车床及常用的各类量具与刀具。

【教学方法与课时安排】

教师讲授、演示与学生讨论相结合的教学法。共用 6 学时。

4.1 常用量具

量具是用来测量零件线性尺寸、角度以及零件形位误差的工具。为了保证被加工零件的各项精度符合设计要求，在加工前、后和过程中，都必须用量具进行测量。选择量具时应当根据零件的大小、形状、数量、精度和材料等选择。

4.1.1 游标卡尺

1. 游标卡尺的工作原理与结构

（1）工作原理　游标卡尺是利用游标原理对两测量面相对移动分隔的距离进行读数的测量器具。游标卡尺（简称卡尺）与千分尺、百分表都是最常用的长度测量器具。

（2）结构　游标卡尺的结构如图 4.1 所示。游标卡尺的主体是一个刻有刻度的尺身，沿着尺身滑动的尺框上装有游标。游标卡尺可以测量工件的内尺寸、外尺寸（如长度、宽度、厚度、内径和外径）、孔距、高度和深度等。优点是使用方便，用途广泛，测量范围大，结构简单和价格低廉等。

2. 游标卡尺的读数原理和读数方法

（1）游标卡尺的读数原理　游标卡尺的读数值有 3 种：0.1mm、0.05mm、0.02mm，其中 0.02mm 游标卡尺应用最普遍。下面介绍 0.02mm 游标卡尺的读数原理和读数方法。

游标有 50 格刻线，与主尺 49 格刻线宽度相同，游标的每标读数值是 1.00-0.98=0.02mm，因此 0.02mm 为该游标卡尺的读数值，如图 4.2 所示。

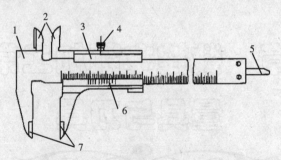

1—尺身；2—内量爪；3—尺框；4—紧固螺钉；5—深度尺；6—游标；7—外量爪

图 4.1　游标卡尺

游标读数值（mm）	尺身刻线间距（mm）	游标刻线间距（mm）	游标格数	游标刻线总长（mm）	游标模数	游标零位	读数示例
0.02	1	0.98	50	49	1	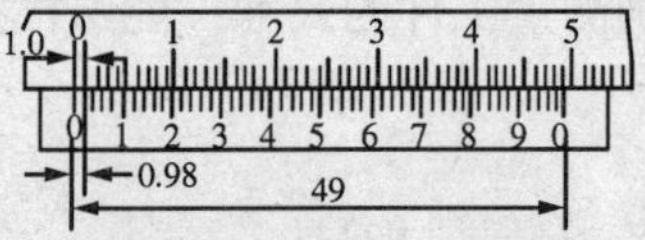	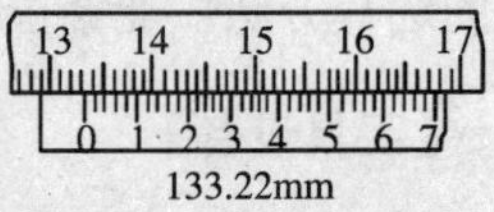 133.22mm

图 4.2　读数实例一

（2）游标卡尺的读数方法　游标卡尺读数的三个步骤：

① 先读整数。看游标零线的左边，尺身上最靠近的一条刻线的数值，读出被测尺寸的毫米整数。

② 再读小数。看游标零线的右边，数出游标第几条刻线与尺身刻线对齐，读出被测尺寸的小数部分（即游标读数值乘其对齐刻线的顺序数）。

③ 得出被测尺寸。把上面两次读出的毫米整数和小数部分相加，就是卡尺的所测尺寸。

从图 4.2 示例中可以读出测量值，读数的毫米整数是 133mm；游标的第 11 条线（不计 0 刻线）与尺身刻线对齐，所以读数的小数部分是 0.02×11＝0.22mm，被测工件尺寸为 133＋0.22＝133.22mm。

3. 游标卡尺使用注意事项

游标卡尺使用前要进行检验，若卡尺出现问题，势必影响测量结果，甚至造成整批工件的报废。首先要检查外观，要保证无锈蚀、无伤痕和无毛刺，要保证清洁。然后检查零线是否对齐，将卡尺的两个量爪合拢，看是否有漏光现象。如果贴合不严，需进行修理。若贴合严密，再检查零位，看游标零位是否与尺身零线对齐，游标的尾刻线是否与尺身的相应刻线对齐。另外，检查游标在主尺上滑动是否平稳、灵活，不要太紧或太松。

读数时，要看准游标的哪条刻线与尺身刻线正好对齐。如果游标上没有一条刻线与尺身刻线完全对齐时，可找出对得比较齐的那条刻线作为游标的读数。

测量时，要平着拿卡尺，朝着光亮的方向，使量爪轻轻接触零件表面。量爪位置要摆正，视线要垂直于所读的刻线，防止读数误差。

4.1.2 外径千分尺

1. 外径千分尺的结构和工作原理

千分尺类测量器具是利用螺旋副运动原理进行测量和读数的，测量准确度高，按用途可分为外径千分尺、内径千分尺、深度千分尺等。外径千分尺使用普遍，是一种体积小、坚固耐用、测量准确度较高、使用方便、调整容易的精密测量器具。外径千分尺可以测量工件的各种外形尺寸，如长度、厚度、外径以及凸肩厚度、板厚或壁厚等。外径千分尺分度值一般为 0.01mm，测量精度可达百分之一毫米，也称为百分尺，但国家标准中称为千分尺。

外径千分尺的结构如图 4.3 所示。

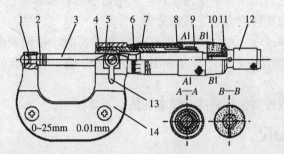

1—尺架；2—测砧；3—测微螺杆；4—导套；5—螺纹轴套；6—紧固螺钉；7—固定套管；8—微分筒；
9—调节螺母；10—接头；11—垫片；12—测力装置；13—锁紧装置；14—隔热装置

图 4.3 外径千分尺

2. 外径千分尺的读数原理和读数方法

（1）外径千分尺的读数原理　外径千分尺测微螺杆的螺距为 0.5mm，微分筒圆锥面上一圈的刻度是 50 格。当微分筒旋转一周时，带动测微螺杆沿轴向移动一个螺距，即 0.5mm；若微分筒转过 1 格，则带动测微螺杆沿轴向移动 0.5/50=0.01mm，因此外径千分尺的读数值是 0.01mm。

（2）外径千分尺的读数方法

外径千分尺读数可分三个步骤：

① 先读整数。微分筒的边缘（锥面的端面）作为整数毫米的读数指示线，在固定套管上读出整数。固定套管上露出来的刻线数值，就是被测尺寸的毫米整数和半毫米数。

② 再读小数。固定套管上的纵刻线作为不足半毫米小数部分的读数指示线，在微分筒上找到与固定套管纵刻线对齐的圆锥面刻线，将此刻线的序号乘以 0.01mm，就是小于 0.5mm的小数部分的读数。

③ 得出被测尺寸。把上面两次读数相加，就是被测尺寸。

读数示例如图 4.4 所示。

3. 外径千分尺使用注意事项

（1）减少温度的影响　使用千分尺时，要用手握住隔热装置。若用手直接拿着尺架去测量工件，会引起测量读数的改变。

（2）保持测力恒定　测量时，当两个测量面将要接触被测表面时，就不要再旋转微分筒，只旋转测力装置的转帽，等到棘轮发出"咔、咔"响声后，再进行读数。不允许猛力转动测力装置。退尺时，要旋转微分筒，不要旋转测力装置，以防拧松测力装置，影响零位。

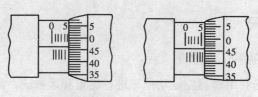

（a）读数结果 5.46mm　　　（b）读数结果 5.96mm

图 4.4　读数实例二

（3）正确操作　测量较大工件时，最好把工件放在 V 形架或平台上，采用双手操作法：左手拿住尺架的隔热装置，右手用两指旋转测力装置的转帽。测量小工件时，先把千分尺调整到稍大于被测尺寸之后，用左手拿住工件，采用右手单独操作法：用右手的小指和无名指夹住尺架，食指和拇指旋转测力装置或微分筒。

（4）减少磨损和变形　不允许测量带有研磨剂的表面、粗糙表面和带毛刺的边缘表面等。当测量面接触被测表面之后，不允许用力转动微分筒，否则会使测微螺杆、尺架等发生变形。

（5）爱护量具　应经常保持清洁，轻拿轻放，不要摔碰。

4.1.3　内径千分尺

1．内径千分尺的结构

如图 4.5 所示，内径千分尺由测微头（或称微分头）和各种尺寸的接长杆组成。

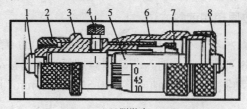

（a）测微头

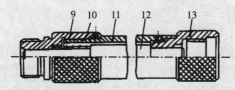

（b）接长杆

1—固定测头；2—螺母；3—固定套管；4—锁紧装置；5—测微螺杆；6—微分筒；7—调节螺母；
8—后盖；9—管接头；10—弹簧；11—套管；12—量杆；13—管接头

图 4.5　内径千分尺

2．内径千分尺使用方法

（1）校对零位　在使用内径千分尺之前，也要像外径千分尺那样进行各方面的检查。在检查零位时，要把测微头放在校对卡板两个测量面之间，若与校对卡板的实际尺寸相符，说明零位"准"。

（2）测量孔径　先将内径千分尺调整到比被测孔径略小一点，然后把它放进被测孔内，左手拿住固定套管或接长杆套管，把固定测头轻轻地压在被测孔壁上不动，然后用右手慢慢转动微分筒，同时还要让活动测头沿着被测件的孔壁，在轴向和圆周方向上细心地摆动，直到在轴向找出最大值为止，得出准确的测量结果。

（3）测量两平行平面间距离　测量方法与测量孔径时大致相同，一边转动微分筒，一边使活动测头在被测面的上、下、左、右摆动，找出最小值，即被测平面间的最短距离。

（4）正确使用接长杆　接长杆的数量越少越好，可减少累积误差。把最长的先接上测微头，最短的接在最后。

（5）其他注意事项　不允许把内径千分尺用力压进被测件内，以避免过早磨损，避免接长杆弯曲变形。

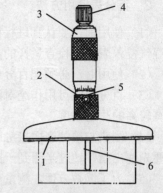

1—底板；2—锁紧装置；3—微分筒；
4—测力装置；5—固定套管；6—测量杆

图 4.6　深度千分尺

4.1.4　深度千分尺

1．深度千分尺的结构

深度千分尺如图 4.6 所示。

深度千分尺的结构与外径千分尺相似，只是用底板代替了尺架和测砧。深度千分尺的测微螺杆移动量是 25mm，使用可换式测量杆，测量范围为 25～50mm、50～75mm、75～100mm 等。

2．使用方法

深度千分尺的使用方法与前面介绍的几种千分尺使用方法类似。测量时，测量杆的轴线应与被测面保持垂直。测量孔的深度时，由于看不到里面，所以操作要格外小心。

4.1.5　百分表

1．百分表的结构与工作原理

百分表的应用非常普遍，其结构如图 4.7 所示。

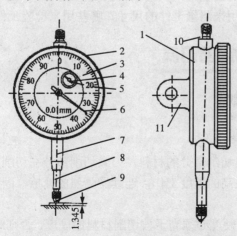

1—表体；2—表圈；3—表盘；4—转数指示盘；5—转数指针；6—主指针；
7—轴套；8—量杆；9—测头；10—挡帽；11—耳环

图 4.7　百分表

在测量过程中，测头的微小移动，经过百分表内的一套传动机构而转变成主指针的转动，可在表盘上读出测数值。测头拧在量杆的下端，量杆移动 1mm 时，主指针在表盘上正好转一圈。由于表盘上均匀刻有 100 个格，因此表盘的每一小格表示 1/100mm，即 0.01mm，这就是百分表的分度值。主指针转动一圈的同时，在转数指示盘上的转数指针转动 1 格（共有 10 个等分格），所以转数指示盘的分度值是 1mm。旋转表圈时，表盘也随着一起转动，可使指针对准表盘上的任何一条刻线。量杆的上端有个挡帽，对量杆向下移动起限位作用；也可以用它把量杆提起来。

2. 百分表使用方法

（1）使用前，要认真进行检查。要检查外观，看表面玻璃是否破裂或脱落；是否有灰尘和湿气侵入表内。检查量杆的灵敏性，看是否移动平稳、灵活，无卡住等现象。

（2）使用时，必须把百分表可靠地固定在表座或其他支架上，否则可能摔坏百分表。

（3）百分表既可用作绝对测量，也可用作相对测量。相对测量时，用量块作为标准件，具有较高的测量精度。

（4）测头与被测表面接触时，量杆应有 0.3～1mm 的压缩量，可提高示值的稳定性，所以要先使主指针转过半圈到一圈左右。当量杆有一定的预压量后，再把百分表紧固住。

（5）为了读数方便，测量前一般把百分表的主指针指到表盘的零位（通过转动表圈使表盘的零刻线对准主指针），然后再提拉测量杆，重新检查主指针所指零位是否有变化，反复几次直到校准为止。

（6）测量工件时应注意量杆的位置。测量平面时，量杆要与被测表面垂直，否则会产生较大的测量误差。测量圆柱形工件时，量杆的轴线应与工件直径方向一致。

（7）测量时，量杆的行程不要超过它的测量范围，以免损坏表内零件；避免振动、冲击和碰撞。

（8）百分表要保持清洁。

【知识训练】

1. 试选择量具测量你的钢笔、铅笔直径和长度。
2. 本节课中哪些量具用来测量工件的尺寸？哪些用来检验工件的精度？

4.2　数控车床常用的刀具

4.2.1　常用刀具材料

1. 对刀具材料的基本要求

刀具材料一般是指刀具切削部分的材料。刀具切削部分在切削加工过程中，承受很大的切削力和冲击力，并且在很高的温度工作，连续受强烈的摩擦，因此，刀具切削部分的材料必须具备以下基本要求：

（1）硬度　刀具材料的硬度必须高于被切削材料的硬度，否则难以切削。在常温条件下，刀具切削部分的硬度要求在 HRC60 以上。

（2）耐磨度　为承受切削时的剧烈摩擦，刀具材料应具有较强的抵抗磨损的能力。它与刀具材料的硬度有关，同时与刀具组织结构中碳化物种类、数量、大小和分布情况相关。

（3）坚韧度　刀具材料必须具备足够的强度和韧度，以承受切削力，在冲击和振动时不被破坏。

（4）热硬性　切削温度很高，因此，要求刀具材在高温条件下仍能保持较高的硬度、高的耐磨性和足够的坚韧性，材料的这种性质称为热硬性。

（5）较好的化学惰性　刀具材料在切削过程中，随着切削温度的升高而不发生黏结磨损和扩散磨损。

（6）良好的工艺性　指切削加工性、可锻性、可焊性、可磨性、高温塑件、热处理，工艺性越好，越便于制造加工。

2. 刀具材料

常用的刀具材料有工具钢、硬质合金、陶瓷、超硬材料等。目前应用最多的为高速钢和硬质合金。

（1）高速钢　它是一种加入较多的钨、钼、铬、钒等合金元素的高合金工具钢，具有良好的综合机械性能，其强度和韧度是现行刀具材料中最高的。高速钢的特点是制造工艺简单，容易刃磨成锋利的切削刃；锻造、热处理变形小，适用制造形状较为复杂的刀具。

（2）硬质合金　它是以高熔点、高硬度的金属碳化物作基体，以金属 Co 等作黏结剂，用粉末冶金的方法制成的一种合金。它的硬度高，耐磨性好，耐热性高，允许的切削速度比高速钢高数倍，但其强度和韧度均比高速钢低。

（3）涂层材料　它是近 20 年来出现的一种新型材料，是刀具发展中的一项重要突破，是解决刀具材料中硬度、耐磨性与强度、韧性之间矛盾的一个有效措施。涂层材料刀具是在一些韧性较好的硬质合金和高速钢基体上，涂覆一层耐磨性好的难熔化的金属化合物而获得的，但涂层材料不适合加工高温合金、钛合金及非金属材料，也不适合加工有夹砂硬皮的锻件、铸件。

（4）其他刀具材料　陶瓷材料较硬质合金刀具具有更高的硬度、耐磨性、耐热性、化学稳定性和抗黏结性，但抗弯强度低、冲击韧度差。金刚石是刀具材料中硬度最高的材料，但加热稳定性差，它主要用于模具及磨料中。立方氮化硼的硬度仅次于金刚石，并且耐磨性和耐热性都很高，但抗弯强度低，它适用于难以加工的材料的精加工。

3. 我国目前生产的硬质合金分类

（1）K 类（YG）

即钨钴类，由碳化钨和钴组成。这类硬质合金韧性较好，但硬度和耐磨性较差，适用于加工铸铁、青铜等脆性材料。常用的牌号有 YG8、YG6、YG3，其中的数字表示 Co 含量的百分数，YG6 即含 Co 为 6%，含 Co 越多，则韧性越好。这三种牌号的硬质合金制造的刀具依次适用于粗加工、半精加工和精加工。

（2）P 类（YT）

即钨钴钛类，由碳化钨、碳化钛和钴组成。这类硬质合金耐热性和耐磨性较好，但抗冲击韧性较差，适用于加工钢料等韧性材料。常用的牌号有 YT5、YT15、YT30 等，其中的数字表示碳化钛含量的百分数，碳化钛的含量越高，则耐磨性较好、韧性越低。这三种牌号的硬质合金制造的刀具分别适用于粗加工、半精加工和精加工。

（3）M 类（YW）

即钨钴钛钽铌类，由在钨钴钛类硬质合金中加入少量的稀有金属碳化物（TaC 或 NbC）组成。它具有前两类硬质合金的优点，用其制造的刀具既能加工脆性材料，又能加工韧性材料，同时还能加工高温合金、耐热合金及合金铸铁等难加工材料。常用牌号有 YW1、YW2。

4.2.2 刀具的结构和选择

车床主要用于回转表面的加工，如内外圆柱面、圆锥面、圆弧面、螺纹等切削加工。

1. 车刀的结构

车刀结构分为三个面：前面、主后面、副后面；二条刃：主切削刃、副切削刃；一个刀尖（图4.8）。

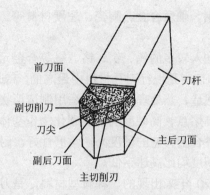

图4.8 车刀的结构

2. 数控车刀的种类

数控车削常用的车刀一般分为三类，即尖形车刀、圆弧车刀和成形车刀。图4.9给出了常用车刀的种类、形状和用途。

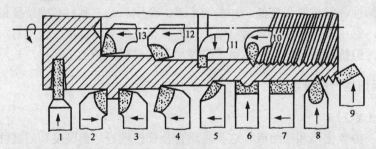

1—切断刀；2—90°左偏刀；3—90°右偏刀；4—弯头车刀；5—直头车刀；6—成形车刀；7—宽刃精车刀；8—外螺纹车刀；9—端面车刀；10—内螺纹车刀；11—内槽车刀；12—通孔车刀；13—不通孔车刀

图4.9 常用车刀的种类、形状和用途

（1）**尖形车刀** 以直线形切削刃为特征的车刀一般称为尖形车刀。这类车刀的刀尖（即刀位点）由直线形的主、副切削刃构成，如90°内外圆车刀、切槽（断）刀等。用这类车刀加工工件时，工件的轮廓形状主要由一个独立的刀尖或一条直线形的主切削刃位移后得到，它与另两类车刀加工得到工件轮廓形状的原理是截然不同的。

（2）**圆弧车刀** 这是较为特殊的数控加工用车刀，其主切削刃形状为一圆度误差或轮廓误差很小的圆弧，该圆弧上每一点都是圆弧车刀的刀尖，因而其刀位点不在圆弧上，而在该圆的圆心上。车刀圆弧半径理论上与被加工工件的形状无关，并可按需要灵活确定或测定后确认。圆弧车刀可用于车削内、外表面，特别适宜车削各种光滑连接（凹形）的成形表面。

（3）**成形车刀** 又称样板车刀，被加工工件的轮廓形状完全由车刀切削刃的形状和尺寸决定。数控加工中应尽量少用或不用成形车刀，确有必要选用时，则应在工艺文件或加工程序单上进行说明。

另外，车刀在结构上可分为整体式车刀、焊接式车刀和机械夹固式车刀三大类。

（1）**整体式车刀**　主要是整体式高速钢车刀。通常用做小型车刀、螺纹车刀和形状复杂的成形车刀。它具有抗弯强度高、冲击韧性好、制造简单和刃磨方便、刃口锋利等优点。

（2）**焊接式车刀**　是将硬质合金刀片用焊接的方法固定在刀体上经刃磨而成。这种车刀结构简单，制造方便，刚性较好，但抗弯强度低，冲击韧性差，切削刃不如高速钢车刀锋利，不易制作复杂刀具。

（3）**机械夹固式车刀**　是数控车床上用得比较多的一种车刀，它分为机械夹固式可重磨车刀和机械夹固式不重磨车刀。

机械夹固式可重磨车刀将普通硬质合金刀片用机械夹固的方法安装在刀杆上。刀片用钝后可以修磨，修磨后，通过调节螺钉把刃口调整到适当位置，压紧后便可继续使用（图 4.10）。

机械夹固式不重磨（可转位）车刀的刀片为多边形，有多条切削刃，当某条切削刃磨损钝化后，只需松开夹固元件，将刀片转一个位置便可继续使用（图 4.11）。其最大优点是车刀几何角度完全由刀片保证，切削性能稳定，刀杆和刀片已标准化，加工质量好。

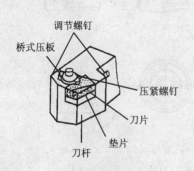

图 4.10　机械夹固式可重磨车刀

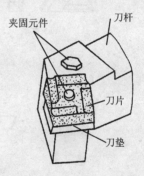

图 4.11　机械夹固式可转位车刀

车刀刀片的材料主要有高速钢、硬质合金、涂层硬质合金、陶瓷、立方氮化硼和金刚石等。在数控车床加工中应用最多的是硬质合金和涂层硬质合金刀片。一般使用机夹可转位硬质合金刀片以方便对刀。

3．刀具选择的方法

刀具的选择是数控车削加工工艺设计的重要内容之一。数控车削加工对刀具的要求较普通车床高，不仅要求其刚性好、切削性能好、耐用度高，而且安装调整方便。数控机床大都采用已经系列化、标准化的刀具，刀柄和刀头可以进行拼装和组合。刀头包括多种结构，如可调镗刀头、不重磨刀片等。为了减少换刀时间和方便对刀，便于实现机械加工的标准化，数控车削加工时应尽量采用机夹式刀杆和机夹式刀片。

（1）**刀片的选择**

① **刀片材质的选择**　车刀刀片的材料主要有高速钢、硬质合金、涂层硬质合金、陶瓷、立方氮化硼和金刚石等，其中应用最多的是高速钢、硬质合金和涂层硬质合金刀片。高速钢的韧性较硬质合金好，硬度、耐磨性和热硬性较硬质合金差，不适宜切削硬度较高的材料，也不适宜高速切削。高速钢刀具使用前需生产者自行刃磨，且刃磨方便，适于各种特殊需要的非标准刀具。硬质合金刀片和涂层硬质合金刀片切削性能优异，在数控车削中被广泛使用。

选择刀片材质，主要依据被加工工件的材料、被加工表面的精度、表面质量要求、切削载荷的大小以及切削过程中有无冲击和振动等。

② 刀片尺寸的选择　　刀片尺寸的大小取决于必要的有效切削刃长度。有效切削刃长度与背吃刀量和车刀的主偏角有关，使用时可查阅有关刀具手册选取。

③ 刀片形状的选择　　刀片形状主要依据被加工工件的表面形状、切削方法、刀具寿命和刀片的转位次数等因素选择。刀片是机夹式可转位车刀的一个最重要组成元件。按照GB/T2076—1987，刀片大致可分为带圆孔、带沉孔以及无孔三大类，形状有三角形、正方形、五边形、六边形、圆形以及菱形等，共 17 种。图 4.12 所示为常见的几种刀片形状及角度。选择刀片角度时主要考虑后角是否发生干涉，在不发生干涉的前提下，粗加工尽量选用刀尖角度大的车刀。

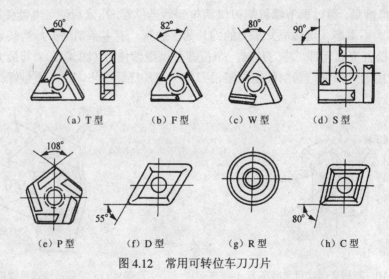

|（a）T 型 | （b）F 型 | （c）W 型 | （d）S 型|
|（e）P 型 | （f）D 型 | （g）R 型 | （h）C 型|

图 4.12　常用可转位车刀刀片

（2）根据加工种类选择刀具

① 外圆加工，一般选用外圆左偏粗车刀、外圆左偏精车刀、外圆右偏粗车刀、外圆右偏精车刀、端面刀等。

② 挖槽一般选外（内）圆车槽刀。

③ 螺纹加工选外（内）圆螺纹车刀。

④ 内孔加工主要选择麻花钻、粗镗孔刀和精镗孔刀、扩孔钻、铰刀。

（3）选择刀具的大小

① 尽可能选择大的刀具，因为刀具大则刚性高，刀具不易断，可以采用大的切削用量，提高加工效率，加工质量有保证。

② 根据加工的背吃刀量选择刀具，背吃刀量越大，刀具应越大。

③ 根据工件大小选刀具，工件大的选大刀具，反之选取小刀具。

上面所述只是一般情况下的选择，具体加工时情况千变万化，要根据工件的材料性质、硬度、要求精度及刀具情况具体选择。此外，对所选择的刀具，在使用前都需对刀具尺寸进行严格的测量以获得精确数据，并由操作者将这些数据输入控制系统，经程序调用而完成加工过程，从而加工出合格的工件。

4.2.3　数控车床刀具的安装和对刀

装刀与对刀是数控车床加工操作中非常重要和复杂的一项基本工作。装刀与对刀的精度，将直接影响到加工程序的编制及零件的尺寸精度。

1. 车刀的安装

数控车床常用的刀架有立式四工位刀架（图 4.13）、立式六工位刀架（图 4.14）、卧式十工位刀架（图 4.15）和数控车床排刀架（图 4.16）。

图 4.13　数控车床立式四工位刀架

图 4.14　数控车床立式六工位刀架

图 4.15　数控车床卧式十工位刀架

图 4.16　数控车床排刀架

（1）普通焊接车刀的安装

普通的焊接车刀其尺寸规格不标准，但在实际数控车削中又经常用到，其刀高一般通过加垫刀片来调整。在实际切削中，车刀安装的高低、车刀刀杆轴线是否与工体轴线垂直，对车刀的角度有很大的影响。以车削外圆为例，当车刀刀尖高于工件轴线时，因其车削平面与基面的位置发生变化，使前角增大，后角减小；反之，则前角减小，后角增大。车刀安装的歪斜，对主偏角、副偏角影响较大，特别是在车螺纹时，会使牙形角产生误差。因此，正确地安装车刀，是保证加工质量、减小刀具磨损、提高刀具使用寿命的重要步骤。

（2）机夹可转位车刀的安装

如图 4.17 所示为数控车床的卧式刀架刀具系统，由于机夹可转位刀具为标准化的刀具，故其刀高及刀具角度无须调整，按规定装夹使用即可。

① 外圆车刀的安装。外圆车刀可以正向安装［图 4.18（a）］，也可以反向安装［图 4.18（b）］，车刀靠垫刀块上的两只螺钉反向压紧［图 4.18（c）］。刀具轴向定位靠侧面，径向定位靠刀柄端面，将刀柄端面靠在刀架中心圆柱体上。因此，刀具装拆以后仍能保持较高的定位精度。

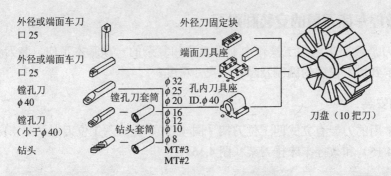

图 4.17　数控车床刀具系统

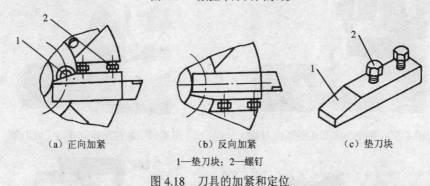

（a）正向加紧　　　　　（b）反向加紧　　　　　（c）垫刀块

1—垫刀块；2—螺钉

图 4.18　刀具的加紧和定位

② 内孔刀具的安装。麻花钻头可安装在内孔刀座中，内孔座用两只螺钉固定在刀架上。麻花钻头的侧面用两只螺钉紧固，直径较小的麻花钻头可增加隔套再用螺钉紧固，如图 4.19（a）所示。内孔车刀是做成圆柄的，并在刀杆上加工出一个小平面，两只螺钉通过小平面紧固在刀架上，如图 4.19（b）所示。

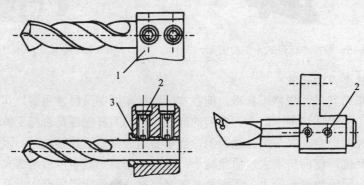

（a）麻花钻的安装　　　　　　（b）内孔车刀的安装

1—刀座；2—螺钉；3—隔套

图 4.19　内孔刀具的安装

（3）应注意的问题

车刀安装得正确与否，将直接影响切削能否顺利进行和工件的加工质量。安装车刀时，应注意下列几个问题：

① 车刀安装在刀架上，伸出部分不宜太长，伸出量一般为刀杆高度的 1～1.5 倍。伸出过长会使刀杆刚性变差，切削时易产生振动，影响工件的表面粗糙度值。

② 车刀垫铁要平整，数量要少，垫铁应与刀架对齐。车刀至少要用两个螺钉压紧在刀

架上，并逐个轮流拧紧。

③ 车刀刀尖应与工件轴线等高，如图 4.20（a）所示，否则会因基面和切削平面的位置发生变化，而改变车刀工作时的前角和后角的数值。如图 4.20（b）所示的车刀刀尖高于工件轴线，使后角减小，增大了车刀后刀面与工件间的摩擦；如图 4.20（c）所示的车刀刀尖低于工件轴线，使前角减小，切削力增加，切削不顺利。

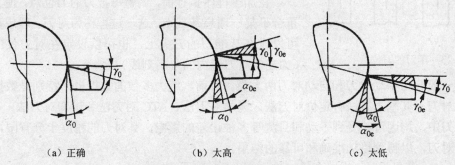

（a）正确　　　　　　（b）太高　　　　　　（c）太低

图 4.20　装刀高低对前后角的影响

车端面时，车刀刀尖若高于或低于工件中心，车削后工件端面中心处会留有凸头，如图 4.21 所示。使用硬质合金车刀时，如不注意这一点，车削到中心处会使刀尖崩碎。

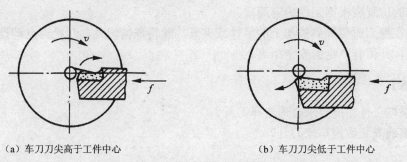

（a）车刀刀尖高于工件中心　　　　　　（b）车刀刀尖低于工件中心

图 4.21　车刀刀尖不对准工件中心的后果

④ 车刀刀杆中心线应与进给方向垂直，否则会使主偏角和副偏角的数值发生变化，如图 4.22 所示。如螺纹车刀安装歪斜，会使螺纹牙形半角产生误差。用偏刀车削台阶时，必须使车刀主切削刃与工件轴线之间的夹角在安装后等于 90° 或大于 90°，否则，车出来的台阶面与工件轴线不垂直。

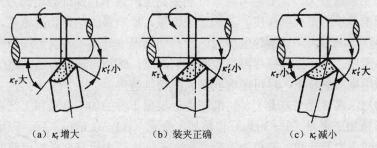

（a）κ_r 增大　　　　　　（b）装夹正确　　　　　　（c）κ_r 减小

图 4.22　车刀装偏对主副偏角的影响

2.　刀位点

刀位点是指在加工程序编制中，用以表示刀具特征的点，也是对刀和加工的基准点。

对于车刀，各类车刀的刀位点如图 4.23 所示，其中图 4.23（a）是 90° 偏刀，图 4.23（b）是螺纹车刀，图 4.23（c）是切断刀，图 4.23（d）是圆弧车刀。

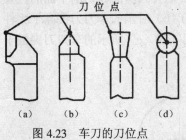

图 4.23　车刀的刀位点

3．对刀

在加工程序执行前，调整每把刀的刀位点，使其尽量重合于某一理想基准点，这一过程称为对刀。理想基准点可以设在基准刀的刀尖上，也可以设定在对刀仪的中心（如光学对刀镜内的十字刻线）上。

对刀一般分为手动对刀和自动对刀两大类。目前，绝大多数的数控机床特别是数控车床采用手动对刀，其基本方法有定位对刀法、光学对刀法、ATC 对刀法和试切对刀法。在前 3 种手动对刀中，均因可能受到手动和目测等多种误差的影响，其对刀的精度十分有限，往往通过试切对刀，以得到更加准确和可靠的结果。

4．换刀点位置的设定

换刀点是指在编制加工中心、数控车床多刀加工程序时，相对于机床固定原点而设置的一个自动换刀或换工作台的位置。换刀点的位置可设定在程序原点、机床固定原点或浮动原点上，其具体的位置应根据工序内容而定。

为了防止在换刀时碰撞到被加工的零件或夹具，除特殊情况外，其换刀点都设置在被加工零件的外面，并留有一定的安全距离。

【知识训练】

1．如何根据工件精度要求合理选择刀具？

2．如何正确安装数控车床刀具？

4.3　切削用量的选择

4.3.1　选择切削用量的一般原则

1．粗车时切削用量的选择

粗车时，加工余量较大，主要应考虑尽可能提高生产效率和保证必要的刀具寿命。加工中对刀具寿命影响最小的是切削深度，其次是进给量，影响最大的是切削速度。这是因为切削速度对切削温度影响最大，切削速度增大，导致切削温度升高，刀具磨损加快，刀具使用寿命明显下降。所以，应首先选择尽可能大的切削深度，然后再选取合适的进给量，最后在保证刀具经济耐用度的条件下，尽可能选取较大的切削速度。

（1）选择切削深度（背吃刀量）　切削深度应根据工件的加工余量和工艺系统的刚性来选择。在保留半精加工余量（1～3mm）和精加工余量（0.1～0.5mm）后，应尽量将剩下余量一次切除，以减少走刀次数。若总加工余量太大，一次切去所有余量将引起明显振动，或者刀具强度不允许，机床功率也不够，这时就应分两次或多次进刀，但第一次进刀深度必须选取得大一些。特别是当切削表面层有硬皮的铸铁、锻件毛坯或切削不锈钢等冷硬现象较严重的材料时，应尽量使切削深度超过硬皮或冷硬层厚度，以免刀尖过早磨钝或破损。

（2）选择进给量　选择进给量要考虑的主要因素是切削阻力和表面粗糙度要求。粗车时，对加工表面粗糙度要求不高，只要工艺系统的刚性和刀具强度允许，可以选较大的进给量，否则应适当减小进给量。如粗车铸铁件比粗车钢件的切削深度大，而进给量小。

（3）选择切削速度　粗车时切削速度的选择，主要考虑切削的经济性，既要保证刀具的经济耐用度，又要保证切削负荷不超过机床的额定功率。刀具材料耐热性好，则切削速度可选高些。用硬质合金车刀比用高速钢车刀切削时的切削速度高。工件材料的强度高、硬度高或塑性太大或太小，切削速度均应选取低些。断续切削（即加工不连续表面时），应取较低的切削速度。

2．半精车和精车时切削用量的选择

半精车、精车时的切削用量，应以保证加工质量为主，并兼顾生产率和必要的刀具寿命。半精车、精车时的切削深度是根据加工精度和表面粗糙度的要求由粗车后留下的余量确定的。半精车、精车的切削深度较小，产生的切削力不大，所以加大进给量对工艺系统的强度和刚性的影响较小，主要受表面粗糙度的限制。此时，应尽可能选择较高的切削速度，然后再选取较大的进给量。

（1）选择切削速度　为了抑制切屑瘤的产生，降低表面粗糙度，当用硬质合金车刀切削时，一般可选用较高的切削速度（80～100m/min）。目前，有些涂层刀具的切削速度可以达到 250m/min 以上，这样既可提高生产效率，又可以提高工件表面质量。但是，如果采用高速钢车刀精车时，则要选用较低的切削速度（<5m/min），以降低切削温度。

（2）选择进给量　半精车和精车时，制约增大进给量的主要因素是表面粗糙度，尤其是精车时通常选用较小的进给量。

（3）选择切削深度　半精车和精车的切削深度，是根据加工精度和表面粗糙度的要求并由粗加工后留下的余量决定的。若精车时选用硬质合金车刀，由于其刃口在砂轮上不易磨得很锋利（至少有 $R0.2mm$ 的刀尖圆弧）。因此，最后一刀的切削深度不宜选得过小，一般要大于刀尖圆弧半径，否则很难满足工件的表面粗糙度要求。若选用高速钢车刀，则可选较小的切削深度。

大件精加工时为保证至少完成一次完整的走刀，应避免切削时中途换刀。选择切削用量时一定要考虑刀具寿命及刀具材料的耐用度问题，并按零件精度和表面粗糙度来确定合理的切削用量。

单件小批量加工时，为了便于控制加工精度，及时补正精度偏差，半精车和精车时的切削用量应尽量选择一致。

4.3.2　切削用量的确定

数控编程时，编程人员必须确定每道工序的切削用量，并以指令的形式写入程序中。切削用量应根据加工性质、加工要求、工件材料及刀具的尺寸和材料等查阅切削手册并结合经验确定。确定切削用量时除了遵循上述选择的一般原则外，还应考虑以下因素：

（1）刀具差异　不同厂家生产的刀具质量差异较大，所以切削用量须根据实际所用刀具和现场经验加以修正。

（2）机床特性　切削用量受机床电动机的功率和机床的刚性限制，必须在机床说明书规定的范围内选取，避免因功率不够发生闷车，或刚性不足产生大的机床变形或振动，从而影响加工精度和表面粗糙度。

（3）数控机床生产率　数控机床的工时费用较高，刀具损耗费用所占比重则较低，应尽量用高的切削用量，通过适当降低刀具寿命来提高数控机床的生产率。数控车削加工中常用切削用量如表 4.1 所示。

表 4.1　数控车削加工中常用切削用量参考表

刀具材料	工件材料	粗 加 工			精 加 工		
		切削深度 /mm	进给速度 /（mm/r）	切削速度 /（m/min）	切削深度 /mm	进给速度 /（mm/r）	切削速度 /（m/min）
硬质合金涂层刀具	碳钢	5	0.3	220	0.4	0.12	260
	低合金钢	5	0.3	180	0.4	0.12	220
	高合金钢（退火）	5	0.3	120	0.4	0.12	160
	铸钢	5	0.3	80	0.4	0.12	140
	不锈钢	4	0.3	80	0.4	0.12	120
	钛合金	3	0.2	40	0.4	0.12	60
	铝合金	3	0.3	1600	0.5	0.2	1600
	灰口铁	4	0.4	120	0.5	0.2	150
	球墨铸铁	4	0.4	100	0.5	0.2	120
陶瓷	淬硬钢	0.2	0.15	100	0.1	0.1	150
	灰口铁	1.5	0.4	500	0.3	0.2	550
	球墨铸铁	1.5	0.4	350	0.3	0.2	380

【知识训练】

1. 试述采用硬质合金刀具粗加工铸铁工件时如何选用切削用量？
2. 试述采用硬质合金刀具精加工 45 钢工件时如何选用切削用量？

4.4　常用车削刀具的刃磨

4.4.1　车刀的切削部分

车刀的切削部分包括三面、二刃、一尖，如图 4.24 所示。

（1）前刀面 A_γ——切屑沿其流出的表面。

（2）主后面 A_α——与过渡表面相对的面。

（3）副后面 A_α'——与已加工表面相对的面。

（4）主切削刃——前刀面与主后刀面相交形成的切削刃。

（5）副切削刃——前刀面与副后刀面相交形成的切削刃。

4.4.2　刀具的平面参考系

刀具的几何角度是在一定的平面参考系中确定的，一般有正交平面参考系、法平面参考系和假定工作平面参考系。如图 4.25 所示，采用的是正交平面参考系。

（1）基面 p_r——过切削刃选定点平行或垂直刀具安装面（或轴线）的平面。

（2）切削平面 p_s——过切削刃选定点与切削刃相切并垂直于基面的平面。

（3）正交平面 p_o——过切削刃选定点同时垂直于切削平面和基面的平面。

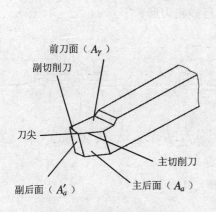

图 4.24 车刀的切削部分

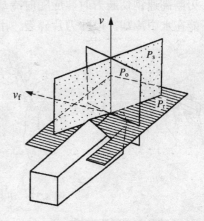

图 4.25 刀具的平面参考系

4.4.3 刀具的角度

刀具的几何角度如图 4.26 所示。

（1）前角 γ_o——在主切削刃选定点的正交平面 p_o 内，前刀面与基面之间的夹角。

（2）后角 α_o——在正交平面 p_o 内，主后面与基面之间的夹角。

（3）主偏角 κ_r——主切削刃在基面上的投影与进给方向的夹角。

（4）刃倾角 λ_s——在切削平面 p_s 内，主切削刃与基面 p_r 的夹角。

4.4.4 切断（车槽）刀的刃磨

1. 刃磨左侧副后面

如图 4.27（a）所示，两手握刀，车刀前

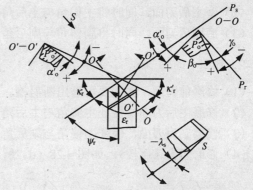

图 4.26 刀具的角度

面向上，同时磨出左侧后角和副偏角及刀头，长度以刚好磨出左侧副切削刃为宜，刀头的宽度在右侧时磨出。

2. 刃磨右侧副后面

如图 4.27（a）所示，两手握刀，车刀前面向上，同时磨出右后侧副后角和副偏角及刀头。

3. 刃磨主后面

如图 4.27（b）所示，两手握刀，车刀前面向上，同时磨出主后角。

4. 刃磨前面

如图 4.27（c）所示，车刀前面对着砂轮磨削表面，同时磨出前角。

刃磨切断刀注意事项：

（1）切断刀的断屑槽不能磨得过深，以免刀头强度降低，容易折断。

（2）刃磨副后面时，用直角尺或金属直尺检查。副后角一侧有负值或角度太大，刀头强

度降低，切削时易折断。

（3）刃磨高速钢切断刀时，应随时冷却，以防退火，用氧化铝砂轮。刃磨硬质合金切断刀时，不能在水中冷却，以防刀片碎裂，用碳化硅砂轮刃磨。

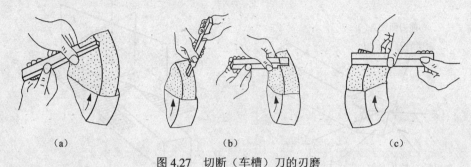

（a）　　　　　　　　（b）　　　　　　　　（c）

图 4.27　切断（车槽）刀的刃磨

4.4.5　外圆车刀的刃磨

外圆车刀的刃磨方法有机械刃磨和手工刃磨两种。手工刃磨车刀的步骤：

1. 粗磨

（1）磨前刀面，同时将前角磨出，如图 4.28（a）所示。
（2）磨主后刀面，同时将主偏角与主后角磨出，如图 4.28（b）所示。
（3）磨副后刀面，同时将副偏角与副后角磨出，如图 4.28（c）所示。

2. 精磨

（1）修磨前刀面，如需要可磨出断屑槽。
（2）修磨主后刀面，保证主偏角与主后角。
（3）修磨副后刀面，保证副偏角与副后角。
（4）修磨刀尖（倒棱），如图 4.28（d）所示。

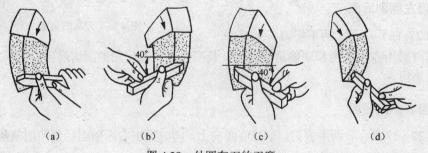

（a）　　　　　　（b）　　　　　　（c）　　　　　　（d）

图 4.28　外圆车刀的刃磨

【知识训练】

1. 以切断刀为例，指出刀具各个角度。
2. 如何安全刃磨外圆车刀？

第 5 章　数控车床上工件的定位与装夹

【教学目标】

掌握工件定位的基本原理、常用定位方法；掌握工件的夹紧方法和数控车床常用的装夹方法；能够根据工件的形状、大小和精度要求正确选择装夹方法。

【工具设备】

数控车床及常用的各类夹具。

【教学方法与课时安排】

教师讲授、演示与学生讨论相结合的教学法。共用 6 学时。

5.1　概述

5.1.1　定位与夹紧方案的确定原则

工件的定位与夹紧方案确定的准确与否，直接影响到工件的加工质量，合理地选择定位基准对保证工件的尺寸精度和相互位置精度有重要的作用。一般来说，应遵循以下三点原则：

（1）力求设计基准、工艺基准和编程基准统一。

（2）尽量减少装夹次数，尽可能在一次定位装夹中完成全部加工面的加工，以减少装夹误差，提高加工表面之间的相互位置精度，充分发挥数控机床的效率。

（3）避免使用需要占用数控机床机时的装夹方案，以便充分发挥数控机床的功效。

5.1.2　定位与夹紧的关系

定位与夹紧的任务是不同的，两者不能互相取代。若认为工件被夹紧后，其位置不能动了，因此自由度都已限制了，这种理解是错误的。图 5.1 所示为定位与夹紧的关系图，工件在平面支承和两个长圆柱销上定位，工件放在实线和虚线位置都可以夹紧，但是工件在 x 方向的位置不能确定，钻出的孔其位置也不确定（出现尺寸 A_1 和 A_2）。只有在 x 方向设置一个挡销，才能保证钻出的孔在 x 方向获得确定的位置。另一方面，若认为工件在挡销的反方向仍然有移动的可能性，因此位置不确定，这种理解也是错误的。定位时，必须使工件的定位基准紧贴在夹具的定位元件上，否则不称其为定位；而夹紧则使工件不离开定位元件。

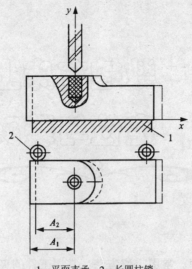

1—平面支承；2—长圆柱销

图 5.1　定位与夹紧的关系图

5.2　常用的定位方法与定位基准

5.2.1　定位方法的分类

对于轴类零件，通常以零件自身的外圆柱面做定位基准来定位。对于套类零件，则以内孔为定位基准。定位方法按定位元件不同有以下几种。

1．圆柱心轴上定位

加工套类零件时，常用工件的孔在圆柱心轴上定位，孔与心轴常用 H7/h6 或 H7/g6 配合。

2．小锥度心轴定位

将圆柱心轴改成锥度很小的锥体（$C=1/1000\sim1/5000$）时，就成了小锥度心轴。工件在小锥度心轴定位，消除了径向间隙，提高了心轴的定心精度。定位时，工件楔紧在心轴上，靠楔紧产生的摩擦力带动工件，不需要再夹紧，且定心精度高；缺点是工件在轴向不能定位。这种方法适用于工件的定位也精度较高的精加工。

3．圆锥心轴定位

当工件的内孔为锥孔时，可用与工件内孔锥度相同的锥度心轴定位，为了便于卸下工件，可在心轴大端配上一个旋出工件的螺母。

4．螺纹心轴定位

当工件内孔是螺纹孔时，可用螺纹心轴定位。

5.2.2　定位基准的选择

1．基准的分类

基准是用来确定生产对象上几何要素之间几何关系所依据的那些点、线或面。基准根据其功用不同可分为设计基准和工艺基准两大类，前者用在产品零件的设计图上，后者用在机械制造的工艺过程中。

（1）设计基准

设计图样上所采用的基准，即在设计图样上用以确定其他点、线、面位置的基准称为设计基准。如图 5.2 所示的衬套零件，轴心线 $O—O$ 为各外圆表面和内孔的设计基准；端面 A 是端面 B、C 的设计基准；$\phi 30H7$ 内孔的轴心线是 $\phi 45h6$ 外圆表面径向跳动和端面 B 端面圆跳动的设计基准。

（2）工艺基准

在制定工艺过程中所采用的基准称为工艺基准。主要包括装配基准、测量基准、工序基准及定位基准等。

① 工序基准　工序图上用来确定本工序所加工表面加工后的尺寸、形状、位置的基准称为工序基准。所标定的被加工面位置尺寸称为工序尺寸。如图 5.3（a）、图 5.3（b）所示是钻孔工序的工序图，分别表示两种不同的工序基准和相应的工序尺寸。

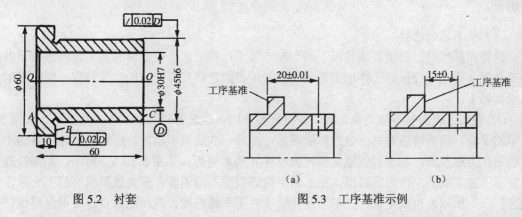

图 5.2　衬套　　　　　　图 5.3　工序基准示例

② 定位基准　加工时，使工件能在机床或夹具中占据一正确位置时所采用的基准称为定位基准。如图 5.4 所示，加工 A 面和 B 面时，将底面 C 靠在夹具的下支承面上，侧面 D 靠在夹具的侧向支承面上，C 面和 D 面就是定位基准。

③ 测量基准　测量时所采用的基准称为测量基准。如图 所示，以轴上的素线 B 作为测量基准来测量平面 A。

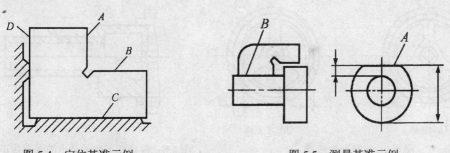

图 5.4　定位基准示例　　　　　　图 5.5　测量基准示例

④ 装配基准　装配时用来确定零件或部件在产品中的相对位置所依据的基准称为装配基准。如图 5.6 所示的车床主轴箱，其底部侧面 A 和底面 B 是主轴箱装在床身上的装配基准。

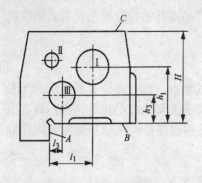

图 5.6　主轴箱装的装配基准

2．定位基准的选择

定位基准是在加工中确定工件的位置所采用的基准，作为基准的点、线、面，有时在工件上并不一定实际存在（如孔或轴的轴心线、两平面之间的对称中心面等），在定位时是通过有关具体表面体现的，这些表面称为定位基面。工件以回转表面（如孔、外圆）定位时，回转表面的轴心线是定位基准，而回转表面就是定位基面。工件以平面定位时，其定位基准与定位基面一致。

定位基准有粗基准和精基准之分。用工件毛坯表面作为定位基准的称为粗基准；用已经加工过的工件表面作为定位基准的称为精基准。选择各工序定位基准时，应先根据工件定位要求确定所需定位基准的个数，再按基准选择原则选定每个定位基准。为使所选的定位基准能保证整个机械加工工艺过程顺利进行，通常应先考虑如何选择精基准来加工各个表面，然后考虑如何选择粗基准把作为精基准的表面先加工出来。

（1）粗基准的选择

选择粗基准时，必须要满足以下两个基本要求：第一，应保证所有加工表面都有足够的加工余量；第二，应保证工件加工表面和不加工表面之间具有一定的位置精度。粗基准的选择原则如下：

① 当加工表面与不加工表面有位置精度要求时，应选择不加工表面为粗基准。如图 5.7 所示的手轮，因为铸造时有一定的形位误差，在第一次装夹车削时，应选择手轮内缘的不加工表面作为粗基准，加工后就能保证轮缘厚度 a 基本相等，如图 5.7（a）所示。如果选择手轮外圆（加工表面）作为粗基准，加工后因铸造误差不能消除，使轮缘厚薄明显不一致，如图 5.7（b）所示。也就是说，在车削前，应该找正手轮内缘，或用三爪自定心卡盘反撑在手轮的内缘上进行车削。

② 对所有表面都需要加工的工件，应该根据加工余量最小的表面找正，这样不会因位置的偏移而造成余量太少的部位加工不出来。如图 5.8 所示的台阶轴是锻件毛坯，A 段余量较小，B 段余量较大，粗车时应找正 A 段，再适当考虑 B 段的加工余量。

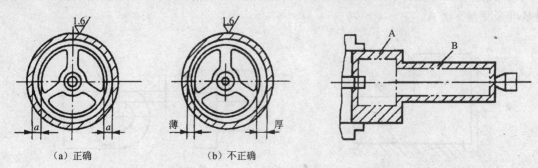

（a）正确　　　　　　　（b）不正确

图 5.7　粗基准的选择　　　　　图 5.8　根据加工余量最小的表面找正示例

③ 应选用工件上强度和刚性好的表面作为粗基准，否则会产生松动或将工件夹坏。

④ 粗基准应选择平整光滑的表面，铸件装夹时应让开浇冒口部分。

⑤ 粗基准不能重复使用。

（2）精基准的选择

精基准的选择原则如下：

① 尽可能采用设计基准或装配基准作为定位基准。一般的套、齿轮坯和皮带轮，精加工时一般利用心轴以内孔作为定位基准来加工外圆及其他表面，如图 5.9 所示。在车削三爪自定心卡盘法兰时，如图 5.9（d）所示，一般先车好内孔和螺纹，然后把它安装在主轴上再车配安装三爪自定心卡盘的凸肩和端面。这种加工方法的定位基准和装配基准重合，容易达到装配精度的要求。

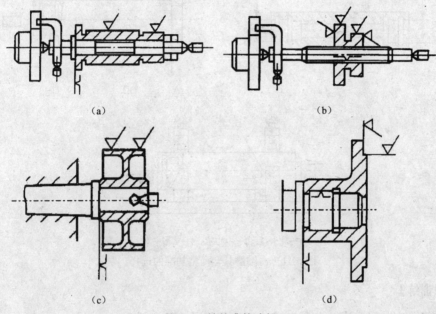

（a）　　　　　　　　　　　　　　　（b）

（c）　　　　　　　　　　　　　　　（d）

图 5.9　精基准的选择

② 尽可能使基准统一。除第一道工序外，其余加工表面尽量采用同一个精基准，因为基准统一后，可减少定位误差，提高加工精度，使装夹方便。如一般轴类工件的中心孔，在车、铣、磨等工序中，始终用它作为精基准。又如齿轮加工时，先把内孔加工好，然后始终以孔作为精基准。

③ 尽可能使定位基准和测量基准重合。如图 5.10（a）所示的套，A 和 B 之间的长度公差为 0.1mm，测量基准面为 A。如图 5.10（b）所示，加工心轴时，因为轴向定位基准是 A 面，这样定位基准跟测量基准重合，使工件容易达到长度公差要求。如图 5.10（c）所示，用 C 面作为长度定位基准，由于 C 面与 A 面之间也有一定误差，这样就产生了间接误差，误差累计后，很难保证 40mm±0.1mm 的要求。

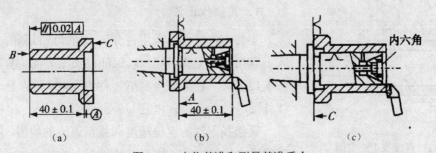

（a）　　　　　　　　　　　　（b）　　　　　　　　　　　　（c）

图 5.10　定位基准和测量基准重合

④ 选择精度较高、形状简单和尺寸较大的表面作为精基准。这样可以减少定位误差，使定位稳固，还可使工件减少变形。如图 5.11（a）所示的内圆磨具套筒，外圆长度较长，形状简单，在车削和磨削内孔时，应以外圆作为定位精基准。

车内孔和内螺纹时，应一端用软卡爪夹住，以外圆作为精基准，如图 5.11（b）所示。

磨削两端内孔时，把工件安装在 V 形夹具 [图 5.11（c）] 中，同样以外圆作为精基准。

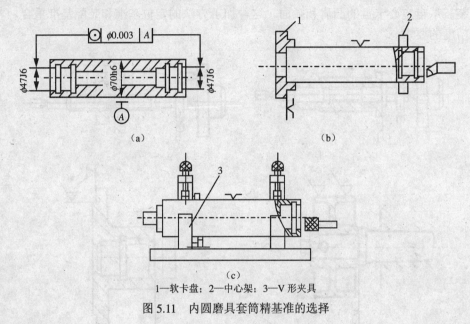

1—软卡盘；2—中心架；3—V 形夹具

图 5.11　内圆磨具套筒精基准的选择

【知识训练】

1. 如何确定装配基准、测量基准、工序基准及定位基准？
2. 如何做到基准重合和基准统一？

5.3　工件的夹紧

在机床上加工零件时，为保证加工精度，必须先使工件在机床上占据一个正确的位置即定位；然后将其压紧夹牢，使其在加工中保持这一正确的位置不变，即夹紧。从定位到夹紧的全过程称为工件的装夹。

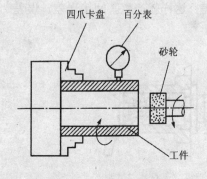

图 5.12　直接找正法实例

5.3.1　工件装夹的方法

1. 直接找正法

工件定位时由工人用百分表、划针或目测的方法在机床上直接找正某些表面，以保证被加工表面位置精度。如图 5.12 所示，在磨床上磨削工件内孔前，用百分表找正工件外圆，以保证工件内孔与外圆同心。

直接找正法的定位精度和找正速度的快慢，取决于找正精度、找正方法、找正工具和工人的技术水平，一般要花费较多的时间，故生产率低，多用于单件小批生产或位置精度要求特别高的工件。

2．划线找正法

先在工件上用工具标出加工表面的位置，再在安装工件时用划针按划线找正工件。划线找正法由于受到划线精度和找正精度的限制，定位精度和生产率都较低，多用于批量较小、毛坯精度较低以及不便于使用夹具的大型零件的粗加工中。

3．夹具定位法

用夹具上的定位元件使工件获得正确位置。采用夹具定位法时工件定位迅速可靠，定位精度和生产率都较高，故应用广泛，尤其适用于成批和大量生产。

5.3.2　数控车床常用的装夹方法

为了充分发挥数控机床的高速度、高精度、高效率等特点，在数控加工中，还应有相应的数控夹具进行配合，数控车床夹具除了使用通用的三爪自定心卡盘、四爪卡盘和大批量生产中使用的自动控制的液压、电动及气动夹具外，还有多种相应的实用夹具。它们主要分为两大类，即用于轴类工件的夹具和用于盘类工件的夹具。

1．三爪自定心卡盘

（1）中空三爪自定心卡盘

中空三爪自定心卡盘［图5.13（a）］用于轴类零件液压动力卡盘。

（2）中实三爪自定心卡盘

中实三爪自定心卡盘［图5.13（b）］用于盘类零件液压动力卡盘。液压动力卡盘夹紧力大小通过调整液压系统的压力进行控制。

　　（a）中空三爪自定心卡盘　　　　　　　　　（b）中实三爪自定心卡盘

图 5.13　三爪自定心卡盘

（3）三爪自定心卡盘的使用方法

① 根据工件形状和尺寸选择夹紧力方向，调整卡爪位置，锁紧。

② 根据工件材质调整夹紧力，踩下卡盘控制踏板，将工件装入后松开卡盘控制踏板。

③ 检查工件装夹是否可靠。

2．在三爪自定心卡盘上安装和卸下工件

（1）擦拭干净卡盘卡爪，将切屑用刷子清除，使卡盘内齿轮位于中立位置；用套筒扳手

旋开卡爪使其开度稍大于工件直径（图 5.14）。

（a）

（b）

图 5.14　旋开卡爪使卡盘内齿轮位于中立位置安装工件

（2）右手握住工件，送入卡盘，左手转动扳手，将工件轻轻夹紧；调整伸出长度，确定工件位置；夹紧工件（图 5.15）。

（3）拆卸工件时，用手转动卡盘，使卡盘内齿轮位于中立位置；用套筒扳手旋松卡盘；以抹布包住工件用右手握住，左手旋开卡盘爪；卸下工件放于零件架上，用刷子和抹布清洁卡盘（图 5.16）。

图 5.15　夹紧工件

图 5.16　拆卸工件

3．尾座与后顶尖

后顶尖多为固定顶尖和回转顶尖。加工较长轴类零件时需要使用尾座后顶尖。

（1）常见尾座后顶尖的类型

常见的尾座后顶尖有车床回转顶尖［图 5.17（a）］、重切削回转顶尖［图 5.17（b）］、固定替换式插式顶尖［图 5.17（c）］、注油式替换顶尖［图 5.17（d）］、伞形顶尖［图 5.17（e）］、自动可调式插式顶尖［图 5.17（f）］、注油式回转顶尖（中切削型）［图 5.17（g）］、细物用注油式回转顶尖［图 5.17（h）］。

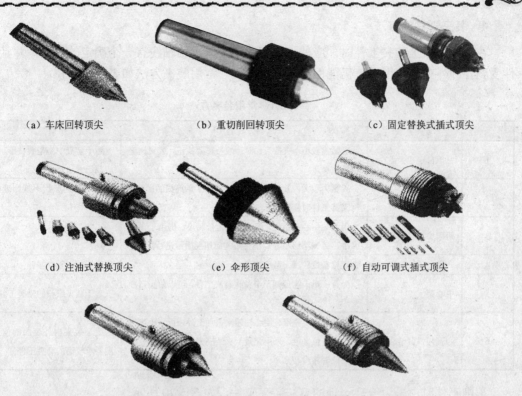

（a）车床回转顶尖　　　　　（b）重切削回转顶尖　　　　（c）固定替换式插式顶尖

（d）注油式替换顶尖　　　　　（e）伞形顶尖　　　　　（f）自动可调式插式顶尖

（g）注油式回转顶尖（中切削型）　　　　（h）细物用注油式回转顶尖

图 5.17　尾座后顶尖

（2）尾座的种类

一般尾座有手动尾座和可编程尾座两种。

① 手动尾座（图 5.18）使用方法同普通车床。

a．调整尾座轴线与工件轴线重合。

b．移动调整尾座与工件的距离，然后锁紧。

② 可编程尾座（图 5.19）由 Z 向进给滑板带动沿 Z 轴运动，顶尖采用液压控制伸缩和夹紧。

a．将可编程尾座和进给箱连接。

b．调整顶尖伸缩行程和夹紧力。

c．根据工件的装夹要求设定尾座的运动距离。

图 5.18　手动尾座

图 5.19　可编程尾座

4．装夹工件的方法

在数控车床上装夹工件时，应使工件相对于车床主轴轴线有一个确定的位置，并且在工件受到各种外力的作用下，仍能保持其既定位置。常用装夹方法如表 5.1 所示。

表 5.1　常用装夹方法

序　号	装夹方法	特　点	适用范围
1	三爪自定心卡盘	夹紧力较小，夹持工件时一般不需要找正，装夹速度较快	适于装夹中小型圆柱形、正三边或正六边形工件
2	四爪卡盘	夹紧力较大，装夹精度较高，不受卡爪磨损的影响，但夹持工件时需要找正	适于装夹形状不规则或大型的工件
3	两顶尖及鸡心夹头	用两端中心孔定位，容易保证定位精度，但由于顶尖细小，装夹不够牢靠，不宜用大的切削用量进行加工	适于装夹轴类工件
4	一夹一顶	定位精度较高，装夹牢靠	适于装夹轴类零件
5	中心架	配合三爪卡盘或四爪卡盘来装夹工件，可以防止弯曲变形	适于装夹细长的轴类工件
6	心轴与弹簧卡头	以孔为定位基准，用心轴装夹来加工外表面，也可以外圆为定位基准，采用弹簧卡头装夹来加工内表面，工件的位置精度较高	适于装夹内外表面的位置精度要求较高的套类工件

车削工件时，采用一夹一顶的方法装夹工件，如图 5.20 所示。

图 5.20　装夹工件的方法

【知识训练】

1．如何找正工件？

2．试分析下列工件采用何种装夹方式：

中小型圆柱形、正三边或正六边形工件、形状不规则或大型的工件、套类工件。

第6章 数控车削加工工艺

掌握车削加工工艺方案的制订方法，能够根据零件的精度要求正确制订加工方案，合理选择切削用量，保证加工质量

数控车床及刀具、夹具若干。

教师讲授、演示与学生讨论相结合的教学法。共用 10 学时。

6.1 数控车削加工工艺概述

数控加工工艺合理的编制（其内容包括选择合适的机床、刀具、夹具、走刀路线及切削用量等）对实现优质、高效、安全、经济的加工具有极为重要的作用，只有选择合适的工艺参数及切削方法才能获得较理想的加工效果。

数控车削的加工工艺与普通车床加工工艺是相通的，在设计零件的数控加工工艺时，首先要遵循普通加工工艺的基本原则和方法，同时还必须考虑数控车削加工本身的特点和零件编程要求。数控车削加工工艺的基本特点如下：

（1）工艺规程规范、明确　普通车床的加工工艺是由操作者操作机床一步一步实现的，具有一定的灵活性。数控车床的加工工艺是在预先所编制的加工程序中体现的，由机床自动实现。因此，数控加工工艺与普通加工工艺相比，在工艺文件的内容和指令格式上都有较大区别，如在加工部位、加工顺序、刀具配置与使用顺序、刀具轨迹、切削参数等方面，都要比普通机床加工工艺中的工序内容更详细。数控加工工艺必须规范、明确，要详细到每一次走刀路线和每一个操作细节，即普通加工工艺通常留给操作者完成的工艺与操作内容（如工步的安排、刀具几何形状及安装位置等），都必须由编程人员在编程时预先确定，并写入工艺文件。

（2）加工工艺制订准确、严密　数控机床加工过程是自动连续进行的，不能像传统加工时那样可以根据加工过程中出现的问题，由操作者适时地随意调整（例如工件切断过程中的速度调整）。因此，在数控加工的工艺设计中必须认真分析加工过程的每一个细小环节（例如加工内孔时，数控车床并不知道孔中是否挤满了切屑，是否需要退一次刀，待清除切屑后再进行加工），尤其是对图形进行数学处理、计算和编程时一定要做到准确无误，稍有疏忽就可能出现重大的机械事故、质量事故甚至人身伤害事故。

（3）可加工复杂表面　对于一般简单表面的加工，数控加工与普通加工无太大的差别，尤其在轮廓形状简单的单件小批量加工中数控车床几乎无法发挥其优势。但数控车床加工效率和加工精度更高，可加工的零件形状更复杂，加工工件的一致性更好。总之，数控车床可以胜任普通车床无法加工的、具有复杂曲面的高精度零件，是普通车削加工方法无法比拟的。

（4）可采用先进的工艺装备　为了满足数控加工中高质量、高效率和高柔性的要求，数控加工中广泛采用先进的数控刀具、专用刀具、高效专用夹具等工艺装备。

实践证明，数控加工工艺的编制结果不是唯一的，在加工工艺的编制过程中应满足安全、高效的原则。数控加工工艺一旦确定，加工质量一般不会由于操作者不同而受到影响。造成失误的主要原因多为工艺方面考虑不周和计算、编程粗心大意。因此，编程人员除必须具备较扎实的工艺知识和较丰富的实际工作经验外，还必须具有细致、严谨的工作作风和高度的工作责任感。

6.2　数控车削加工工艺的制订

数控车床的加工工艺、所用刀具等与普通车床同出一源，但不同的是数控车床的加工过程是按预先编制好的程序，在计算机的控制下自动执行的。加工工艺是预先在所编制的程序中体现的，由机床自动实现。

制订加工工艺是数控车削加工的前期工艺准备工作。工艺制订的主要内容有：分析零件图样、确定工件在车床上的装夹方式、各表面的加工顺序和刀具的进给路线，以及刀具、夹具和切削用量的选择等。

6.2.1　零件图工艺分析

分析零件图是加工工艺制订中的首要工作，它主要包括以下内容：

1. 结构工艺性分析

零件的结构工艺性是指零件对加工方法的适应性，即所设计的零件结构应便于加工成形。在数控车床上加工零件时，应根据数控车削的特点，认真审视零件结构的合理性。在结构分析时，若发现问题应向设计人员或有关部门提出修改意见。

2. 轮廓几何要素分析

在手工编程时，要计算每个基点坐标；在自动编程时，要对构成零件轮廓的所有几何元素进行定义，因此在分析零件图时，要分析几何元素的给定条件是否充分。由于设计等多方面的原因，可能在图样上出现构成加工轮廓的条件不充分、尺寸模糊不清等缺陷，增加了编程工作的难度，有的甚至无法编程。

3. 精度及技术要求分析

对被加工零件的精度及技术要求进行分析，是零件工艺性分析的重要内容。只有在分析零件尺寸精度和表面粗糙度的基础上，才能对加工方法、装夹方式、刀具及切削用量进行正确而合理的选择。精度及技术要求分析的主要内容如下：

（1）分析精度及各项技术要求是否齐全、是否合理。

（2）分析本工序的数控车削加工精度能否达到图样要求，若达不到，需采取其他措施（如磨削）弥补的话，则应给后续工序留有加工余量。

（3）找出图样上有位置精度要求的表面。这些表面应在一次安装下完成。

（4）对表面粗糙度要求较高的表面，应确定用恒线速切削。

6.2.2　零件基准和加工定位基准的选择

1．基准

由于车削和铣削的主切削运动、加工自由度及机床结构的差异，数控车床在零件基准和加工定位基准的选择上要比数控铣床和加工中心简单得多，没有过多的基准转换问题。

（1）设计基准　轴套类和轮盘类零件都属于回转体类，通常径向设计基准在回转体轴线上，轴向设计基准在工件的某一端面或几何中心处。

（2）定位基准　定位基准即加工基准。数控车床加工轴套类及轮盘类零件的定位基准，只能是被加工件的外圆表面、内圆表面或零件端面中心孔。

（3）测量基准　测量基准用于检测机械加工件的精度，包括尺寸精度、形状精度和位置精度。

尺寸精度可使用长度测量量具检测；形状精度和位置精度则要借助测量夹具和量具来完成。下面以工件径向圆跳动的测量方法和测量基准举例说明。

测量径向圆跳动误差时，测量方向应垂直于基准轴线。当实际基准表面形状误差较小时，可采用一对 V 形铁支撑被测工件，工件旋转一周，指示表上最大、最小读数之差即为径向圆跳动的误差。此种测量方法的测量基准是零件支撑处的外表面，测量误差中包含测量基准本身的形状误差和不同轴位置误差。使用两中心孔作为测量基准也是广泛应用的方法，此时应注意加工与测量应使用同一基准。

2．定位基准的选择

定位基准的选择包括定位方式的选择和被加工件定位面的选择。轴类零件的定位方式通常是一端外圆固定，即用三爪自定心卡盘、四爪单动卡盘或弹簧套固定工件的外圆表面，但此定位方式对工件的悬伸长度有一定限制。工件悬伸过长会在切削过程中产生变形，严重时将使切削无法进行。对于切削长度过长的工件可以采取一夹一顶或两顶尖定位。在装夹方式允许的条件下，定位面尽量选择几何精度较高的表面。

6.2.3　工序的确定

在数控车床上加工零件，应按工序集中的原则划分工序，在一次安装下尽可能完成大部分甚至全部表面的加工。根据零件的结构形状不同，通常选择外圆、端面或内孔、端面装夹，并力求设计基准、工艺基准和编程原点的统一。在批量生产中，常用下列两种方法划分工序。

1．按零件加工表面划分

将位置精度要求较高的表面安排在一次安装下完成，以免多次安装所产生的安装误差影响位置精度。例如，某轴承内圈，其内孔对小端面的垂直度、滚道和大挡边对内孔回转中心的角度差，以及滚道与内孔间的壁厚差均有严格的要求，精加工时划分成两道工序，用两台数控车床完成。第一道工序采用图 6.1（a）所示的以大端面和大外径装夹的方案，将滚道、小端面及内孔等安排在一次安装下车出，很容易保证上述的位置精度。第二道工序采用

图 6.1（b）所示的以内孔和小端面装夹方案，车削大外圆和大端面。

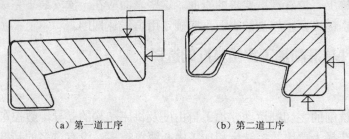

（a）第一道工序　　　　　　（b）第二道工序

图 6.1　轴承内圈加工工序

2．按粗、精加工划分

对毛坯余量较大和加工精度要求较高的零件，应将粗车和精车分开，划分成两道或更多的工序。将粗车安排在精度较低、功率较大的数控车床上，将精车安排在精度较高的数控车床上。

6.2.4　加工顺序的确定

在分析了零件图样和确定了工序、装夹方式之后，接下来要确定零件的加工顺序。制订零件车削加工顺序一般遵循下列原则：

1．先粗后精

按照粗车—半精车—精车的顺序进行，逐步提高加工精度。粗车在较短的时间内将工件表面上的大部分加工余量切掉，一方面提高金属切除率，另一方面满足精车的余量均匀性要求。若粗车后所留余量的均匀性满足不了精加工的要求时，则要安排半精车，以此为精车做准备。精车要保证加工精度要求，按图样尺寸，一刀切出零件轮廓。

2．先近后远

按加工部位相对于对刀点的距离大小而言，在一般情况下，离对刀点远的部位后加工，以便缩短刀具移动距离，减少空行程时间。对于车削而言，先近后远还有利于保持坯件或半成品的刚性，改善其切削条件。如图 6.2 所示的轴上各台阶应从右往左依次加工。

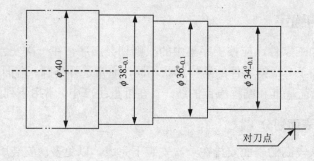

图 6.2　轴加工

3．内外交叉

对既有内表面（内型、腔），又有外表面需加工的零件，安排加工顺序时，应先进行内、外表面粗加工，后进行内、外表面精加工。切不可将零件上一部分表面（外表面或内表面）

加工完毕后，再加工其他表面（内表面或外表面）。

4．进给路线最短

确定加工顺序时，考虑各工序进给路线的总长度最短。

上述原则也不是一成不变的，对于某些特殊的情况，则需要采取灵活可变的方案。如有的工件必须先精加工后粗加工才能保证其加工精度和质量。这些都有赖于编程者实际加工经验的不断积累与学习。

6.2.5　进给路线的确定

确定进给路线的工作重点，主要在于确定粗加工及空行程的进给路线，因精加工切削过程的进给路线基本上都是沿其零件轮廓顺序进行的。

进给路线泛指刀具从对刀点（或机床固定原点）开始运动起，直至返回该点并结束加工程序所经过的路线，包括切削加工的路线及刀具切入、切出等非切削空行程。

在保证加工质量的前提下，使加工程序具有最短的进给路线，不仅可以节省整个加工过程的执行时间，还能减少一些不必要的刀具消耗及机床进给机构滑动部件的磨损等。

实现最短的进给路线，除了依靠大量的实践经验外，还应善于分析，必要时可辅以一些简单计算。现将实践中的部分设计方法或思路介绍如下：

1．最短的空行程路线

（1）巧用起刀点　如图 6.3（a）所示为采用矩形循环方式进行粗车的一般情况示例。其对刀点的设定是考虑到精车等加工过程中需方便地换刀，故设置在离坯件较远的位置处，同时将起刀点与其对刀点重合在一起，按三刀粗车的进给路线安排如下：

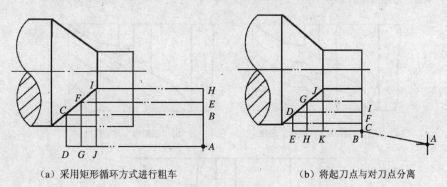

（a）采用矩形循环方式进行粗车　　　　（b）将起刀点与对刀点分离

图 6.3　刀路起点

第一刀为　$A—B—C—D—A$；
第二刀为　$A—E—F—G—A$；
第三刀为　$A—H—I—J—A$。

如图 6.3（b）所示则是巧将起刀点与对刀点分离，并设于图示 B 点位置，仍按相同的切削量进行三刀粗车，其进给路线安排如下：

起刀点与对刀点分离的空行程为　$A—B$；
第一刀为　$B—C—D—E—B$；
第二刀为　$B—F—G—H—B$；
第三刀为　$B—I—J—K—B$。

　　显然，如图6.3（b）所示的进给路线短。该方法也可用在其他循环（如螺纹车削）的切削加工中。

　　（2）巧设换（转）刀点　为了考虑换（转）刀的方便和安全，有时将换（转）刀点也设置在离坯件较远的位置处（如图6.3中的A点）。那么，当换第二把刀后，进行精车时的空行程路线必然也较长；如果将第二把刀的换刀点也设置在图6.3（b）中的B点位置上，则可缩短空行程距离。

　　（3）合理安排"回零"路线　在手工编制较为复杂轮廓的加工程序时，为使其计算过程尽量简化，既不出错，又便于校核，编制者（特别是初学者）有时将每一刀加工完后的刀具终点通过执行"回零"（即返回对刀点）指令，使其全都返回到对刀点位置，然后再执行后续程序。这样会增加进给路线的距离，从而大大降低生产效率。因此，在合理安排"回零"路线时，应使其前一刀终点与后一刀起点间的距离尽量减短，或者为零，即可满足进给路线为最短的要求。另外，在选择返回对刀点指令时，在不发生加工干涉现象的前提下，宜尽量采用X、Z坐标轴双向同时"回零"指令，该指令功能的"回零"路线将是最短的。

2. 最短的切削进给路线

　　切削进给路线为最短，可有效地提高生产效率、降低刀具的损耗。在安排粗加工或半精加工的切削进给路线时，应同时兼顾被加工零件的刚性及加工的工艺性等要求，不要顾此失彼。

　　如图6.4所示为粗车某零件时几种不同切削进给路线的安排示意图。其中图6.4（a）表示利用数控系统具有的封闭式复合循环功能控制车刀沿着工件轮廓进行进给的路线；图6.4（b）为利用其程序循环功能安排的"三角形"进给路线；图6.4（c）为利用其矩形循环功能而安排的"矩形"进给路线。

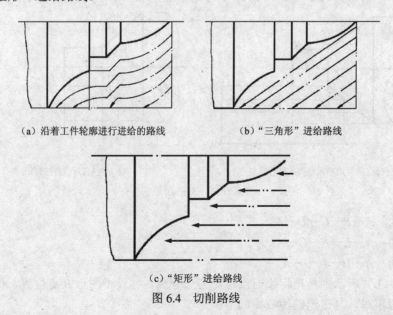

（a）沿着工件轮廓进行进给的路线　　　　　　　（b）"三角形"进给路线

（c）"矩形"进给路线

图6.4　切削路线

　　对以上三种切削进给路线，经分析和判断后可知矩形循环进给路线的进给长度总和最短。因此，在同等条件下，其切削所需时间（不含空行程）最短，刀具的损耗最少。

3．大余量毛坯的阶梯切削进给路线

如图 6.5 所示为车削大余量工件的两种加工路线。如图 6.5（a）所示是错误的阶梯切削路线。如图 6.5（b）所示按 1～5 的顺序切削，每次切削所留余量相等，是正确的阶梯切削路线。因为在同样背吃刀量的条件下，按图 6.5（a）的方式加工所剩的余量过多。

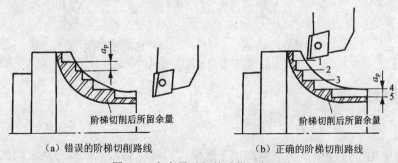

（a）错误的阶梯切削路线　　　　　　　（b）正确的阶梯切削路线

图 6.5　大余量毛坯的阶梯切削路线

根据数控车床加工的特点，还可以放弃常用的阶梯车削法，改用依次从轴向和径向进给、顺着工件毛坯轮廓进给的路线。

4．完工轮廓的连续切削进给路线

在安排可以一刀或多刀进行的精加工工序时，其零件的完工轮廓应由最后一刀连续加工而成，这时，加工刀具的进、退刀位置要考虑妥当，尽量不要在连续的轮廓中安排切入和切出或换刀及停顿。以免因切削力突然变化而造成弹性变形，致使光滑连续轮廓上产生表面划伤、形状突变或滞留刀痕等缺陷。

5．特殊的进给路线

在数控车削加工中，一般情况下，Z 坐标轴方向的进给运动都是沿着负方向进给的，但有时按其常规的负方向安排进给路线并不合理，甚至可能车坏工件。

例如，当采用尖形车刀加工大圆弧内表面零件时，安排两种不同的进给方法，如图 6.6 所示，其结果也不相同。对于如图 6.6（a）所示的第一种进给方法（负 Z 走向），因尖形车刀的主偏角为 100°～105°，这时切削力在 X 向的较大分力 F_P 将沿着图 6.6（a）所示的正 X 方向作用，当刀尖运动到圆弧的换象限处，即由负 Z、负 X 向负 Z、正 X 变换时，背向力 F_P 与传动横拖板的传动力方向相同。若螺旋副间有机械传动间隙，就可能使刀尖嵌入零件表面（即扎刀），其嵌入量在理论上等于其机械传动间隙量 e。即使该间隙量很小，由于刀尖在 X 方向换向时，横向拖板进给过程的位移量变化也很小，加上处于动摩擦与静摩擦之间呈过渡状态的拖板惯性的影响，仍会导致横向拖板产生严重的爬行现象，从而大大降低零件表面质量。

对于图 6.6（b）所示的第二种进给方法，因为尖刀运动到圆弧的换象限处，即由正 Z、负 X 向正 Z、正 X 方向变换时，背向力 F_P，与丝杠传动横向拖板的传动力方向相反，不会受螺旋副机械传动间隙的影响而产生嵌刀现象，所以图 6.6（b）所示进给方案是较合理的。

此外，在车削余量较大的毛坯和车削螺纹时，都有一些多次重复进给的动作，且每次进给的轨迹相差不大，这时进给路线的确定可采用系统固定循环功能。

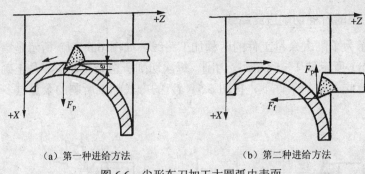

（a）第一种进给方法　　　　　（b）第二种进给方法

图 6.6　尖形车刀加工大圆弧内表面

6.2.6　退刀与换刀

1. 退刀

在数控机床加工过程中，为了提高加工效率，刀具从起始点或换刀点运动到接近工件部位及加工完成后退回起始点或换刀点，是以 G00 方式（快速）运动的。

根据刀具加工零件部位的不同，退刀的路线确定方式也不同，数控车床数控系统提供 3 种退刀方式。

（1）斜线退刀方式　斜线退刀方式路线最短，适用于加工外圆表面的偏刀退刀，如图 6.7（a）所示。

（2）径—轴向退刀方式　这种退刀方式是刀具先径向垂直退刀，到达指定位置时再轴向退刀，如图 6.7（b）所示。切槽即采用此种退刀方法。

（3）轴—径向退刀方式　轴—径向退刀方式的顺序与径—轴向退刀方式恰好相反，如图6.7（c）所示。车孔即采用此种退刀方式。

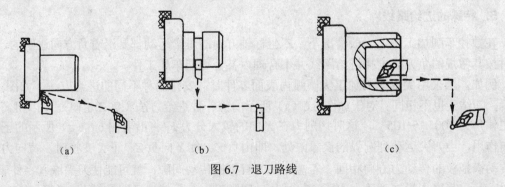

（a）　　　　　　　　（b）　　　　　　　　　（c）

图 6.7　退刀路线

数控系统除按指定的退刀方式退刀外，还可用 G00 指令编制退刀路线，原则是第一考虑安全性，即在退刀过程中不能与工件发生碰撞；第二是考虑使退刀路线最短。相比之下安全是第一位的。

2. 换刀

（1）设置换刀点　数控车床的刀盘结构有两种，一是刀架前置，其结构与普通车床相似，经济型数控车床多采用这种结构；另一种是刀盘后置，这种结构是中高档数控车床常采用的。

换刀点是一个固定的点，它不随工件坐标系的位置改变而发生位置变化。换刀点最安全的位置，是换刀时刀架或刀盘上的任何刀具不与工件发生碰撞的位置。如工件在第三象限，刀盘上所有刀具在第一象限。换句话说换刀点轴向位置（Z 轴）由轴向最长的刀具（如内孔镗刀、钻头等）确定；换刀点径向位置（X 轴）由径向最长刀具（如外圆刀、切刀等）确定。这种设置换刀点方式的优点是安全、简便，在单件及小批量生产中经常采用；缺点是增加了刀具到零件加工表面的运动距离，降低了加工效率，机床磨损也加大，大批量生产时往往不采用这种设置换刀点的方式。

（2）跟随式换刀　在批量生产时，为缩短空走刀路线，提高加工效率，在某些情况下可以不设置固定的换刀点，每把刀有其各自不同的换刀位置。这里应遵循的原则是：第一，确保换刀时，刀具不与工件发生碰撞；第二，力求最短的换刀路线，即采用所谓的"跟随式换刀"。

跟随式换刀不使用机床数控系统提供的回换刀点的指令，而使用 G00 快速定位指令。

这种换刀方式的优点是能够最大限度地缩短换刀路线，但每一把刀具的换刀位置要经过仔细计算，以确保换刀时刀具不与工件碰撞。跟随式换刀常应用于被加工工件有一定批量、使用刀具数量较多、刀具类型多、径向及轴向尺寸相差较大时。

（3）排刀法　在数控车床的生产实践中，为缩短加工时间、提高生产效率，针对特定几何形状和尺寸的工件常采用所谓的"排刀法"。

这种刀具排列方式的好处是在换刀时，刀盘或刀塔不需要转动，是一种加工效率很高的安排进给路线的方法。使用排刀法时，程序与刀具位置有关。一种编程方法是使用变换坐标系指令，为每一把刀具设立一个坐标系；另一种方法是所有刀具使用一个坐标系，刀具的位置差由程序坐标系补偿，但刀具一旦磨损或更换，就要根据刀尖实际位置重新调整程序，十分麻烦。

6.2.7　切削用量的选择

1. 选择切削用量的一般原则

（1）粗车时切削用量的选择　粗车时一般以提高生产率为主，兼顾经济性和加工成本。提高切削速度、加大进给量和背吃刀量都能提高生产率。其中切削速度对刀具寿命的影响最大，背吃刀量对刀具寿命的影响最小，所以考虑粗加工切削用量时，首先应选择一个尽可能大的背吃刀量，其次选择较大的进给速度，最后在刀具使用寿命和机床功率允许的条件下选择一个合理的切削速度。

（2）精车、半精车时切削用量的选择　精车和半精车的切削用量要保证加工质量，兼顾生产率和刀具使用寿命。精车和半精车的背吃刀量是根据零件加工精度和表面粗糙度要求，及粗车后留下的加工余量决定的，一般情况是一次去除余量。

精车和半精车的背吃刀量较小，产生的切削力也较小，所以可在保证表面粗糙度的情况下，适当加大进给量。

2. 背吃刀量的确定

在工艺系统刚性和机床功率允许可以使用最大有效切削刃长度的条件下，尽可能选取较大的背吃刀量，以减少进给次数。当零件的精度要求较高时，则应考虑适当留出精车余量，其所留精车余量一般比普通车削时所留余量少，常取 0.1～0.5mm。

3. 主轴转速的确定

（1）光车时主轴转速　光车时主轴转速应根据零件上被加工部位的直径，并按零件和刀具的材料及加工性质等条件所允许的切削速度来确定。切削速度除了计算和查表选取外，还可根据实践经验确定。需要注意的是交流变频调速数控车床低速输出力矩小，因而切削速度不能太快。

（2）车螺纹时主轴转速　在切削螺纹时，车床的主轴转速将受到螺纹的螺距（或导程）大小、驱动电动机的升降频特性及螺纹插补运算速度等多种因素影响，故对于不同的数控系统，推荐不同的主轴转速选择范围。

4．进给速度的确定

进给速度是指在单位时间内，刀具沿进给方向移动的距离（单位为 mm/min）。有些数控车床规定，可以选用进给量（单位为 mm/r）表示进给速度。

（1）确定进给速度的原则

① 当工件的质量要求能够得到保证时，为提高生产率，可选择较高（不超过机床最大进给速度）的进给速度。

② 切断、车削深孔或精车削时，宜选择较低的进给速度。

③ 刀具空行程，特别是远距离"回零"时，可以设定尽量高的进给速度。

④ 进给速度应与主轴转速和背吃刀量相适应。

（2）进给速度的计算

① 单向进给速度的计算。单向进给速度包括纵向进给速度和横向进给速度。进给速度 v_f 可以按公式 $v_f = n \times f$ 来计算，式中 f 表示每转进给量，粗车时一般取 0.3～0.8mm/r；精车时常取 0.1～0.3mm/r；切断时常取 0.05～0.2mm/r。

② 合成进给速度的计算。合成进给速度是指刀具做合成（斜线及圆弧插补等）运动时的进给速度，如加工斜线及圆弧等轮廓零件时，这时刀具的进给速度由纵、横两个坐标轴同时运动的速度决定。由于计算合成进给速度的过程比较烦琐，所以，除特别需要外，在编制加工程序时，大多凭实践经验或通过试切确定速度值。

6.2.8　加工工艺文件

填写数控加工专用工艺文件是编制数控加工工艺的内容之一。这些工艺文件既是数控加工的依据、产品验收的依据，也是操作者必须遵守、执行的规程。工艺文件是对数控加工工艺的具体说明，目的是让操作者更明确加工程序的内容、装夹方式、各个加工部位所选用的刀具及其他技术问题，防止盲目性、临时性等错误操作的发生。数控加工工艺文件主要有：机械加工工艺过程卡、机械加工工序卡、数控加工工序卡片、数控刀具卡片、数控加工走刀路线图、工件装夹和原点设定卡片和数控编程任务书等。对于数控车床一般不可缺少的工艺文件是：数控刀具卡片、工序和操作清单及程序卡，文件指令格式可根据企业实际情况自行设计。不同的数控机床，工艺文件的内容也有所不同。一般来讲，数控车床所需要的加工工艺文件应包括：

（1）编程任务书。

（2）数控加工工序卡。

（3）数控机床调整单。

（4）数控加工刀具卡。

（5）数控加工进给路线图。

（6）数控加工程序单。

其中以数控加工工序卡和数控刀具卡最为重要。前者是说明数控加工顺序和加工要素的文件；后者是刀具使用的依据。

为了加强技术文件管理，数控加工工艺文件也应向标准化、规范化方向发展。但目前尚无统一的国家标准，各企业可根据本部门的特点制订上述有关工艺文件。

1. 数控刀具卡

数控加工时，对刀具的要求十分严格，刀具编号应与刀具名称、加工部位及加工程序严格对应。一般刀具卡上能够反映刀具编号、刀具名称及规格、刀具的刀尖圆弧半径、加工表面，并在备注中描述刀片型号和材料对刀点的位置等。它是刀具领用、装夹、调整的重要依据，如表 6.1 所示。

表 6.1　刀具卡

零件名称			零件图号		刀柄尺寸	备　注
序　　号	刀 具 号	刀具名称及规格	刀尖半径	数　　量	加工表面	
1						
2						
3						
4						

2. 数控加工工序卡

数控加工工序卡与普通加工工序卡有许多相似之处，须将切削参数（即程序编入的主轴转速、进给速度、最大切削深度或宽度等）的选择对应进给路线标注清楚。还要注明所用机床型号、程序编号，并对对刀点、工件伸出长度、装夹部位等作简要说明，如表 6.2 所示。

表 6.2　数控加工工序卡

	实训项目		工件名称		设备名称			实训班级		
	实训内容		零件图号		夹具名称			实训时间		
			毛坯材料		程序号			实训教师		
	实训要求 （知识和技能目标）					数控 系统		实训地点		
	工件坐标系 基准视图									
工 序 号	工步	工步 内容	刀　号	刀具 规格	主轴转速 $n/(\text{r}\cdot\text{min}^{-1})$	进给量 $f/(\text{mm}\cdot\text{r}^{-1})$	背吃刀量 a_P/mm	余量	备注
	1								
	2								
	3								
	4								
	5								
	6								
	编制		审核教师		批准		共　页		第　页

3. 程序卡

程序卡就是将数控加工程序按表格形式进行填写，便于对程序进行校对、审核、更正及准确输入。主要内容包括：零件名称、图样编号、工件的材质、该程序所对应的数控系统、机床型号及程序的简要说明等，如表 6.3 所示。

表 6.3　程序卡

编程原点	工件右端面与轴线交点			编写日期	
零件名称	轴类零件	零件图号	图×××	材　　料	45#
车床型号	CAK6150	夹具名称	三爪卡盘	加工地点	数控车间
程序号	Oxxxx			编程系统	FANUC oi—TC
序号	程　　序			简 要 说 明	
N010					
N020					
N030					
N040					

【技能训练】

试根据图 6.2 所示的精度要求，合理制定加工工艺方案。

第7章 数控机床编程基础

7.1　程序编制的内容与方法

7.1.1　编程的内容与步骤

一般说来，数控机床程序编制的内容主要为：分析零件图、确定机床、工艺处理、数值计算、编写程序及检验和试切工件。

1．分析零件图

首先是能正确分析零件图，确定零件的加工部位，根据零件图的技术要求，分析零件的形状、基准面、尺寸公差和粗糙度要求，以及加工面的种类、零件的材料、热处理等其他技术要求。

2．确定机床

通过分析，根据零件形状和加工的内容及范围，确定该零件的哪些表面适宜在数控车床、数控铣床、加工中心和其他机床上加工，确定加工的机床。

3．工艺处理

在对零件图进行分析并确定好机床之后，确定零件的装夹定位方法、加工路线（如对刀点、换刀点、进给路线）、刀具及切削用量等工艺参数（如进给速度、主轴转速、切削宽度和切削深度等）。在该阶段要确定加工的顺序和步骤，一般分粗加工、半精加工、精加工等阶段。粗加工一般留 1mm 的加工余量，半精加工留约 0.2mm 的余量。精加工直接形成产品的最终尺寸精度和表面粗糙度，对于要求较高的表面要分别进行加工，要求不高时粗加工留约 0.5mm

的余量，半精和精加工一次完成。根据粗、精加工的要求，合理选用刀具，所采用的刀具要满足加工质量和效率的要求。

4. 数值计算

根据零件图、刀具的加工路线和设定的编程坐标系来计算刀具运动轨迹的坐标值。

对于表面由圆弧、直线组成的简单零件，只需计算出零件轮廓上相邻几何元素的交点或切点（基点）的坐标值，得出直线的起点、终点，圆弧的起点、终点和圆心坐标值。

对于较复杂的零件，计算会复杂一些，如对于非圆曲线需用直线段或圆弧段来逼近。对于自由曲线、曲面等加工，要借助计算机辅助编程来完成。

5. 编写程序及检验

根据所计算出的刀具运动轨迹坐标值和已确定的切削用量及辅助动作，结合数控系统规定使用的指令代码及程序段指令格式，编写零件加工程序单。

将编好的程序输入到数控系统的方法有二种：一种是通过操作面板上的按钮直接手工把程序输入数控系统，另一种是通过计算机 RS232 接口与数控机床连接传送程序。

为了检验程序是否正确，可通过数控系统图形模拟功能来显示刀具轨迹或用机床空运行来检验机床运动轨迹，检查刀具运动轨迹是否符合加工要求。

6. 试切工件

用图形模拟功能和机床空运行来检验机床运动轨迹，只能检验刀具的运动轨迹是否正确，不能检查加工精度。因此，还应进行零件的试切。如果通过试切发现零件的精度达不到要求，则应对程序进行修改，以及采用误差补偿的方法，直至达到零件的加工精度要求为止。

在试切削工件时可用单步执行程序的方法，即按一次按钮执行一个程序段，发现问题及时处理。

7.1.2　编程的方法

数控加工程序的编制方法有两种：

1. 手工编程

分析零件图、确定机床、工艺处理、数值计算、编写程序及检验等各个阶段均由人工完成的编程方法称为手工编程。

当零件形状不十分复杂或加工程序不太长时，用手工编程较为经济而且及时。因此，手工编程被广泛用于点位加工和形状简单的轮廓加工中。

但是，形状较复杂的零件、几何元素并不复杂但程序量很大的零件和当铣削轮廓时，编程中的数值计算相当烦琐且程序量大，所费时间多且易出错，而且有时手工编程根本难以完成。这些情况均不适合用手工编程，需要自动编程。

2. 自动编程

自动编程是计算机通过自动编程软件完成对刀具运动轨迹的自动计算，自动生成加工程序并在计算机屏幕上动态地显示出刀具的加工轨迹。对于加工零件形状复杂，特别是涉及三维立体形状或刀具运动轨迹计算烦琐时，采用自动编程。

在自动编程中，编程人员只需按零件图纸的要求，将加工信息输入到计算机中，计算机在完成数值计算和后置处理后，编制出零件加工程序单。所编制的加工程序还可通过计算机仿真进行检查。

自动编程可以大大减轻编程人员的劳动强度，将编程效率提高几十倍甚至上百倍。同时解决了手工编程无法解决的复杂零件的编程难题。自动编程是提高编程质量和效率的有效手段，有时甚至是实现某些零件的加工程序编制的唯一手段。但是手工编程是自动编程的基础，自动编程中的许多核心经验，都来源于手工编程。

【知识训练】

1. 数控机床程序编制的内容和步骤有哪些？
2. 数控加工程序的编制方法有哪些？

7.2 数控机床的坐标系

7.2.1 机床坐标系

1. 数控机床坐标系的形式

数控机床坐标系主要有两种：笛卡儿坐标系和极坐标系。

（1）笛卡儿坐标系 采用直角坐标系，用右手法则判断方向。右手的拇指、食指和中指分别代表 X、Y、Z 三根直角坐标轴的方向；旋转方向按右手螺旋法则规定，四指顺着轴的旋转方向，拇指与坐标轴同方向为轴的正旋转，反之为轴的反旋转，如图 7.1 所示，图中 A、B、C 分别代表围绕 X、Y、Z 三根坐标轴的旋转方向。

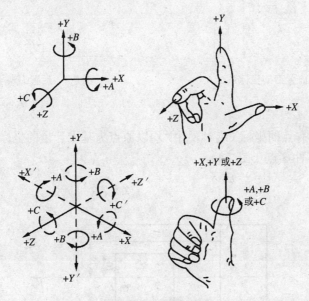

图 7.1 机床坐标系

（2）极坐标系 一点由指定的到原点的距离和到指定轴的角度而确定，在 X、Y 坐标系中，角度（α）以 X 轴作为参考。如果角度从 X 方向开始作逆时针测量，那么角度就为正，反之，就为负。

在数控加工过程中，不论是工件静止不动、刀具作进给运动，还是工件作进给运动、刀具静止不动，数控机床的坐标运动指的是刀具相对于工件的运动，即认为刀具作进给运动，而工件静止不动。

2．机床坐标系的原点

数控机床坐标系由制造厂家确定，不能更改。机床坐标系的原点也称机械原点或参考点、零点，是固有的点，不能替换它的位置。机床坐标系是用来确定工件坐标系的基本坐标系，其坐标和原点方向视机床的种类和结构而定。

机床启动时，通常要进行机动或手动将运动部件回到各轴正向极限位置即回零。这个极限位置就是机械原点（零点）。

7.2.2　工件坐标系

工件坐标系是建立在机床坐标系基础上的，在加工零件时所使用的加工基准，也称为零点偏置。工件坐标系的参考点又称作工件原点，该点可以在工件上任意选定。然而，为了减少加工当中的工艺误差，工件原点的选择应该尽可能遵循基准重合的原则，即加工基准应该与工艺基准及设计基准相统一。

工件坐标原点的位置也称工作零点。编制时一般选择工件上（如左下角上表面点或中心点）的某一点作为程序的原点，并以这个原点作为坐标系的原点，建立一个新的坐标系。对于数控车来讲只有 X、Z 轴，如图 7.2、图 7.3 所示。

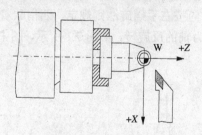

图 7.2　前置刀架坐标系 1

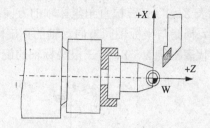

图 7.3　后置刀架坐标系 2

1．绝对坐标系

在坐标系中，所有点的坐标（绝对尺寸）均以原点为基准计量的坐标系称为绝对坐标系，绝对尺寸一直指着工件零点（图 7.4）。

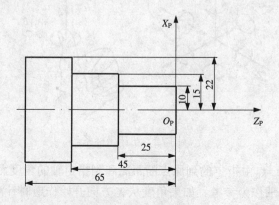

图 7.4　绝对坐标系

2. 相对坐标系

在坐标系中，运动轨迹终点坐标以其起点为基准计量的坐标系称为增量坐标系（亦称相对坐标系），在增量坐标系中，点的坐标用 U 和 W 表示。相对尺寸为绝对坐标值与绝对坐标值的差值（图 7.5）。

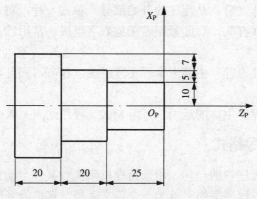

图 7.5　相对坐标系

有的数控系统用 X、Y、Z 表示绝对坐标代码，用 U、V、W 表示相对坐标代码。在一个加工程序中可以混合使用这两种坐标表示法编程。

工件坐标系原点可以在工件上任意选定。然而，为了减少加工中的工艺误差，工件原点的选择应该尽可能遵循基准重合的原则，即加工基准应该与工艺基准及设计基准相统一。对车床编程而言，工件坐标系原点一般选在工件轴线与工件的前端面、后端面、卡爪前端面的交点上；对于数控铣床和加工中心，工体坐标系原点一般设在工件的左下角上或下边缘上，有时根据工件的特点也可设在中心上。对刀点是零件程序加工的起始点，对刀的目的是确定程序原点在机床坐标系中的位置，对刀点可与程序原点重合，也可在任何便于对刀之处，但该点与程序原点之间必须有确定的坐标关系。

【知识训练】

数控机床坐标系和工件坐标系的形式有哪些？

7.3　程序结构与指令格式

7.3.1　程序的结构

一个完整的数控加工程序，由程序号、程序内容、程序结束指令三部分组成。下面以华中 HNC-21T 数控车床的控制系统为例来说明程序的结构。

%0001（程序号）

N1 T0101　　　　　　　　　（调用加工刀具）

N2 G00 X40 Z0　　　　　　　（刀具移动到工件端面对刀点的位置）

N3 M03 S400　　　　　　　　（主轴以 400r/min 正转）

N4 G01 X0 F60　　　　　　　（到达工件中心）

N5 G03 U24 W-24 R15　　　　（加工 R15 圆弧段）

N6 G02 X26 Z-31 R5　　　　（加工 *R*5 圆弧段）

N7 G01 Z-40　　　　　　　（加工 φ26 外圆）

N8 X40　　　　　　　　　（退出刀具）

N9 G00 X100 Z100　　　　（返回到安全位置）

N30 M30　　　　　　　　（程序结束指令）

程序号位于程序主体之前，是程序的开始部分，独占一行，每个程序必须要有程序号。一般由规定的字母%或O打头，后面紧跟若干位数字组成。常用的是二位和四位两种，前零可以省略。

程序主体（程序主要内容）由若干个程序段组成。在书写和打印时，一个程序段一般占一行。

程序结束指令位于程序主体的后面，可用 M02（程序结束）或 M30（光标返回到开始）。

7.3.2　程序段指令格式

程序段是数控加工程序中的一句，用来指令机床执行某一个动作或一组动作。每个程序段由若干个程序字组成。程序字的字首为一个英文字母，它称为字的地址（如 G、M、T、S 等），随后为若干位十进制数字。字的功能类别由字地址决定。根据功能的不同，程序字可分为程序段序号、准备功能字、辅助功能字、尺寸字、进给功能字、主轴转速功能字和刀具功能字。各部分名称如图 7.6 所示。

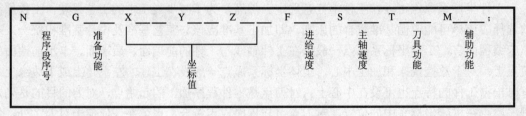

图 7.6　程序字各部分名称

1．准备功能 G 指令

准备功能 G 指令由 G 与其后的一或二位数值组成，它用来规定刀具和工件的相对运动轨迹、机床坐标系、坐标平面、刀具补偿、坐标偏置等多种加工操作。

2．主轴功能 S 指令

主轴功能 S 指令控制主轴转速，其后的数值表示主轴速度，单位为 r/min（转/分钟）。恒线速度功能时 S 指定切削线速度，其后的数值单位为 m/min（米/分钟）（G96 恒线速度有效、G97 取消恒线速度）。S 是模态指令，S 功能只有在主轴速度可调节时有效。S 所编程的主轴转速可以借助机床控制面板上的主轴倍率开关。

3．进给功能 F 指令

进给功能字又称为 F 功能或 F 指令，由地址符 F 与其后的若干位数字组成，用来表示刀具的进给速度（或称进给率），单位一般是 mm/min。当进给速度与主轴转速有关时（如车削螺纹），单位为 mm/r。在准备功能中，常使用 G98 代码来指定每分钟进给率，用 G99 代码来指定每转进给率。

4．刀具功能 T 指令

T 表示刀具地址符，T 代码用于选择刀架或刀具库中的刀具，前两位数表示刀具号，后两位数表示刀具补偿号。对于数控车床，当执行了 Txxxx 指令后进行换刀，而在加工中心上，Txx 通常并不执行换刀操作，只是选刀，而 M06 用于起动换刀操作。Txx 不一定要放在 M06 之前，只要放在同一程序段中即可实现指令功能。

5．辅助功能 M 指令

辅助功能由地址字 M 和其后的一或两位数字组成，主要用于控制零件程序的走向，以及机床各种辅助功能的开关动作。M 功能有非模态 M 功能和模态 M 功能两种形式。非模态 M 功能（当段有效代码）只在书写了该代码的程序段中有效。常用代码有：

（1）MOO 指令程序段之后，主轴停转、进给停止、冷却液关闭、程序停止。

（2）选择程序停止指令（M01）。

（3）程序结束指令（M02）。

（4）M03、M04、M05 分别为主轴顺时针旋转、主轴逆时针旋转及主轴停止指令。

（5）换刀指令（M06），该指令用于具有刀库的数控机床（如加工中心）的换刀功能。

（6）冷却液开指令（M08）。

（7）冷却液关指令（M09）。

（8）程序结束并返回指令（M30）。

7.3.3　主程序和子程序

在程序中，若某一固定的加工操作重复出现时，可把这部分操作编制成子程序，然后根据需要调用，这样可使程序变得非常简单。调用第一层子程序的指令所在加工程序叫做主程序（图 7.7）。一个子程序调用语句，可以多次重复调用子程序。子程序可以由主程序调用，已被调用的子程序还可以调用其他子程序，这种方式称为子程序嵌套。子程序嵌套可达四次。

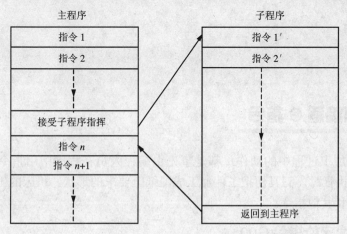

图 7.7　主程序和子程序

1．子程序调用命令 M98 及从子程序返回命令 M99

M98 用来调用子程序。

M99 表示子程序结束，执行 M99 使控制返回到主程序。

2. 子程序的指令格式

```
O（%）××××
…
M99
```

在子程序开头，必须规定子程序号，以作为调用入口地址。在子程序的结尾用 M99，以控制执行完该子程序后返回主程序。

3. 调用子程序的指令格式

```
M98  P_  L_
P：被调用的子程序号
L：重复调用次数
```

西门子系统在程序段中直接调用子程序，只需写上子程序的文件名，但在编写子程序时文件名的后缀为："·SPF"。

【技能训练】

指出下列程序中各程序段的作用：

```
 O0002；（参考）
N1 T0101；
N2 MO3 S600；
N3 G00 X46.0 Z0；
N4 G01 X-0.1 F0.15；
N5 Z1.0；
N6 G00 X46.0 ；
N7 X100.0 Y100.0；
N8 X43.0 Z-45.0；
N9 T0202；
…
…
Nn M30；
```

7.4 常用编程 G 指令

数控机床在加工过程中的动作，都是事先由编程人员在程序中用指令的方式给以规定的，当程序开始执行时，刀具便把工件加工成图纸上要求的形状。机床的工艺指令大体分为 G 指令、M 指令和其他指令。

7.4.1 快速定位指令 G00

1. 指令格式

```
G00  X（U）__ Z（W）__
```

2. 指令说明

（1）表示刀具以机床给定的快速进给速度移动到程序段指定点的位置，又称为点定位指令。

（2）采用绝对坐标编程，X、Z 表示快速移动的终点位置在工件坐标系中的坐标。

（3）采用增量坐标编程，U、W 表示快速移动的终点位置相对于起点位置的位移量。

7.4.2　直线插补指令 G01

1. 指令格式

```
G01  X(U)__  Z(W)__  F__
```

2. 指令说明

（1）G01 指令使刀具以程序中设定的进给速度从所在点出发，直线插补至指定点。

（2）采用绝对坐标编程时，X、Z 表示程序段指定点在工件坐标系中的坐标位置；采用增量坐标编程时，U、W 表示程序段指定点相对于当前点的移动距离与方向，其中 F 表示合成进给速度，在无新的 F 指令替代前一直有效。如图 7.8 所示的零件，用 G01 指令可加工外圆。

（3）G01 是模态代码，可由 G00、G02、G03 或 G32 功能注销。

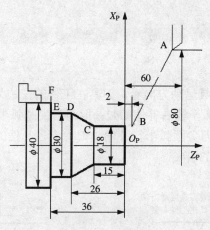

图 7.8　零件简图

7.4.3　圆弧插补指令 G02、G03

1. 指令格式

（1）用圆弧终点坐标和圆心坐标表示时指令格式：

```
G02/G03  X(U)__  Z(W)I__  K__  F__
```

（2）用圆弧终点坐标和圆弧半径 R 表示时指令格式：

```
G02/ G03  X(U)__  Z(W)  R__  F__
```

2. 指令说明

（1）G02、G03 指令表示刀具以 F 进给速度从圆弧起点向圆弧终点进行圆弧插补。

（2）G02 为顺时针圆弧插补指令，即凹圆弧的加工；G03 为逆时针圆弧插补指令，即凸圆弧的加工。

（3）采用绝对坐标编程，X、Z 为圆弧终点坐标值；采用增量坐标编程，U、W 为圆弧终点相对于圆弧起点的坐标增量，R 是圆弧半径，当圆弧所对圆心角为 0°～180° 时，R 取正值；当圆心角为 180°～360° 时，R 取负值。I、K 为圆心在 X、Z 轴方向上相对于圆弧起点的坐标增量（用半径值表示），I、K 为零时可以省略，如图 7.9 所示。

（4）注意 G02、G03 在 G17（XY）、G18（ZX）、G19（YZ）平面上的变化。

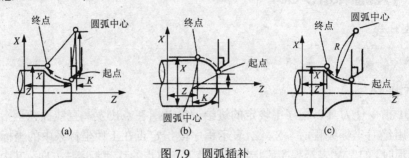

图 7.9　圆弧插补

7.4.4　刀尖圆弧半径补偿指令

1．指令格式

```
G41（G42、G40）G01（G00）X（U）__ Z（W）__
```

2．指令说明

如图 7.10 所示，顺着刀具运动方向看，刀具在工件的左边为刀尖圆弧半径左补偿 G41；刀具在工件的右边为刀尖圆弧半径右补偿 G42；取消刀尖圆弧半径补偿 G40。只有通过刀具的直线运动才能建立和取消刀尖圆弧半径补偿。刀尖半径补偿的建立与取消只能用 G00 或 G01 指令，不能用 G02 或 G03 指令。

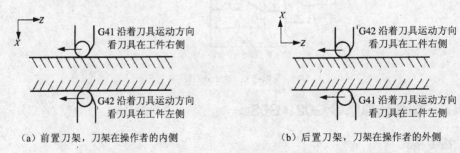

（a）前置刀架，刀架在操作者的内侧　　　　　　（b）后置刀架，刀架在操作者的外侧

图 7.10　左刀补和右刀补

（1）刀具半径补偿参数及设置　补偿刀尖圆弧半径大小后，刀具自动偏离零件轮廓半径距离。因此，必须将刀尖圆弧半径尺寸值输入系统的存储器中。一般粗加工取 0.8mm，半精加工取 0.4mm，精加工取 0.2mm。若粗、精加工采用同一把刀，一般刀尖半径取 0.4mm。

 注意

G41/不带参数，其补偿号（代表所用刀具对应的刀尖半径补偿值定）由 T 代码指定。其刀尖圆弧补偿号与刀具偏置补偿号对应。

（2）刀尖方位设置　车刀形状不同，决定刀尖圆弧所处的位置不同，执行刀具补偿时，刀具自动偏离零件轮廓的方向也就不同。因此，也要把代表车刀形状和位置的参数输入到存储器中。车刀形状和位置参数称为刀尖方位 T。如图 7.11 所示，共有 9 种，分别用参数 0～9 表示，A 为假想刀尖点。CKA6140 数控机床常用刀尖方位 T 为：外圆右偏刀 T=3，镗孔右偏刀 T=2。

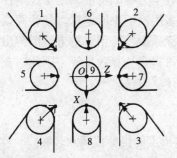

●代表刀具刀尖点 A，+代表刀尖圆弧圆心 O

（a）前置刀架

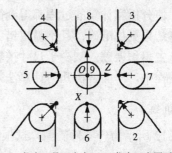

●代表刀具刀尖点 A，+代表刀尖圆弧圆心 O

（b）后置刀架

图 7.11　车刀刀尖位置码定义

【知识训练】

1．常用编程 G 指令有哪些？

2．说明左右刀补的概念。

7.5　坐标值的常用计算方法

7.5.1　勾股定理

$$a^2 + b^2 = c^2$$

式中，a 和 b 为直角三角形两个直边，c 为直角三角形斜边。

7.5.2　三角函数计算法

三角函数计算法简称三角计算法。在手工编程工作中，因为这种方法比较容易被掌握，所以应用十分广泛，是进行数学处理时应重点掌握的方法之一。三角计算法主要应用三角函数关系式及部分定理，现将有关定理的表达式列出如下。

1．正弦定理

$$\frac{a}{\sin A} = \frac{b}{\sin B} = \frac{c}{\sin C} = 2R$$

式中，a、b 和 c ——分别为直分别为 $\angle A$、$\angle B$ 和 $\angle C$ 所对应边的边长；

R——三角形外接圆半径。

2．余弦定理

$$\cos A = \frac{b^2 + c^2 - a^2}{2bc}$$

7.5.3 平面解析几何法

三角计算法虽然在应用中具有分析直观、计算简便等优点，但有时为计算一个简单图形，却需要添加若干条辅助线，并要在分析完数个三角形间的关系后才能进行。而应用平面解析几何计算法则可省掉一些复杂的三角形关系，用简单的数学方程即可准确地描述零件轮廓的几何图形，使分析和计算的过程都得到简化，并可减少多层次的中间运算，使计算误差大大减小，计算结果更加准确，且不易出错。在绝对编程坐标系中，应用这种方法所解出的坐标值一般不产生累积误差，减少了尺寸换算的工作量，还可提高计算效率等。因此，在数控机床的手工编程中，平面解析几何计算法是应用较普遍的计算方法之一。

【技能训练】

如图 7.12 所示为一零件简图，试根据图示中各个转折点的坐标值填入表中。

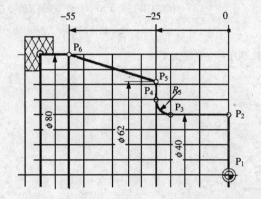

	X	Z
P_1		
P_2		
P_3		
P_4		
P_5		
P_6		

图 7.12 零件简图

第8章 FANUC Oi Mate—TB 系统数控车床编程与操作

【教学目标】

掌握 FANUC Oi Mate—TB 系统基本指令的使用方法，掌握固定循环与子程序的使用方法，掌握数控车床面板和键盘的含义，能够熟练操作机床。

【工具设备】

FANUC Oi Mate—TB 系统数控车床。

【教学方法与课时安排】

教师讲授、演示与学生讨论相结合的教学法。共用 20 学时。

8.1 数控编程 FANUC Oi Mate—TB 系统的概述

8.1.1 FANUC Oi Mate-TB 数控系统 G 指令

FANUC Oi Mate—TB 数控系统 G 指令如表 8.1 所示。

表 8.1 FANUC Oi Mate—TB 数控系统 G 指令表

G 代码			组	功　能
A	B	C		
G00	G00	G00	01	点定位
G01	G01	G01	01	直线插补
G02	G02	G02	01	顺圆弧插补
G03	G03	G03	01	逆圆弧插补
G04	G04	G04	00	暂停
G17	G17	G17	16	选择 XY 平面
G18	G18	G18	16	选择 XZ 平面
G19	G19	G19	16	选择 YZ 平面
G20	G20	G70	06	英寸输入
G21	G21	G71	06	毫米输入

G 代码			组	功　能
A	B	C		
G22	G22	G22	09	存储行程检查接通
G23	G23	G23	09	存储行程检查断开
G25	G25	G25	08	主轴速度波动检测断开
G26	G26	G26	08	主轴速度波动检测接通
G27	G27	G27	00	返回参考点检查
G28	G28	G28	00	返回参考位置
G32	G33	G33	01	螺纹切削
G34	G34	G34	01	变螺距螺纹切削
G36	G36	G36	00	自动刀具补偿 X
G37	G37	G37	00	自动刀具补偿 Z
G40	G40	G40	07	刀具半径补偿取消
G41	G41	G41	07	刀具半径补偿，左侧
G42	G42	G42	07	刀具半径补偿，右侧
G50	G92	G92	00	坐标系设定或最大主轴速度设定
G65	G65	G65	00	宏程序调用
G66	G66	G66	12	宏程序模态调用
G67	G67	G67	12	宏程序模态调用取消
G70	G70	G72	00	精加工循环
G71	G71	G73	00	粗车外圆
G72	G72	G74	00	粗车端面
G73	G73	G75	00	多重车削循环
G74	G74	G76	00	排屑钻端面孔
G75	G75	G77	00	外径/内径钻孔
G76	G76	G78	00	多头螺纹循环
G80	G80	G80	10	固定钻循环取消
G83	G83	G83	10	钻孔循环
G84	G84	G84	10	攻丝循环
G85	G85	G85	10	正面镗循环
G87	G87	G87	10	侧钻循环
G88	G88	G88	10	侧攻丝循环
G89	G89	G89	10	侧镗循环
G90	G77	G20	01	外径/内径车削循环
G92	G78	G21	01	螺纹切削循环
G94	G79	G24	01	端面车削循环
G96	G96	G96	02	恒表面切削速度控制
G97	G97	G97	02	恒表面切削速度控制取消
G98	G94	G94	05	每分进给
G99	G95	G95	05	每转进给

注：表 8.1 中 BEI JING—FANUC Oi Mate—TB 数控系统的 G 功能有 A、B、C 三种类型，一般数控车床大多设定为 A 类型，本教材介绍 A 类型的 G 功能。

　　模态指令又称续效指令，一经程序段中指定，便一直有效，直到以后程序段中出现同组另一指令或被其他指令取消时才失效。编写程序时，与上段相同的模态指令可省略不写。不同组模态指令编在同一程序段内，不影响其续效。

8.1.2　数控车床的坐标系统与编程特点

1．数控车床坐标系统

　　数控车床的坐标系如图 8.1 所示，其中：（a）为普通数控车床的坐标系统，（b）为带卧式刀塔的数控车床的坐标系统。

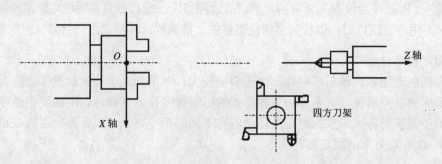

（a）普通数控车床的坐标系统

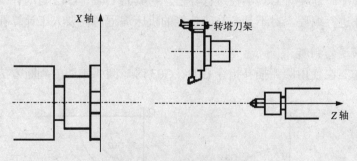

（b）带卧式刀塔的数控车床的坐标系

图 8.1　数控车床的坐标系

　　数控车床的机床原点为主轴回转中心与卡盘后端面的交点，如图 8.2 中的 O 点。参考点也是机床上一个固定的点，这个点通常用来作为刀具交换的位置，如图 8.2 中的 O' 点。

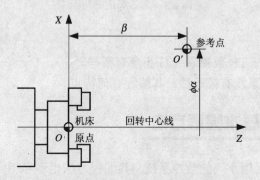

图 8.2　数控车床机床原点和参考点

2. 数控车床的编程特点

（1）绝对坐标编程和增量坐标编程

数控车床的编程允许在一个程序段中，根据图纸标注尺寸，可以是绝对坐标值或增量坐标值编程，也可以是二者的混合编程。绝对坐标编程用 X、Z 表示，增量坐标编程用 U、W 表示。

（2）直径编程与半径编程

由于回转体零件图纸尺寸的标注和测量都是直径值，因此，为了提高径向尺寸精度和便于编程与测量，X 向脉冲当量取为 Z 向的一半，故数控车床一般直径方向用绝对值编程时，X 以直径值表示。用增量编程时，以径向实际位移量的 2 倍编程，并附上方向符号（正向省略）。

（3）固定循环功能

由于车削的毛坯多为棒料或锻件，加工余量较大，车削加工多为大余量多次进刀切削。所以数控车床的数控系统常具备多种不同形式的可进行多次重复循环切削的固定循环功能，但不同的数控系统对各种形式的固定循环功能有不同的指令格式。如后面介绍的 G90、G94、G92、G70~G76 均为车削固定循环指令。

（4）刀具半径补偿

为了提高刀具的使用寿命和降低表面粗糙度，车刀刀尖常磨成半径较小的圆弧，为此当编制圆头车刀程序时需要对刀具半径进行补偿。对具备 G41、G42 自动补偿功能的机床，可直接按轮廓尺寸进行编程，对不具备补偿功能的机床编程时需要人工计算补偿量。

（5）圆弧顺逆的判断

数控车床加工在使用圆弧插补指令 G02、G03 时，圆弧顺逆的判断方法如图 8.3 所示。

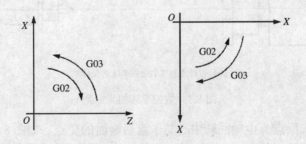

图 8.3　圆弧顺逆的判断

【知识训练】

1. FANUC Oi Mate—TB 数控系统 G 指令有哪些？
2. 数控车床的坐标系统有哪几种？其编程有何特点？

8.2　数控车床基本编程方法

对数控车床来说，采用不同的数控系统，其编程方法也不尽相同。因此，在编程之前一定要了解机床系统的功能及有关参数。

8.2.1　工件坐标系设定 G50

1. 指令格式

```
G50 X__ Z__
```

2. 指令说明

前者为坐标系设定指令，X、Z 值为机床零点在设定的工件坐标系中的坐标。

8.2.2　**快速定位** G00

1. 指令格式

```
G00  X（U）__ Z（W）__
```

2. 指令说明

G00 指令表示刀具以机床给定的快速进给速度移动到目标点，又称为点定位指令。采用绝对坐标编程，X、Z 表示目标点在工件坐标系中的坐标值；采用增量坐标编程，U、W 表示目标点相对当前点的移动距离与方向。

3. 例

如图 8.4 所示，刀具从换刀点 A（刀具起点）快进到 B 点，试分别用绝对坐标方式和增量坐标方式编写 G00 程序段。

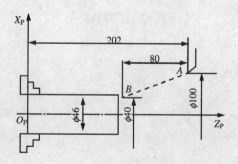

图 8.4　快速定位

编程要点：车削时，快速定位目标点不能选在零件上，一般要离开零件表面 1～5mm。绝对坐标编程：

```
G00 X40. Z122.
```

增量坐标编程：

```
G00 U-60. W-80.
```

8.2.3　**直线插补** G01

1. 指令格式

```
G01 X（U）__ Z（W）__  F__
```

2. 指令说明

G01 直线插补，命令机床数个坐标间以联动方式直线插补到规定位置，这时刀具按指定的 F 进给速度沿起点到终点的连线作直线切削运动。

采用绝对坐标编程，X、Z 表示目标点在工件坐标系中的坐标位置；采用增量坐标编程 U、W 表示目标点相对当前点的移动距离与方向，其中 F 表示进给速度，在无新的 F 指令替代前一直有效。

3. 例

如图 8.5 所示，设零件各表面已完成粗加工，试分别用绝对坐标方式和增量坐标方式编写 G00、G01 程序段。

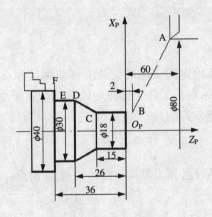

图 8.5 直线插补

绝对坐标编程：

```
G00 X18 Z2          A-B
G01 X18 Z-15 F50    B-C
G01 X30 Z-26        C-D
G01 X30 Z-36        D-E
G01 X42 Z-36        E-F
```

增量坐标编程：

```
G00 U-62 W-58       A-B
G01 W-17 F50        B-C
G01 U12 W-11        C-D
G01 W-10            D-E
G01 U12             E-F
```

8.2.4 圆弧插补 G02、G03

1. 指令格式

（1）指令格式一

```
G02 / G03  X(U)__ Z(W)__  R__ F__
```

（2）指令格式二

```
G02/ G03    X(U)__ Z(W)__  I__ K__ F__
```

2．指令说明

G02 圆弧顺时针方向插补，G03 圆弧逆时针方向插补；G02/G03 的指令指令格式，指定圆弧中心位置的方式有两种：一种是圆弧半径 R 指定圆心，当圆弧小于 180° 时 R 为正值，当圆弧大于等于 180° 时 R 为负值；另一种是用圆心相对圆弧起点的增量坐标 I、K 指定圆心位置。

其中：X、Z 为圆弧终点的绝对坐标，直径编程时 X 为实际坐标的 2 倍。

U、W 为圆弧终点相对于圆弧起点的增量坐标。

R 为圆弧半径。

I、K 为圆心相对于圆弧起点的增量值，直径编程时 I 值为圆心相对圆弧起点的增量值的 2 倍。当 I、K 与坐标轴方向相反时，I、K 为负值。圆心坐标在圆弧插补时不能省略。

F 为进给量。

3．例

欲加工如图 8.6 所示的零件，试用圆弧精加工两种指令格式进行编程。

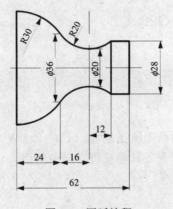

图 8.6　圆弧编程

（1）指令格式一编程

```
G01 X28.
Z-10:
G02 X36 Z-38 R20 F0.1;
G03 X60 Z-62 R30 F0.1;
```

（2）指令格式二编程

```
G01 X28.
Z-10:
G02 X36 Z-38 I32 K -38 F0.1:
G03 X60 Z-62 I-36 K-24 F0.1;
```

8.2.5　暂停 G04

1．指令格式

```
G04  X __ ;
G04  U __ ;
G04  P __ ;
```

2．指令说明

X、U、P 为暂停时间。X、U 后面可用小数点的数，单位为 s；P 后面的数不允许用小数点，单位为 ms。执行该指令后进给暂停至指定时间后，继续执行下一段程序。常用于车槽、锪孔等加工，刀具对零件做短时间的无进给光整加工，以降低表面粗糙度及工件圆柱度。

8.2.6　尺寸单位选择 G20、G21

1．指令格式

G20 或 G21。

2．指令说明

如果一个程序段开始用 G20 指令，则表示程序中相关的一些数据为英制（in）；如果一个程序段开始用 G21 指令，则表示程序中相关的一些数据为米制（mm）。机床出厂时一般设为 G21 状态，机床刀具各参数以米制单位设定。两者不能同时使用。

8.2.7　自动返回参考点 G28

1．指令格式

G28 X（U）__ Z（W）__

2．指令说明

该指令使刀具快速移动到指令中所指的 X（U）、Z（W）中间点的坐标位置，然后自动返回到参考点。G28 为非模态指令，只能在程序段中使用。

【知识训练】

数控机床的基本编成指令格式有哪些？

8.3　固定循环与子程序

8.3.1　单一形状固定循环

1．简单外圆切削循环指令（G90）

（1）指令格式

G90 X（U）__ Z（W）__ F__

（2）指令说明

如图 8.7 所示，刀具从循环起点开始按矩形循环，最后又回到循环起点。图中虚线轨迹 1、4 为快速运动，实线轨迹 2、3 为切削进给。

其中，X、Z 为圆柱面切削终点坐标值，可用增量值 U、W，也可用绝对值 X、Z。U、W 的符号取决于轨迹 1、2 的方向，图中 U、W 均为负值。注意：用绝对坐标编程时，X 以直径值表示；用增量坐标值编程时，U 为实际径向位移量的 2 倍值，F 为进给速度。

例：加工如图 8.8 所示的工件，试编写其有关程序。

```
...
G90 X35.0Z-30.0F0.2;     （以 0.2mm/r 进给速度第一次循环）
X30.0;                   （以 0.2mm/r 进给速度第二次循环）
X25.0;                   （以 0.2mm/r 进给速度第三次循环）
...
```

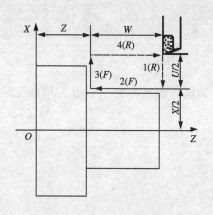

图 8.7　单一形状固定循环

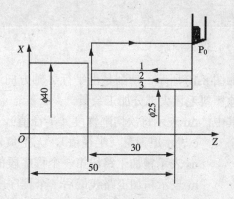

图 8.8　直线切削固定循环实例

2. 简单圆锥切削循环指令（G90）

（1）指令格式

```
G90 X（U）__ Z（W）__ R __ F__
```

（2）指令说明

如图 8.9 所示为锥度切削固定循环的方式。其中，坐标 X（U）、Z（W）的用法与直线切削固定循环相同，U 和 W 的符号仍根据轨迹 1 和 2 的方向确定；R 是锥度大、小端的半径差，用增量坐标表示，当沿轨迹使锥度值（即 R 的绝对值）增大的方向与 X 轴正向一致时，R 取正号，反之取负号。图中 R 为负值。

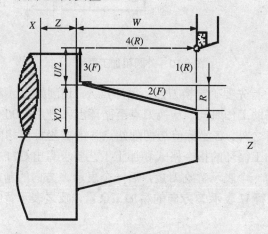

图 8.9　锥度切削固定循环

8.3.2　复合形状多重固定循环

运用这组 G 代码，可以加工形状较复杂的零件，编程时只须指定精加工路线和粗加工背吃刀量，系统会自动计算出粗加工路线和加工次数，因此编程效率更高。

1. 外圆粗加工复合循环（G71）

（1）指令格式

```
G71 U Δd  R e;
G71 P ns Q nf U Δu W Δw F _ S _ T_ ;
```

（2）指令说明

如图 8.10 所示，切削是沿平行 Z 轴方向进行，A 为循环起点，$A—A'—B$ 为精加工路线。可切除棒料毛坯大部分加工余量。

其中：Δd 表示每次切削深度（半径值），无正负号；

　　　　e 表示退刀量（半径值），无正负号；

　　　　ns 表示精加工路线第一个程序段的顺序号；

　　　　nf 表示精加工路线最后一个程序段的顺序号；

　　　　Δu 表示 X 方向的精加工余量，直径值；

　　　　Δw 表示 Z 方向的精加工余量。

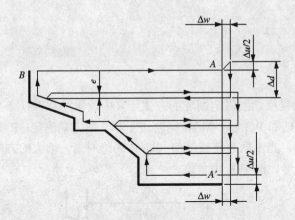

图 8.10　外圆粗加工循环

使用循环指令编程，首先要确定换刀点、循环点 A、切削始点 A' 和切削终点 B 的坐标位置。为节省数控机床的辅助工作时间，从换刀点至循环点 A 使用 G00 快速定位指令，循环点 A 的 X 坐标位于毛坯尺寸之外，Z 坐标值与切削始点 A' 的 Z 坐标值相同。

其次，按照外圆粗加工循环的指令格式和加工工艺要求写出 G71 指令程序段，在循环指令中有两个地址符 U，前一个表示背吃刀量，后一个表示 X 方向的精加工余量。在程序段中有 P、Q 地址符，则地址符 U 表示 X 方向的精加工余量，反之表示背吃刀量。背吃刀量无负值。

$A'→B$ 是工件的轮廓线，$A→A'→B$ 为精加工路线，粗加工时刀具从 A 点后退 $\Delta u/2$、Δw，即自动留出精加工余量。顺序号 ns 至 nf 之间的程序段描述刀具切削加工的路线。

例：欲加工如图 8.11 所示的零件，试运用外圆粗加工循环指令编写程序。

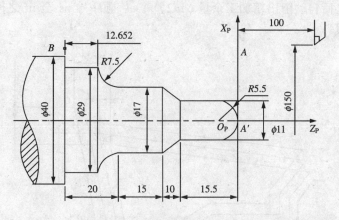

图 8.11　外圆粗加工循环应用

```
0811
N010 G50 X150. Z100.;
N020 G00 X41. Z0;
N030 G71 U2. R1.;
N040 G71 P50 Q120 U0.5 W0.2 F100 ;
N050 G01 X0 Z0;
N060 G03 X11. W-5.5 R5.5;
N070 G01 W-10.;
N080 X17 W-10.;
N090 W-15.;
N100 G02 X29. W-7.348 R7.5;
N110 G01 W-12.652;
N120 X41.;
N130 X150. Z100.;
N140 M30;
```

2. 固定形状切削复合循环（G73）

（1）指令格式

```
G73 U △i W △k R d ;
G73 P ns Q nf U △u W △w ;
```

（2）指令说明

如图 8.12 所示，刀具轨迹平行于工件的轮廓，适合加工铸造、锻造成形的一类工件。其中：$\triangle i$ 表示 X 轴向总退刀量（半径值）；$\triangle k$ 表示 Z 轴向总退刀量；d 表示循环次数；ns 表示精加工路线第一个程序段的顺序号；nf 表示精加工路线最后一个程序段的顺序号；$\triangle u$ 表示 X 方向的精加工余量（直径值）；$\triangle w$ 表示 Z 方向的精加工余量。背吃刀量分别通过 X 轴方向总退刀量 $\triangle i$ 和 Z 轴方向总退刀量 $\triangle k$ 除以循环次数 d 求得。总退刀量 $\triangle i$ 与 $\triangle k$ 值的设定与工件的切削深度有关。

使用固定形状切削复合循环指令，首先要确定换刀点、循环点 A、切削始点 A' 和切削终点 B 的坐标位置。分析上道例题，A 点为循环点，$A' \rightarrow B$ 是工件的轮廓线，$A \rightarrow A' \rightarrow B$ 为刀具的精加工路线，粗加工时刀具从 A 点后退至 C 点，后退距离分别为 $\triangle i + \triangle u/2$、$\triangle k + \triangle w$，这样粗加工循环之后自动留出精加工余量 Δu/2、Δw。顺序号 ns 至 nf 之间的程序段描述刀具切削加工的路线。

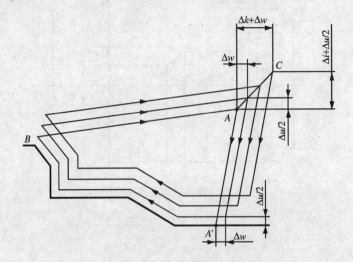

图 8.12　固定形状切削复合循环

例：欲加工如图 8.13 所示的零件，试运用外圆固定形状粗加工循环编写程序。

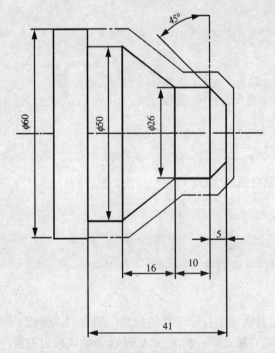

图 8.13　外圆固定形状复合循环应用

```
O813
G00 G40 G97 G99 S500 M03 T0101 F0.2;
X62. Z2.;
G73 U5. W5 R4;
G73 P10 Q20 U0.3 W0.05;
N10 G0 G42 X0.;
G1Z0;
```

```
X16.;
X26.Z-5.;
Z-15.;
X50.Z-31.;
Z-41.;
X60.;
N20 G01 G40 X62.;
G00 X100. Z100.;
M30;
```

3. 精车循环加工（G70）

（1）指令格式

```
G70 P（ns Q （nf）
```

（2）指令说明

当用 G71、G73 粗加工零件以后，用 G70 来指定精加工循环，切除粗加工余量。

其中：ns 为精加工循环的第一个程序段号；

nf 为精加工循环中的最后一个程序段号。

在精车循环 G70 状态下，ns 至 nf 程序中指定的 F、S、T 有效；如果 ns 至 nf 程序中不指定 F、S、T 时，粗车循环中指定 F、S、T 有效。在使用 G70 精车循环时，要特别注意退刀路线，防止刀具与工件发生干涉。

8.3.3　螺纹加工循环

螺纹切削分为单行程螺纹切削、简单螺纹循环和螺纹切削复合循环。

1. 单行程螺纹切削（G32）

（1）指令格式

```
G32　X（U）__ Z（W）__ F__
```

（2）指令说明

其中：X（U）、Z（W）为螺纹切削的终点坐标值；F 为螺距。

2. 螺纹切削循环（G92）

（1）指令格式

```
圆柱螺纹　G92　X（U）__ Z（W）__ F__ ;
圆锥螺纹　G92　X（U）__ Z（W）__ R__ F__ ;
```

（2）指令说明

其中：X（U）、Z（W）为螺纹切削终点坐标；

F 为螺纹导程；

R 为螺纹的锥度，即螺纹切削起始点与切削终点的半径差。加工圆柱螺纹时，I=0。

加工圆锥螺纹时，当 X 向切削起始点坐标小于切削终点坐标时，I 为负，反之为正。

（3）例：根据如图 8.14 所示的加工实例简图，试编写螺纹加工程序。

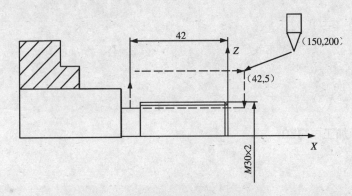

8.14　圆柱螺纹加工实例

```
...
G00 X40.0 Z5.0;
G92 X29.0  Z-42.0  F2.0;      （加工螺纹第 1 刀）
X28.2;                        （加工螺纹第 2 刀）
X27.8;                        （加工螺纹第 3 刀）
X27.62;                       （加工螺纹第 4 刀）
G00 X150.0  Z200.0;
...
```

3. 复合螺纹切削循环（G76）

（1）指令格式

```
G76 P（m）（r）（a） Q（Δdmin） R（d）;
G76 X（u）_ Z（w）_ R（i） P（k） Q（Δd） F（l）;
```

（2）指令说明

如图 8.15 所示，复合螺纹切削循环指令可以完成一个螺纹段的全部加工任务，它的进刀方法有利于改善刀具的切削条件。

其中：m 为最终精加工重复次数，可取 1～99；

　　　　r 为螺纹的精加工量；

　　　　a 为刀尖的角度（螺牙的角度）可选 80、60、55、30、29、0 六个种类；

　　　　m、r、a 为同用地址 P 一次指定；

　　　　Δdmin 为 X 轴方向孔的深度；

　　　　i 为螺纹部分的半径差；

　　　　k 为螺牙的高度；

　　　　Δd 为第一次切深量；

　　　　L 为螺纹导程；

　　　　d 为精加工余量。

（3）螺纹切削时的有关问题

① 螺纹切削应注意在两端设置足够的升速进刀段 $\delta1$ 和降速退刀段 $\delta2$。

②　在螺纹切削过程中，进给速度修调指令说明和进给暂停指令说明无效，若此时进给暂停键按下，刀具将在螺纹段加工完后才停止运动。

③　在螺纹加工过程中不要使用恒线速控制指令说明。从粗加工到精加工，主轴转速必须保持一常数。否则，螺距将发生变化。

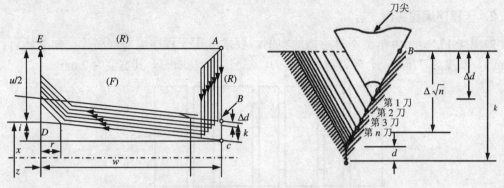

图 8.15　复合螺纹切削循环

（4）螺纹起点与终点径向尺寸的确定

径向起点（螺纹大径）由外圆车削保证。车螺纹时，因零件材料受车刀挤压而使外径胀大，因此螺纹部分的零件外径应比螺纹的公称直径小。

①　经验公式：毛坯直径=螺纹理论大径−0.1p；

②　径向终点：（螺纹小径）一般分数次进给达到；

③　经验公式：螺纹小径=螺纹大径−1.3p。

8.3.4　子程序

当一个程序反复出现或在几个程序中都要使用它，可以把这类程序作为固定程序，并先存储起来，使程序简化，这组程序叫子程序。

主程序可以调用子程序，一个子程序也可以调用下一级子程序。在子程序的结尾用 M99 指令，表示子程序结束、返回主程序。子程序必须在主程序后建立，其作用相当于一个固定循环。

1. 子程序调用

在主程序中，调用子程序的指令是一个程序段，它由程序调用字、子程序号和调用次数组成。FANUC 数控系统常用的子程序调用指令格式如下。

（1）子程序调用指令格式

```
M 98  P ×××× L ××××;
```

其中：M98 为子程序调用字；

P 为子程序号；

L 为重复调用次数。

例：M98 P1002 L5 ；

表示子程序程序号为 1002，连续调用 5 次。

使用子程序可以大大精简程序，而且可读性强，也易于检查。一个调用指令可以重复地调用一个子程序，同时一个子程序可以被多个主程序调用，提高编程效率。

（2）子程序的指令格式

O（子程序号）

…

M99；（子程序返回）

2．子程序编程实例

如图 8.17 所示为车削不等距槽的实例，要求应用子程序编写程序。已知毛坯直径为 $\phi 32mm$，长度为 77mm，一号刀为外圆车刀，三号刀为切断刀，其宽度为 2mm。

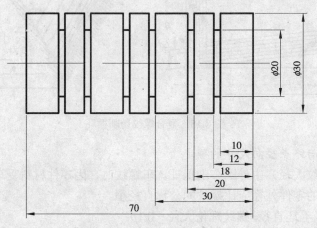

图 8.16　子程序应用实例

参考程序如表 8.2 所示。

表 8.2　子程序编程实例

主　程　序	子　程　序
O1	O1005
G00 G40 G97 G99 S500 M03 T001 F0.1；	G00 W-12.；
X34. Z2.；	G01 X20.F0.08；
G00 G40 X30.；	G04 X3.；
G01 Z0；	X32.；
Z-70.；	G00 W-8.；
G00 X100. Z100.；	G01 X20.；
S300 M03 T0202 F0.08；	G04 X3.；
G00 X32. Z0.；	X32.；
M98 P1005 L3；	M99；
G00 X100. Z100.；	
M05；	
M30；	

【技能训练】

1．举例说明循环 G90、G71、G73、G70 的指令格式，说明螺纹加工循环指令 G32、G92、G76 的指令格式。

2．写出子程序调用指令格式和子程序的指令格式。

8.4　FANUC Oi—TB 系统数控车床面板和指令键

8.4.1　数控系统 MDI 键盘的结构

FANUC Oi—TB 系统数控车床操作面板（MDI 键盘）如图 8.17 所示。

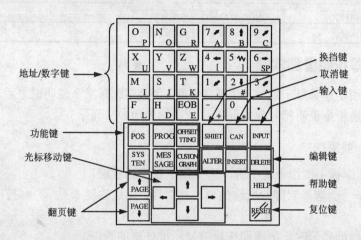

图 8.17　FANUC Oi—TB 系统数控车床操作面板

8.4.2　MDI 键盘的说明

MDI 键盘的功能说明如表 8.3 所示。

表 8.3　MDI 键盘的功能说明

键	名　称	功　能　说　明
RESET	复位键	按下此键，复位 CNC 系统。包括取消报警、主轴故障复位、中途退出自动操作循环和中途退出输入、输出过程等
CURSOR	光标移动键	移动光标至编辑处
PAGE	翻页键	CRT 画面向前变换页面 CRT 画面向后变换页面
	地址/数字键	按下这些键，输入字母、数字和其他字符
POS	位置显示键	在 CRT 上显示机床现在的位置
PROG	程序键	在编辑方式，编辑和显示内存中的程序 在 MDI 方式，输入和显示 MDI 数据 在自动方式，指令值显示
OFFSET SETTING		偏置值设定和显示
DGNOS PARAM	自诊断参数键	参数设定和显示，诊断数据显示
OPR ALARM	报警号显示键	报警号显示及软件操作面板的设定和显示
AUX GRAPH	图形显示键	图形显示指令说明

键	名　称	功　能　说　明
INPUT	输入键	用于参数或偏置值的输入；启动 I/O 设备的输入；MDI 方式下的指令数据的输入
OUTPT START	输出启动键	输出程序到 I/O 设备
ALTER	修改键	修改存储器中程序的字符或符号
INSERT	插入键	在光标后插入字符或符号
CAN	取消键	取消已输入缓冲器的字符或符号
DELET	删除键	删除存储器中程序的字符或符号

8.4.3　指令说明键和软键

指令说明键用于选择显示的屏幕（指令说明）类型。选择指令说明键之后，按下软键（即选择软键）与已选指令说明相对应的屏幕（节）就被选中（显示）。

1. 画面的一般操作

（1）在 MDI 面板上按指令说明键，选择指令说明的软键。

（2）按其中一个，选择软键与所选的画面相对应；如果软键未显示，则按继续菜单键（下一个菜单键）。

（3）当目标画面显示时，按操作选择键显示被处理的数据。

（4）为了重新显示，选择软键，按返回菜单键。

画面的一般操作如上所述，然而从一个画面到另一画面的实际显示过程是千变万化的，有关详细情况见各车床的操作说明。

指令说明键提供了选择要显示的画面类型，如图 8.18 所示。

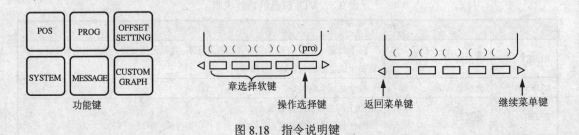

图 8.18　指令说明键

2. 指令说明键的含义

指令说明键的含义如表 8.4 所示。

表 8.4　指令说明键的含义

POS	按此键显示位置画面	SYSTEM	按此键显示系统画面
PROG	按此键显示程序画面	MESSAGE	按此键显示信息画面
OFFSETS ETTING	按此键显示刀偏/设定（SETTING）画面	CUSTOM GRAPH	按此键显示用户图形显示画面

【技能训练】

熟悉 FANUC Oi—TB 系统数控车床面板，掌握各指令键的功用。

8.5　FANUC Oi—TB 系统数控车床的基本操作

8.5.1　手动操作

1．熟悉机床操作面板按钮

（1）方式选择

⊡ EDIT：用于直接通过操作面板输入数控程序和编辑程序。

⊡ AUTO：进入自动加工模式。　　　⊡ MDI：手动数据输入。

⊡ REF：回参考点。　　　　　　　　⊡ HNDL：手摇脉冲方式。

⊡ JOG：手动方式，手动连续移动台面或者刀具。

（2）数控程序运行控制开关

⊡ 单程序段，⊡ 机床锁住，⊡ 辅助指令说明锁定，⊡ 空运行，⊡ 手轮 X 轴选择，⊡ 手轮 Z 轴选择。

（3）机床主轴手动控制开关

⊡ 手动开机床主轴正转，⊡ 手动关机床主轴，⊡ 手动开机床主轴反转。

（4）辅助指令说明按钮

⊡ 冷却液，⊡ 润滑液，⊡ 换刀具。

（5）手轮进给量控制按钮

⊡、⊡、⊡、⊡ 选择手动移动时每一步的距离：0.001mm、0.01mm、0.1mm、1mm。置光标于旋钮上。

（6）程序运行控制开关

⊡ 循环停止，⊡ 循环启动，⊡ MST 选择停止。

（7）系统控制开关

⊡ NC 启动，⊡ NC 停止。

（8）手动移动机床台面按钮

手动移动机床台面按钮如图 8.19 所示。

实际操作时，根据需要选择移动轴，按正方向移动按钮（或负方向移动按钮）。⊡ 为快速进给。

图 8.19　轴方向选择开关

2．电源的启动

机床的电源开关按钮位于 CRT/MDI 面板左侧，标有红色"OFF"（全键式）或"断"（标准键盘）的按钮为 NC 电源关断，标有绿色"ON"（全键式）或"通"（标准键盘）的按钮为 NC 电源接通。

3．手动返回参考点

当机床采用增量式测量系统时，一旦机床断电，其上的数控系统就失去了对参考点坐标的记忆，故当再次接通数控系统的电源时，操作者必须首先进行返回参考点的操作。另外，若机床在操作过程中遇到急停信号或超程报警信号，待故障排除后恢复机床工作时，也必须进行返回机床参考点的操作。

（1）按返回参考点开关 🔜。

（2）按一个快速移动倍率开关。

（3）按住与返回参考点相应的进给轴和方向选择开关（如图 8.19 所示），直至刀具返回到参考点。当刀具返回到参考点后，返回参考点完成灯点亮。

（4）对其他轴也执行同样的操作。

4．手动连续（JOG）进给

在 JOG 方式，按机床操作面板上的进给轴和方向选择开关，机床沿选定轴的选定方向移动。手动连续进给速度可用手动连续进给速度倍率刻度盘调节；手动操作通常一次移动一个轴。

按快速移动倍率开关 🔳，以快速移动速度移动机床，而不必顾及 JOG 进给速度倍率刻度盘的位置，此指令说明称之为手动快速移动。

具体操作步骤如下：

（1）按进给轴和方向选择开关，机床沿相应轴的相应方向移动。在开关被按期间机床按参数设定的进给速度移动，开关一释放机床运动就停止。

（2）手动连续进给速度可由手动连续进给速度倍率刻度盘调整。

（3）若在按进给轴和方向选择开关期间，按了快速移动开关，则在快速移动开关被按期间，机床按快速移动速度运动。在快速移动期间快速移动倍率有效。

图 8.20　手摇脉冲发生器

5．手轮移动

在手轮方式，机床可由操作面板上手摇脉冲发生器连续旋转来控制机床实现连续不断地移动，当手摇脉冲发生器（图 8.20）旋转一个刻度时，刀具移动相应的距离，刀具移动的速度由移动倍率开关确定。具体操作步骤如下：

（1）按 HANDEL 开关，它是方式选择开关之一。

（2）按手轮进给轴选择开关，选择一个机床要移动的轴。

（3）按手轮进给倍率开关，选择机床移动的倍率，手摇脉冲发生器转过刀具移动的最小距离等于最小输入增量。

6．零件程序的输入、编辑和存储

（1）新程序的注册

向 NC 的程序存储器中加入一个新的程序号的操作称为程序注册，操作方法如下：

① 方式选择开关置"程序编辑"位。

② 程序保护钥匙开关置"解除"位。

③ 按 PROGRAM 键。

④ 键入地址 O（按 O 键）。

⑤ 键入程序号（数字）。

⑥ 按 INSERT 键。

（2）搜索并调出程序

第一种方法：

① 方式选择开关置"程序编辑"或"自动运行"位。

② 按 PROGRAM 键。

③ 键入地址 O（按 O 键）。

④ 键入程序号（数字）。

⑤ 按向下光标键（标有 CURSOR 的↓键）。

⑥ 搜索完毕后，被搜索程序的程序号会出现在屏幕的右上角。如果没有找到指定的程序号，会出现报警。

第二种方法：

① 方式选择开关置"程序编辑"位。

② 按 PROGRAM 键。

③ 键入地址 O（按 O 键）。

按向下光标键（标有 CURSOR 的↓键），所有注册的程序会被依次显示在屏幕上。

（3）插入一段程序

该指令说明用于输入或编辑程序，方法如下：

① 调出需要编辑或输入的程序。

② 使用翻页键（标有 PAGE 的↑↓键）和上下光标键（标有 CURSOR 的↑↓键）将光标移动到插入位置的前一个词下。

③ 键入需要插入的内容。此时键入的内容会出现在屏幕下方，该位置被称为输入缓存区。

④ 按 INSERT 键，输入缓存区的内容被插入到光标所在的词的后面，光标则移动到被插入的词下。

当输入内容在输入缓存区时，使用 CAN 键可以从光标所在位置起一个一个地向前删除字符。程序段结束符"；"使用 EOB 键输入。

（4）删除一段程序

① 调出需要编辑或输入的程序。

② 使用翻页键（标有 PAGE 的↑↓键）和上下光标键（标有 CURSOR 的↑↓键）将光标移动到需要删除内容的第一个词下。

③ 键入需要删除内容的最后一个词。

④ 按 DELETE 键，从光标所在位置开始到被键入的词为止的内容全部被删除。

不键入任何内容直接按 DELETE 键将删除光标所在位置的内容。如果被键入的词在程序中不只一个，被删除的内容到距离光标最近的一个词为止。如果键入的是一个顺序号，则从当前光标所在位置开始到指定顺序号的程序段都被删除。如果键入一个程序号后按 DELETE 键，指定程序号的程序将被删除。

（5）修改一个词

① 调出需要编辑或输入的程序。

② 使用翻页键（标有 PAGE 的 ↑↓键）和上下光标键（标有 CURSOR 的 ↑↓键）将光标移动到需要修改的词下。

③ 键入替换该词的内容，可以是一个词，也可以是几个词甚至几个程序段（只要输入缓存区容纳得下）。

④ 按 ALTER 键，光标所在位置的词将被输入缓存区的内容替代。

（6）搜索一个词

① 方式选择开关置"程序编辑"或"自动运行"位。

② 调出需要搜索的程序。

③ 键入需要搜索的词。

④ 按向下光标键（标有 CURSOR 的 ↓键）向后搜索或按向上光标键（标有 CURSOR 的 ↑键）向前搜索。遇到第一个与搜索内容完全相同的词后，停止搜索并使光标停在该词下方。

7. MDI 方式下执行可编程指令

MDI 方式下可以从 CRT/MDI 面板上直接输入并执行单个程序段，被输入并执行的程序段不被存入程序存储器。例如我们要在 MDI 方式下输入并执行程序段 X40.0 Z-26.7；操作方法如下：

① 将方式选择开关置为 MDI。

② 按 PROGRAM 键使 CRT 显示屏显示程序页面。

③ 依次按 X、4、0、．、0 键。

④ 按 INPUT 键输入。

⑤ 按 Z、-、2、6、．、7。

⑥ 按 INPUT 键输入。

⑦ 按循环起动按钮使该指令执行。

在 MDI 方式下输入指令只能一个词一个词地输入，如果需要删除一个地址后面的数据，只需键入该地址，然后按 CAN 键，再按 INPUT 键即可。

8.5.2　在自动运行方式下执行加工程序

1. 启动运行程序

首先将方式选择开关置"自动运行"位，然后选择需要运行的加工程序，完成上述操作后按循环启动按钮。

2. 停止运行程序

当 NC 执行完一个 M00 指令时，会立即停止，但所有的模态信息都保持不变，并点亮主操作面板上的 M00/M01 指示灯，此时按循环启动按钮可以使程序继续执行。当 M01 开关置有效位时，M01 会起到同 M00 一样的作用。

M02 和 M30 是程序结束指令，NC 执行到该指令时，停止程序的运行并发出复位信号。

如果是 M30，则光标还会返回到程序头。

　　按进给保持按钮也可以停止程序的运行，在程序运行中，按下进给保持按钮使循环启动灯灭，进给保持的红色指示灯点亮，各轴进给运动立即减速停止，如果正在执行可编程暂停，则暂停计时也停止，如果有辅助指令说明正在执行的话，辅助指令说明将继续执行完毕。此时按循环启动按钮可使程序继续执行。

　　按 RESET 键可以使程序执行停止并使 NC 复位。

8.5.3　数据的显示和设定

1. 刀具偏置值的显示和输入

（1）按指令说明键 ⌘OFFSET/SETING 显示刀具几何形状偏移画面，如图 8.21 所示。

（2）按软键形状出现刀具补偿画面，如图 8.22 所示。

（3）使用翻页键（标有 PAGE 的 ↑↓ 键）和上下光标键（标有 CURSOR 的 ↑↓ 键）将光标移动到需要修改或需要输入的刀具偏置号前面。

（4）键入刀具偏置值。

（5）按 INPUT 键，偏置值被输入。

```
OFFSET/CEORETRY              O0001 N00000
NO.        X        Z.           R       T
G 001    0.000     1.000        0.000    0
G 002    1.486    −49561        0.000    0
G 003    1.486    −49561        0.000    0
G 004    1.486     0.000        0.000    0
G 005    1.486    −49561        0.000    0
G 006    1.486    −49561        0.000    0
G 007    1.486    −49561        0.000    0
G 008    1.486    −49561        0.000    0
ACTUAL POSITION (RELATIVE)
     U  101.000         W  202.094
>  _
MDI★★★★  ★★★★★★      16:05:59
[ WEAR ] [ GEOM ] [ WORK ] [      ] [ (OPRT) ]
```

图 8.21　刀具几何形状偏置画面

```
OFFSET/WEAR                  O0001 N00000
NO.        X        Z.           R       T
W 001    0.000     1.000        0.000    0
W 002    1.486    −49561        0.000    0
W 003    1.486    −49561        0.000    0
W 004    1.486     0.000        0.000    0
W 005    1.486    −49561        0.000    0
W 006    1.486    −49561        0.000    0
W 007    1.486    −49561        0.000    0
W 008    1.486    −49561        0.000    0
ACTUAL POSITION (RELATIVE)
     U  101.000         W  202.094
>  _
MDI★★★★  ★★★★★★      16:05:59
[ WEAR ] [ GEOM ] [ WORK ] [      ] [ (OPRT) ]
```

图 8.22　刀具形状磨损补偿画面

2．显示指令说明

（1）程序显示

当前的程序号和顺序号始终被显示在显示屏的右上角，除了 MDI 以外，其他方式下按 PROGRAM 键都可以看到当前程序的显示。

在程序编辑方式下，按 PROGRAM 键选择程序显示指令说明。这时按"LIB"软件键可以看到程序目录的显示，在程序目录显示的时候按"程式"软件键可以显示程序文本。显示程序目录时，我们同时可以看到程序存储器的使用情况：

PROGRAM NO. USED：已被使用的程序号。

FREE：剩余的可用的程序号的数量。

MEMORY ARER USED：被使用的存储器空间。

FREE：剩余可用的存储器空间的数量。

（2）当前位置显示

位置的显示有三种方式，分别为绝对位置显示、相对位置显示和机床坐标系位置显示。

① 绝对位置显示给出了刀具在工件坐标系中的位置。

② 相对位置值可以由操作复位为零，这样可以方便地建立一个观测用的坐标系。复位方法是：按 X、Y、Z 键，屏幕上相应的地址会闪烁，再按 CAN 键，闪烁的地址后面的坐标值就会变为零。

③ 机床坐标系位置显示给出了刀具在机床坐标系中的位置。

在有位置显示的页面下，按"绝对"软件键，将以大字显示绝对位置；按"相对"软件键，将以大字显示相对位置；按"ALL"软件键可以使三种位置方式同时在屏幕上以小字显示。在 MDI 或自动运行方式下，我们会看到屏幕上还有另外一种位置显示，该栏显示的是各轴的剩余运动量，即当前位置到指令位置的距离。

按"POS"键会使位置显示变为全屏幕方式。

8.5.4 图形显示

图形显示指令说明可以在画面上显示程编的刀具轨迹，通过观察屏显的轨迹可以检查加工过程。

1．图形显示及参数的设定

显示的图形可以放大/缩小，显示刀具轨迹前必须设定画图坐标（参数）和绘图参数。

（1）按指令说明键小键 GRAPH，显示绘图参数画面（如图 8.23 所示），如果不显示该画面按软键[G.PRM]。

（2）用光标箭头将光标移动到所需设定的参数处。

（3）输入数据然后按 INPUT 键。

（4）重复第（2）和第（3）步，直到设定完所有需要的参数。

（5）按下软键 GRAPH。

启动自动或手动运行，于是机床开始移动并且在画面上绘出刀具的运动轨迹，如图 8.24 所示。

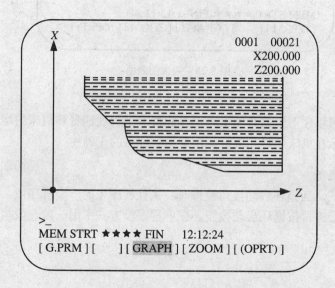

```
GRAPHIC PARAMETER              O0001 N00020
WORK LENGTB         W=            130000
WORK DIAMETER       D=            130000
PROGRAM STOP        N=                 0
AUTO ERASE          A=                 1
LIMIT               L=                 0
GRAPEIC CENTER      X=             61655
                    Z=             90711
SCALE               S=                32
GRAPHIC MODE        M=                 0
                                S   0T0000

>_
MEM STRT ★★★★ FIN     12:12:24       HEAD1
[ G.PRM ] [      ] [ GRAPH ] [ ZOOM ] [ (OPRT) ]
```

图 8.23　绘图参数画面

```
 X
 ↑
                          0001   00021
                          X200.000
                          Z200.000




                                        → Z

>_
MEM STRT ★★★★ FIN     12:12:24
[ G.PRM ] [      ] [ GRAPH ] [ ZOOM ] [ (OPRT) ]
```

图 8.24　刀具的运动轨迹

2．图形放大

图形可整体或局部放大，如图 8.25 所示。

（1）按下指令说明键，然后按下 ZOOM 软键以显示放大图。放大图画面有 2 个放大光标（▓）（如图 8.25 所示），用 2 个放大光标定义的对角线的矩形区域被放大到整个画面。

（2）用光标键 ↓ ↑ → ← 移动放大光标。

（3）按 EXEC 键可以使原来图形消失。

（4）按 NORMAL 软键开始自动运行，可以显示原始图形。

8.5.5　程序验证和安全指令

1．程序验证指令

（1）机床闭锁

在机床闭锁指令有效的情况下，M、S、T 指令仍然能够执行，但由于 G 指令不被真的执行，所以程序执行到 G 指令时机床不会产生相应的移动，程序能够继续执行。使用该指令说明可以根据坐标位置的显示验证程序的正确性。

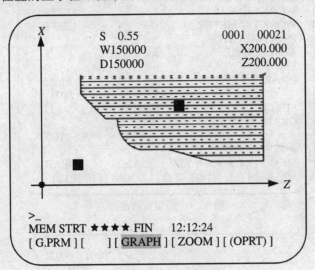

图 8.25　放大图画面

（2）试运行

使用该指令，可以在不上刀具和不夹工件的情况下直观地看到机床的运行情况。所加工的零件的形状会显示在机床的显示屏上，用来检验程序的正确性。

（3）单程序段运行

在单程序段方式，当循环启动按钮被按时，执行程序中的一个程序段，然后机床停止。要执行下一段程序必需再按循环启动按钮。在单程序段方式中用一段一段执行程序来检查程序。

2．安全指令

（1）紧急停止

如果按了机床操作面板上的红色急停按钮，机床立即停止运动。该按钮被按下时它是自锁的，虽然它随机床制造厂而异，但通常是旋转按钮即可释放。建议除非发生紧急情况，一般不要使用该按钮。

（2）超程检查

在 X、Z 两轴返回参考点后，机床坐标系被建立，同时参数给定的各轴行程极限变为有效，如果执行试图超出行程极限的操作，则运动轴到达极限位置时减速停止，并给出软极限报警。需手动使该轴离开极限位置并按复位键后，报警才能解除。该极限由 NC 直接监控各轴位置来实现，称为软极限。

在各轴的正负向行程软极限外侧，由行程极限开关和撞块构成的超程保护系统被称为硬极限，当撞块压上硬极限开关时，机床各轴迅速停止，伺服系统断开，NC 给出硬极限报警。此时需在手动方式下按住超程解除按钮，使伺服系统通电，然后继续按住超程解除按钮并手动使超程轴离开极限位置。

【技能训练】

熟悉 FANUC Oi Mate—TB 系统数控车床的基本操作

8.6　数控车床对刀操作实训

8.6.1　实训目的

（1）掌握游标卡尺、千分尺的使用方法。

（2）掌握车刀的安装和对刀方法。

（3）掌握工件的安装方法。

（4）掌握数控车床的操作方法。

（5）能正确安装外圆车刀、切槽刀及螺纹刀。

8.6.2　实训设备、量具、刀具和材料

（1）CK6132 数控车床 5 台。

（2）外圆车刀、切槽刀、螺纹刀和游标卡尺等。

（3）毛坯材料：L12 或 L13。

8.6.3　实训内容

（1）安装外圆车刀、切槽刀及螺纹刀。

（2）对刀。

8.6.4　实训步骤

1．安装外圆车刀、切槽刀及螺纹刀。

注意车刀的悬伸长度及中心高。

2．安装工件。

注意要夹紧和找正工件。

3．对刀操作。

按下列步骤对 90°车刀（1 号刀）、切槽刀（2 号刀）、螺纹刀（3 号刀）进行对刀操作：

（1）开机。

（2）回零。

（3）进入程序录入界面。

（4）录入"M03"、"输入"、"S500"、"输入"、"循环启动"，让主轴正转。

（5）选择手轮方式，使 1 号刀处于加工位置。

（6）用手轮移动坐标轴车平工件端面。

（7）沿 X 向退刀。

（8）按指令说明键 OFFSET/SETING 显示刀具偏移画面。

（9）进入刀补界面，翻页并移动光标至 101，录入"Z0"、按"测量"键。

（10）选择手轮方式，用手轮移动坐标轴车光工件外圆（车至可以测量的长度）。

（11）沿 Z 向退刀（退至便于测量的地方），按下主轴停转键，并测量所车外圆直径 D。

（12）按指令说明键 OFFSET/SETING 显示刀具偏移画面。

（13）进入刀补界面，翻页并移动光标至 101，录入"XD"、按"测量"键。

（14）选择手轮方式，更换 2 号刀（注意移至安全位置），按下主轴正转键。

（15）用手轮移动坐标轴轻碰工件端面。

（16）沿 X 向退刀。

（17）在刀补界面，翻页并移动光标至 102，录入（注意选择录入方式）"Z0"，按"测量"键。

（18）再次选择手轮方式，用手轮移动坐标轴再车工件外圆（车至可以测量的长度）。

（19）沿 Z 向退刀（退至便于测量的地方），按下主轴停转键，并测量所车外圆直径 D。

（20）在刀补界面，翻页并移动光标至 102，录入（注意选择录入方式）"XD"，按"测量"键。

（21）重复（14）～（20）的过程，完成 3 号刀的对刀，依次类推完成其他刀的对刀。

4．注意事项：

（1）操作数控车床时应确保人身和设备的安全。

（2）禁止多人同时操作机床。

（3）禁止让机床在同一方向连续"超程"。

（4）工件、刀具要夹紧、夹牢。

（5）选择换刀时，要注意安全位置。正确使用"急停"按钮，防止意外事故发生。

8.7　综合加工实训

8.7.1　实训目的

（1）掌握 G00、G01、G71、G70、G92 指令的应用和手工编程方法。

（2）掌握试切对刀方法及自动加工的过程。

（3）能够对简单轴类零件进行数控车削工艺分析。

（4）能正确地装夹、找正工件，并控制零件尺寸。

8.7.2　实训设备、量具、刀具和材料

（1）机床：CK6132 数控车床 5 台。

（2）刀量具：90°外圆粗车刀（1 号刀），35°外圆精车刀（2 号刀），5mm 的切槽刀（3 号刀），60°螺纹车刀螺纹刀（4 号刀），游标卡尺等。

（3）毛坯材料：L12 或 L13。

8.7.3　实训内容

零件如图 8.26 所示。

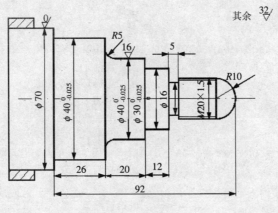

图 8.26　综合实例

8.7.4　实训步骤

1．分析工件图样。选择定位基准和加工方法，确定走刀路线，选择刀具和装夹方法，确定切削用量参数。工艺路线如下：

（1）找正夹紧，工件伸出长度 100mm；

（2）使用 1 号外圆车刀用 G71 指令粗加工外轮廓；

（3）使用 2 号车刀用 G70 指令精加工外轮廓；

（4）使用 3 号车刀切退刀槽；

（5）使用 4 号车刀用 G92 指令循环加工三角螺纹。

2．编写数控加工程序。

（1）相关计算

① 确定螺纹大径 $d_大$=20−0.1p=20−0.1×1.5=19.85（mm）。

② 确定螺纹小径 $d_小$=20−1.3p=20−1.3×1.5=18.05（mm）。

（2）加工程序

```
O1;                                程序名 1 号程序粗精加工外轮廓
G00 G40 G97 G99 S500 M03 T0101 F0.2;  1 号车刀用 G71 指令粗加工外轮廓
X72.Z2.;                           循环点
G71 U2. R0.5;                      粗车复合循环 G71
G71 P10 Q20 U0.3 W0.05;
N10 G00 G42 X0;                    加刀尖圆弧半径补偿
G01 Z0;                            精加工路经
G03 X20. Z-10. R10.;
G01 Z-34.;
X30.;
Z-46.;
X40.;
Z-61.;
G02 X50. Z-66. R5.;
G01 X60.;
Z-92.;
X70.;                              精加工路径结束
```

```
N20 G00 G40 X72.;                          取消刀尖圆弧半径补偿
G00X100.Z100.;                             快速退刀
M00;
G00 G40 G97 G99 S800 M03 T0202 F0.1;       使用 2 号车刀用 G70 指令精加工外轮廓
X72. Z2.;                                  循环点
G70 P10 Q20;                               精加工循环指令 G70
G00 X100. Z100.;                           快速退刀
M30;                                       1 号程序结束
O2;                                        2 号程序
G00 G40 G97 G99 S300 M03 T0303 F0.05;      使用 3 号车刀切退刀槽
X35. Z-34.;                                切槽起刀点
G01 X16.;                                  切槽
G04 P3.;                                   进给暂停
X35.;                                      返回起刀点
G00 X100. Z100.;                           快速退刀
M30;                                       2 号程序结束
O3;                                        3 号程序
G00 G40 G97 G99 S800 M03 T0404             使用 4 号车刀用 G82 指令循环加工三角螺纹
X35. Z5.;                                  循环点
G92 X19.5 Z-32. F1.5;                      复合螺纹切削指令
X19.;                                      螺纹切削第 1 刀
X18.6;                                     螺纹切削第 2 刀
X18.3;                                     螺纹切削第 3 刀
X18.2;                                     螺纹切削第 4 刀
X18.1;                                     螺纹切削第 5 刀
X18.05;                                    螺纹切削第 6 刀
G00X100.Z100.;                             快速退刀
M30 ;                                      3 号程序结束
```

3. 对刀。

分别将 1 号车刀、2 号车刀、3 号车刀和 4 号车刀对刀。

4. 输入程序、检查是否正确。

5. 程序图形模拟校验。

6. 零件自动加工。

对于初学者，应多采用单段执行循环，并将有关倍率开关调到最低，便于边加工边分析，以避免某些错误。

7. 根据零件图纸要求，选择量具对工件进行检测，并对零件进行质量分析。

8.7.5　注意事项

（1）工件和刀具装夹可靠。

（2）机床在试运行前必须进行图形模拟加工，避免程序错误、刀具碰撞工件或卡盘。

（3）快速进刀和退刀时，一定要注意不要碰到工件和三爪卡盘。

（4）操作中出现工件跳动、异常声响等情况时，必须立即停车处理。

（5）加工零件过程中一定要提高警惕，将手放在"急停"按钮上，如遇到紧急情况，迅速按下"急停"按钮，防止意外事故发生。

第 9 章　GSK980 TD 系统数控车床编程与操作

广州数控设备有限公司研制的新一代普及型车床 CNC GSK980 TD 是 GSK980 TA 的升级产品，采用了 32 位高性能 CPU 和超大规模可编程器件 FPGA，运用实时多任务控制技术和硬件插补技术，实现μm 级精度运动控制和 PLC 逻辑控制。GSK980 TD 车床 CNC 同时具备运动控制指令和逻辑控制指令，可完成数控车床的二轴运动控制，还具有内置式 PLC 指令。根据机床的输入、输出控制要求编写 PLC 程序（梯形图）并下载到 GSK980 TD，就能实现所需的机床电气控制要求，方便了机床电气设计，也降低了数控机床成本。

实现 GSK980 TD 车床 CNC 控制的软件分为系统软件（以下简称 NC）和 PLC 软件（以下简称 PLC）二个模块，NC 模块完成显示、通信、编辑、译码、插补、加减速等控制，PLC 模块完成梯形图解释、执行和输入输出处理。

【教学目标】

掌握 GSK980 TD 系统基本指令的使用方法，掌握固定循环与子程序的使用方法，掌握数控车床面板和键盘的含义，能够熟练操作机床。

【工具设备】

GSK980 TD 系统数控车床。

【教学方法与课时安排】

教师讲授、演示与学生讨论相结合的教学法。共用 20 学时。

9.1　数控编程的概述

9.1.1　准备指令 G 代码

GSK980 TD 准备指令 G 代码说明如表 9.1 所示。

表 9.1　GSK980 TD 准备指令 G 代码说明

G 代码	指令说明	G 代码	指令说明
G00	快速定位	G03	逆时针圆弧插补
G01	直线插补	G04	暂停、准停
G02	顺时针圆弧插补	G28	自动返回机械零点

续表

G 代 码	指 令 说 明	G 代 码	指 令 说 明
G32	等螺距螺纹切削	G73	封闭切削循环
G33	Z 轴攻丝循环	G74	轴向切槽循环
G34	变螺距螺纹切削	G75	径向切槽循环
G40	取消刀尖半径补偿	G76	多重螺纹切削循环
G41	刀尖半径左补偿	G90	轴向切削循环
G42	刀尖半径右补偿	G92	螺纹切削循环
G50	设置工件坐标系	G94	径向切削循环
G65	宏指令	G96	恒线速控制
G70	精加工循环	G97	取消恒线速控制
G71	轴向粗车循环	G98	每分进给
G72	径向粗车循环	G99	每转进给

9.1.2　辅助指令 M 代码说明

辅助指令 M 代码说明如表 9.2 所示。

表 9.2　辅助指令 M 代码说明

G 代 码	指 令 说 明	G 代 码	指 令 说 明
M00	程序暂停	M10	尾座进
M02	程序运行结束	M11	尾座退
M03	主轴正转	M12	卡盘夹紧
M04	主轴反转	M13	卡盘松开
M05	主轴停止	M30	程序运行结束
M08	冷却液开	M98	子程序调用
M09	冷却液关	M99	从子程序返回

1．程序停止 M00

（1）指令格式

M00 或 M0。

（2）指令说明

执行 M00 指令后，程序运行停止，显示"暂停"字样，按循环启动键后，程序继续运行。

2．程序结束 M02

（1）指令格式

M02 或 M2 。

（2）指令说明

在自动方式下，执行 M02 指令，当前程序段的其他指令执行完成后，自动运行结束，光标停留在 M02 指令所在的程序段，不返回程序开头。若要再次执行程序，必须让光标返回到程序开头。

3. 主轴正转、反转停止控制　M03、M04、M05

（1）指令格式

```
M03 或 M3；
M04 或 M4；
M05 或 M5。
```

（2）指令说明

```
M03：主轴正转；
M04：主轴反转；
M05：主轴停止。
```

4. 冷却泵控制　M08、M09

（1）指令格式

```
M08 或 M8；
M09 或 M9。
```

（2）指令说明

```
M08：冷却泵开；
M09：冷却泵关。
```

5. 尾座控制　M10、M11

（1）指令格式

```
M10；
M11。
```

（2）指令说明

```
M10：尾座进；
M11：尾座退。
```

6. 卡盘控制　M12、M13

（1）指令格式

```
M12；
M13。
```

（2）指令说明

```
M12：卡盘夹紧；
M13：卡盘松开。
```

7. 程序运行结束　M30

（1）指令格式

```
M30。
```

（2）指令说明

在自动方式下，执行 M30 指令，当前程序段的其他指令执行完成后，自动运行结束，光标返回程序开头（是否返回到程序开头由参数决定）。

8．子程序调用 M98

为简化编程，当相同或相似的加工轨迹、控制过程需要多次使用时，可以把该部分的程序指令编辑为独立的程序进行调用。调用该程序的程序称为主程序，被调用的程序（以 M99 结束）称为子程序。子程序和主程序一样占用系统的程序容量和存储空间，子程序必须有自己独立的程序名，子程序可以被其他任意主程序调用，也可以独立运行。子程序结束后就返回到主程序中继续执行。

（1）指令格式

```
M98  P ○○○○ □□□□
```

（2）指令说明

在自动方式下，执行 M98 指令时，当前程序段的其他指令执行完成后，CNC 去调用执行 P 指定的子程序，子程序最多可执行 9999 次。M98 指令在 MDI 下运行无效。

○○○○：被调用的子程序号（0000～9999）。当调用次数未输入时，子程序号的前导。可省略；当输入调用次数时，子程序号必须为 4 位数；

□□□□：调用次数（1～9999），调用 1 次时，可不输入。

9．从子程序返回 M99

（1）指令格式

```
M99  P○○○○
```

○○○○：返回主程序时将被执行的程序段号（0000～9999）。

（2）指令说明

在子程序中，当前程序段的其他指令执行完成后，返回主程序中由 P 指定的程序段继续执行，当未输入 P 时，返回主程序中调用当前子程序的 M98 指令的后一程序段继续执行。如果 M99 用于主程序结束（即当前程序不是由其他程序调用执行），当前程序将反复执行。M99 指令在 MDI 下运行无效。

9.1.3　主轴转速指令 S、进给指令 F 和刀具指令 T

1．主轴转速指令 S

（1）指令格式

```
S ○○○○
```

（2）指令说明

设定主轴的转速，CNC 输出 0～10V 模拟电压控制主轴伺服或变频器，实现主轴的无级变速，S 指令值掉电不记忆，上电时置 0。

○○○○：0000～9 999（前导 0 可以省略），主轴转速模拟电压控制。

主轴转速模拟电压控制指令有效时，主轴转速输入有两种方式：S 指令设定主轴的固定转速（r/min），指令值不改变时主轴转速恒定不变，称为恒转速控制（G97 模态）；S 指令设定刀具相对工件外圆的切线速度（m/min），称为恒线速控制（G96 模态），恒线速控制方式下，切削进给时的主轴转速随着编程轨迹 X 轴绝对坐标值的绝对值变化而变化。

2. 进给指令（G98/G99、F 指令）

（1）G98
① 指令格式

```
G98 F__；
```

② 指令说明

以 mm/min 为单位给定切削进给速度，G98 为模态 G 指令。如果当前为 G98 模态，可以不输入 G98。（F0001～F8000，0 可省略，给定每分进给速度，mm/min）。

（2）G99
① 指令格式

```
G99 F__；（F0.0001～F500，前导 0 可省略）
```

② 指令说明

以 mm/r 为单位给定切削进给速度，G99 为模态 G 指令。如果当前为 G99 模态，可以不输入 G99。CNC 执行 G99 F__时，把 F 指令值（mm/r）与当前主轴转速（r/min）的乘积作为指令进给速度控制实际的切削进给速度，主轴转速变化时，实际的切削进给速度随着改变。使用 G99F__给定主轴每转的切削进给量，可以在工件表面形成均匀的切削纹路。在 G99 模态进行加工，机床必须安装主轴编码器。

G98、G99 为同组的模态 G 指令，只能一个有效。G98 为初态 G 指令，CNC 上电时默认 G98 有效。

（3）每转进给量与每分钟进给量的换算公式

$$F_m = F_r \times S$$

式中，F_m——每分钟的进给量（mm/min）；

　　　F_r——每转进给量（mm/r）；

　　　S——主轴转速（r/min）。

3. 刀具指令 T

（1）指令格式

```
T □ □ ○○
```

（2）指令说明

自动刀架换刀到目标刀具号刀位，并按指令的刀具偏置号执行刀具偏置。

□□：目标刀具号（01～32，0 不能省略）；

○○：刀具偏置号（00～32，0 不能省略）。

刀具偏置号可以和刀具号相同，也可以不同，即一把刀具可以对应多个偏置号。在执行了刀具偏置后，再执行 T□□○○，CNC 将按当前的刀具偏置反向偏移，CNC 由已执行刀具偏置状态改变为未补偿状态，这个过程称为取消刀具偏置。上电时，T 指令显示的刀具号、刀具偏置号均为掉电前的状态。

在一个程序段中只能有一个 T 指令，在程序段中出现两个或两个以上的 T 指令时，CNC 产生报警。

【技能训练】

掌握准备指令 G 代码，熟悉辅助指令说明 M 代码和主轴转速指令 S、进给指令 F 和刀具指令 T。

9.2　数控车床基本编程方法

9.2.1　快速定位 G00

1. 指令格式

```
G00 X（U）__ Z（W）__
```

2. 指令说明

X 轴、Z 轴同时从起点以各自的快速移动速度移动到终点。两轴是以各自独立的速度移动，短轴先到达终点，长轴独立移动剩下的距离，其合成轨迹不一定是直线。

G00 为初态 G 指令；X、U、Z、W 取值范围为-9 999.999～+9 999.999mm；X（U）、Z（W）可省略一个或全部，当省略一个时，表示该轴的起点和终点坐标值一致；同时省略表示终点和始点是同一位置，X 与 U、Z 与 W 在同一程序段时 X、Z 有效，U、W 无效。

例：如图 9.1 所示，刀具从 A 点快速移动到 B 点，试用 G00 指令编写程序。

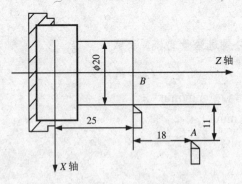

图 9.1　G00 指令的使用方法

参考程序：

```
G0 X20 Z25;      （绝对坐标编程）
G0 U-22 Z25;     （混合坐标编程）
G0 U-22 W-18;    （相对坐标编程）
G0 X20 W-18;     （混合坐标编程）
```

9.2.2　直线插补及倒角指令 G01

1. 指令格式

```
G01  X（U）_  Z（W）_  F_
```

2. 指令说明

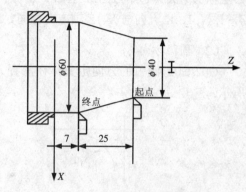

运动轨迹为从起点到终点的一条直线。G01 为模态 G 指令；X、U、Z、W 取值范围为−9999.999～+9999.999mm；X（U）、Z（W）可省略一个或全部，当省略一个时，表示该轴的起点和终点坐标值一致；同时省略表示终点和始点是同一位置。F 指令值为 X 轴方向和 Z 轴方向的瞬时速度的矢量合成速度，实际的切削进给速度为进给倍率与 F 指令值的乘积；F 指令值执行后，此指令值一直保持，直至新的 F 指令值被执行。

3. 例： 如图 9.2 所示，试用 G01 指令编写从直径 $\phi40$ 切削到 $\phi60$ 的程序。

图 9.2　G01 指令的使用方法

参考程序：

```
G01 X60 Z7 F500；      （绝对值编程）
G01 U20 W-25；         （相对值编程）
G01 X60 W-25；         （混合编程）
G01 U20 Z7；           （混合编程）
```

9.2.3　圆弧进给 G02/G03

1. 指令格式

```
G02 /G03  X（U）__  Z（W）__  R__/ （I__  K__）
```

2. 指令说明

G02 指令运动轨迹为从起点到终点的顺时针（后置刀架坐标系）/逆时针（前置刀架坐标系）圆弧，轨迹如图 9.3 所示；G03 指令运动轨迹为从起点到终点的逆时针（后置刀架坐标系）/顺时针（前置刀架坐标系）圆弧，轨迹如图 9.4 所示。

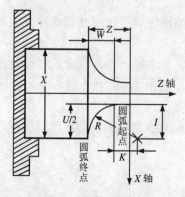

图 9.3　G02 轨迹图

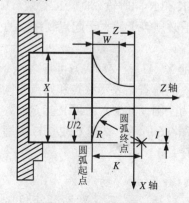

图 9.4　G03 轨迹图

（1）参数的含义

G02、G03 为模态 G 指令；R 为圆弧半径，取值范围为-9999.999～9999.999mm；I 为圆心与圆弧起点在 X 方向的差值，用半径表示，取值范围为-9999.999～9999.999mm；K 为圆心与圆弧起点在 Z 方向的差值，取值范围为-9999.999～9999.999mm。圆弧中心用地址 I、K 指定时，其分别对应于 X、Z 轴，I、K 表示从圆弧起点到圆心的矢量分量，是增量值；I＝圆心坐标 X－圆弧起始点的 X 坐标；K＝圆心坐标 Z－圆弧起始点的 Z 坐标；I、K 根据方向带有符号，I、K 方向与 X、Z 轴方向相同，则取正值；否则，取负值。

（2）圆弧方向

G02/G03 圆弧的方向定义，在前置刀架坐标系和后置刀架坐标系是相反的，如图 9.5 所示。

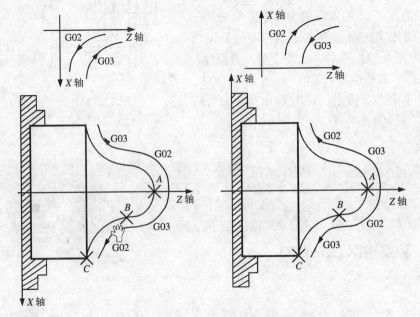

图 9.5　G02/ G03 圆弧的方向定义

3. 注意事项

（1）当 I＝0 或 K＝0 时，可以省略；但指令地址 I、K 或 R 必须至少输入一个，否则系统产生报警。

（2）I、K 和 R 同时输入时，R 有效，I、K 无效。

（3）R 值必须等于或大于起点到终点的一半，如果终点不在用 R 指令定义的圆弧上，系统会产生报警。

（4）地址 X（U）、Z（W）可省略一个或全部，当省略一个时，表示省略的该轴的起点和终点一致；同时省略表示终点和始点是同一位置。若用 I、K 指令圆心时，执行 G02/G03 指令的轨迹为全圆（360°）；用 R 指定时，表示 0 度的圆。

例：如图 9.6 所示，试用 G02/G03 编写从直径ϕ45.25 切削到ϕ63.06 的圆弧程序。

参考程序：

```
G02 X63.06 Z-20.0 R19.26 F300 ;
或 G02 U17.81 W-20.0 R19.26 F300 ;
```

或 G02 X63.06 Z-20.0 I17.68 K-6.37；
或 G02 U17.81 W-20.0 I17.68 K-6.37 F300。

【技能训练】

试根据图 9.7 所示编写加工程序。

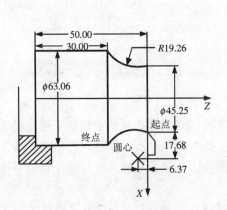

图 9.6　G02/G03 指令的使用方法

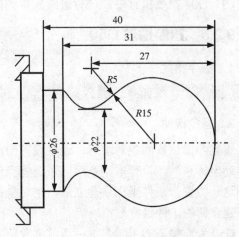

图 9.7　圆弧编程实例

参考程序：

```
 O0001
N010 G0 X40 Z5;              （快速定位）
N020 M03 S200;              （主轴开）
N030 G01 X0 Z0 F900;         （靠近工件）
N040 G03 U24 W-24 R15;      （切削 R15 圆弧段）
N050 G02 X26 Z-31 R5;        （切削 R5 圆弧段）
N060 G01 Z-40;              （切削 φ26）
N070 X40 Z5;                （返回起点）
N080 M30;                   （程序结束）
```

9.2.4　暂停指令 G04

1. 指令格式

```
G04   P__  ;
或 G04   X__  ;
或 G04   U__  ;
或 G04。
```

2. 指令说明

各轴运动停止，不改变当前的 G 指令模态和保持的数据、状态，延时给定的时间后，再执行下一个程序段。

G04 为非模态 G 指令；G04 延时时间由指令字 P__、X__ 或 U__ 指定，P、X、U 指令范围为 $0.001 \sim 99999.999s$。指令字 P__ 的时间单位为 $0.001s$，指令字 X__ 的时间单位为 s，指令字 U__ 的时间单位为 s。

3. 注意事项

（1）当 P、X、U 未输入时或 P、X、U 指定负值时，表示程序段间准确停。

（2）P、X、U 在同一程序段，P 有效；X、U 在同一程序段，X 有效。

（3）G04 指令执行中，进行进给保持的操作，当前延时的时间要执行完毕后方可暂停。

9.2.5　暂停指令 G50

1. 指令格式

```
G50  X（U） Z（W）
```

2. 指令说明

设置当前位置的绝对坐标，通过设置当前位置的绝对坐标在系统中建立工件坐标系（也称浮动坐标系）。执行本指令后，系统将当前位置作为程序零点，执行回程序零点操作时，返回这一位置。工件坐标系建立后，绝对坐标编程按这个坐标系输入坐标值，直至再次执行 G50 建立新的工件坐标系。

G50 为非模态 G 指令；X：当前位置新的 X 轴绝对坐标；U：当前位置新的 X 轴绝对坐标与执行指令前的绝对坐标的差值；Z：当前位置新的 Z 轴绝对坐标；W：当前位置新的 Z 轴绝对坐标与执行指令前的绝对坐标的差值；G50 指令中，X（U）、Z（W）均未输入时，不改变当前坐标值，把当前点坐标值设定为程序零点；未输入 X（U）或 Z（W），未输入的坐标轴保持原来设定的程序零点。

【技能训练】

如图 9.8 所示，当执行指令段"G50 X100 Z150"后，建立工件坐标系，并将（X100 Z150）点设置为程序零点。

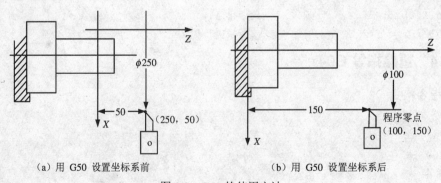

（a）用 G50 设置坐标系前　　　　　　（b）用 G50 设置坐标系后

图 9.8　G50 的使用方法

9.3　固定循环

9.3.1　轴向切削循环 G90

1. 指令格式

```
G90  X（U）__  Z（W）__  F__;          （圆柱切削）
G90  X（U）__  Z（W）__  R__  F__;      （圆锥切削）
```

2. 指令说明

从切削点开始，进行径向（X 轴）进刀、轴向（Z 轴或 X、Z 轴同时）切削，实现柱面或锥面切削循环。

G90 为模态指令；切削起点：直线插补（切削进给）的起始位置；切削终点：直线插补（切削进给）的结束位置；X：切削终点 X 轴绝对坐标，单位为 mm；U：切削终点与起点 X 轴绝对坐标的差值，单位为 mm；Z：切削终点 Z 轴绝对坐标，单位为 mm；W：切削终点与起点 Z 轴绝对坐标的差值，单位为 mm；R：切削起点与切削终点 X 轴绝对坐标的差值（半径值），带方向，当 R 与 U 的符号不一致时，要求|R|≤|U/2|；R＝0 或默认输入时，进行圆柱切削，如图 9.9 所示，否则进行圆锥切削，如图 9.10 所示。

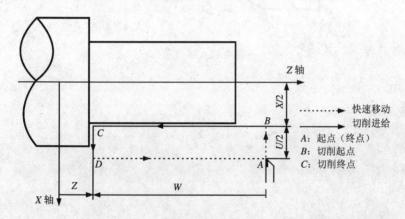

图 9.9　圆柱切削

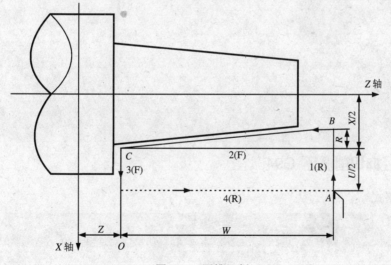

图 9.10　圆锥切削

3. 循环过程

（1）X 轴从起点快速移动到切削起点。

（2）从切削起点直线插补（切削进给）到切削终点。

（3）X 轴以切削进给速度退刀，返回到 X 轴绝对坐标与起点相同处。

（4）Z 轴快速移动返回到起点，循环结束。

【技能训练】

试根据图 9.11 所示工件形状用轴向切削循环编写加工程序，毛坯尺寸为 $\phi125\times110mm$。

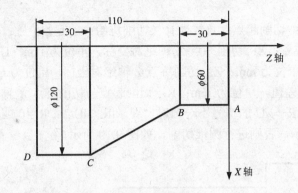

图 9.11 零件图

参考程序：

```
 O0001;
M03 S500 T0101;
X130 Z3;
G90 X120 Z-110 F200;
X110 Z-30;
X100;
X90;
X80;
X70;
X60;
G00 X120 Z-30;
G90 X120 Z-44 R-7.5 F150;
Z-56 R-15 ;
Z-68 R-22.5 ;
Z-80 R-30 ;
M30;
```

9.3.2 径向切削循环 G94

1. 指令格式

```
G94  X（U）___ Z（W）___ F__; （端面切削）
G94  X（U）___ Z（W）___ R__  F__; （锥度端面切削）
```

2. 指令说明

从切削点开始，轴向（Z轴）进刀、径向（X轴或X、Z轴同时）切削，实现端面或锥面切削循环，指令的起点和终点相同。

G94 为模态指令；切削起点：直线插补（切削进给）的起始位置，单位为 mm；切削终点：直线插补（切削进给）的结束位置，单位为 mm；X：切削终点 X 轴绝对坐标，单位为 mm；U：切削终点与起点 X 轴绝对坐标的差值，单位为 mm；Z：切削终点 Z 轴绝对坐标，

单位为 mm；W：切削终点与起点 Z 轴绝对坐标的差值，单位为 mm；R：切削起点与切削终点 Z 轴绝对坐标的差值，当 R 与 U 的符号不同时，要求|R|≤|W|。径向直线切削如图 9.12 所示，径向锥度切削如图 9.13 所示，单位为 mm。

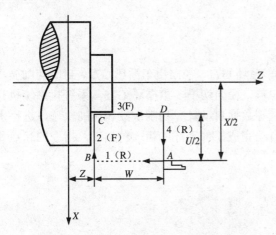

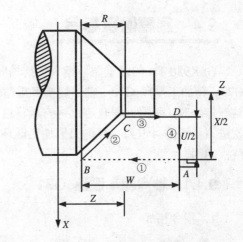

A—起点（终点）；B—切削起点；C—切削终点

图 9.12　径向直线切削　　　　　　　　　　　　图 9.13　径向锥度切削

【技能训练】

试根据图 9.10 所示工件形状用径向切削循环编写加工程序。

参考程序：

```
 O0003;
M03 S400 T0101;
X130 Z5 ;
G94 X0 Z0 F200;
X120 Z-110 F300;
G00 X120 Z0 ;
G94 X108 Z-30 R-10 ;
X96 R-20 ;
X84 R-30 ;
X72 R-40 ;
X60 R-50;
M30;
```

9.3.3　使用固定循环指令应注意的事项

（1）在固定循环指令中，X（U）、Z（W）、R 一经执行，在没有执行新的固定循环指令重新给定 X（U）、Z（W）、R 时，X（U）、Z（W）、R 的指令值保持有效。如果执行了除 G04 以外的非模态（00 组）G 指令或 G00、G01、G02、G03、G32 时，X（U）、Z（W）、R 保持的指令值被清除。

（2）在录入方式下执行固定循环指令时，运行结束后，必须重新输入指令才可以进行和前面同样的固定循环。

（4）在固定循环 G90～G94 指令的下一个程序段紧跟着使用 M、S、T 指令，G90～G94 指令不会多执行循环一次；下一程序段只有 EOB（；）的程序段时，则固定循环会重复执行前一次循环动作。

（4）在固定循环 G90、G94 指令中，执行暂停或单段的操作，运动到当前轨迹终点后单段停止。

9.4 多重循环指令

GSK980 TD 的多重循环指令包括轴向粗车循环 G71、径向粗车循环 G72、封闭切削循环 G73、精加工循环 G70、轴向切槽多重循环 G74、径向切槽多重循环 G75。系统执系统执行这些指令时，根据编程轨迹、进刀量、退刀量等数据自动计算切削次数和切削轨迹，进行多次进刀→切削→退刀→再进刀的加工循环，自动完成工件毛坯的粗、精加工，指令的起点和终点相同。

9.4.1 轴向粗车循环 G71

1. 指令格式

```
（1）G71 U（Δd） R（e） F_ S_ T_ ；
（2）G71 P（ns） Q（nf） U（Δu） W（Δw）；
（3）N（ns）…；
    …；
    N（nf）…；
```

2. 指令说明

适用于非成形毛坯（棒料）的成形粗车。

（1）G71 指令分为三个部分：

① 给定粗车时的切削量、退刀量和切削速度、主轴转速、刀具指令说明的程序段。

② 给定定义精车轨迹的程序段区间、精车余量的程序段。

③ 定义精车轨迹的若干连续的程序段，执行 G71 时，这些程序段仅用于计算粗车的轨迹，实际并未被执行。

系统根据精车轨迹、精车余量、进刀量、退刀量等数据自动计算粗加工路线，沿与 Z 轴平行的方向切削，通过多次进刀→切削→退刀的切削循环完成工件的粗加工。G71 的起点和终点相同。

（2）Δd：粗车时 X 轴的切削量，取值范围为 0.001～99.999（单位为 mm，半径值），无符号，进刀方向由 ns 程序段的移动方向决定。

（3）e：粗车时 X 轴的退刀量，取值范围为 0.001～99.999（单位为 mm，半径值），无符号，退刀方向与进刀方向相反。

（4）ns：精车轨迹的第一个程序段的程序段号；nf：精车轨迹的最后一个程序段的程序段号；Δu：X 轴的精加工余量，取值范围为-99.999～99.999（单位为 mm，直径），有符号，粗车轮廓相对于精车轨迹的 X 轴坐标偏移，即 A' 点与 A 点 X 轴绝对坐标的差值。U（Δu）未输入时，系统按Δu=0 处理，即粗车循环 X 轴不留精加工余量。

（5）Δw：Z 轴的精加工余量，取值范围为-99.999～99.999（单位为 mm），有符号，粗车轮廓相对于精车轨迹的 Z 轴坐标偏移，即 A' 点与 A 点 Z 轴绝对坐标的差值。W（Δw）未输入时，系统按Δw=0 处理，即粗车循环 Z 轴不留精加工余量。

（6）F：切削进给速度；S：主轴转速；T：刀具号、刀具偏置号。M、S、T、F：可在第一个 G71 指令或第二个 G71 指令中，也可在 ns～nf 程序中指定。在 G71 循环中，ns～nf 间程序段号的 M、S、T、F 指令说明都无效，仅在有 G70 精车循环的程序段中才有效。

（7）ns～nf 程序段必须紧跟在 G71 程序段后编写。如果在 G71 程序段前编写，系统自动搜索到 ns～nf 程序段并执行，执行完成后，按顺序执行 nf 程序段的下一程序，因此会引起重复执行 ns～nf 程序段。

执行 G71 时，ns～nf 程序段仅用于计算粗车轮廓，程序段并未被执行。ns～nf 程序段中的 F、S、T 指令在执行 G71 循环时无效，此时 G71 程序段的 F、S、T 指令有效；执行 G70 精加工循环时，ns～nf 程序段中的 F、S、T 指令有效。

【知识拓展】

（1）ns～nf 程序段中，只能有 G 指令 G00、G01、G02、G03、G04、G96、G97、G98、G99、G40、G41、G42，不能有子程序调用指令（如 M98/M99）。

（2）G96、G97、G98、G99、G40、G41、G42 指令在执行 G71 循环中无效，执行 G70 精加工循环时有效。

（3）在 G71 指令执行过程中，可以停止自动运行并手动移动，但要再次执行 G71 循环时，必须返回到手动移动前的位置。如果不返回就继续执行，后面的运行轨迹将错位。

3. 指令循环过程

G71 指令循环轨迹如图 9.14 所示。

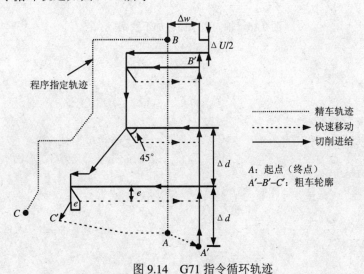

图 9.14　G71 指令循环轨迹

（1）从起点 A' 点快速移动到 A 点，X 轴移动 Δu、Z 轴移动 Δw。

（2）从 A' 点 X 轴移动 Δd（进刀），ns 程序段是 G0 时按快速移动速度进刀，ns 程序段是 G1 时按 G71 的切削进给速度 F 进刀，进刀方向与 A 点→B 点的方向一致。

（3）Z 轴切削进给到粗车轮廓，进给方向与 B 点→C 点 Z 轴坐标变化一致。

（4）X 轴、Z 轴按切削进给速度退刀 e（45°直线），退刀方向与各轴进刀方向相反。

（5）Z 轴以快速移动速度退回到与 A' 点 Z 轴绝对坐标相同的位置。

（6）如果 X 轴再次进刀（$\Delta d+e$）后，移动的终点仍在 A' 点→B' 点的连线中间（未达到或

超出 B' 点），X 轴再次进刀（$\Delta d+e$），然后执行（3）；如果 X 轴再次进刀（$\Delta d+e$）后，移动的终点到达 B' 点或超出了 A' 点→B' 点的连线，X 轴进刀至 B' 点，然后执行（7）。

（7）沿粗车轮廓从 B' 点切削进给至 C' 点。

（8）从 C' 点快速移动到 A 点，G71 循环执行结束，程序跳转到 nf 程序段的下一个程序段执行。

【技能训练】

试根据图 9.15 所示的工件形状用轴向粗车循环编写加工程序。

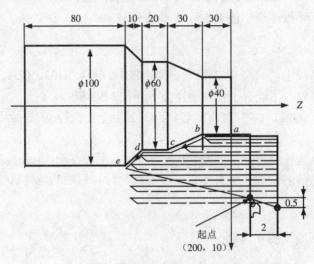

图 9.15   轴向粗车循环加工实例

参考程序：

```
O0004;
M3 S800 T0101;
G00 X200 Z10;
G71 P80 Q120 U0.5 W0.2;
G71 U2 R1 F200;
N80 G00 X40 S1200;
G01 Z-30 F100 ;
X60 W-30;
W-20;
N120 X100 W-10;
G70 P80 Q120;
M30;
```

9.4.2 径向粗车循环 G72

1. 指令格式

```
G72  W(Δd)  R(e)  F_  S_  T_ ;
G72  P(ns)  Q(nf)  U(Δu)  W(Δw);
N __ (ns) …;
…;
N __ (nf)…;
```

2. 指令说明

本指令适用于非成形毛坯（棒料）的成形粗车。

（1）G72 指令分为三个部分：

① 给定粗车时的切削量、退刀量和切削速度、主轴转速、刀具指令说明的程序段。

② 给定定义精车轨迹的程序段区间、精车余量的程序段。

③ 定义精车轨迹的若干连续的程序段，执行 G72 时，这些程序段仅用于计算粗车的轨迹，实际并未被执行。

系统根据精车轨迹、精车余量、进刀量、退刀量等数据自动计算粗加工路线，沿与 Z 轴平行的方向切削，通过多次进刀→切削→退刀的切削循环完成工件的粗加工，G72 的起点和终点相同。

（2）精车轨迹：由 ns～nf 程序段给出的工件精加工轨迹，精加工轨迹的起点（即 ns 程序段的起点）与 G72 的起点、终点相同，简称为 A 点；精加工轨迹的第一段（ns 程序段）只能是 Z 轴的快速移动或切削进给，ns 程序段的终点简称为 B 点；精加工轨迹的终点（nf 程序段的终点）简称为 C 点。精车轨迹为 A 点→B 点→C 点，如图 9.16 所示。

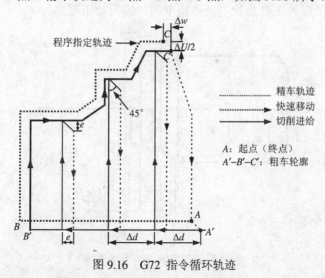

图 9.16　G72 指令循环轨迹

（3）粗车轮廓：精车轨迹按精车余量（Δu、Δw）偏移后的轨迹，是执行 G72 形成的轨迹轮廓。精加工轨迹的 A、B、C 点经过偏移后对应粗车轮廓的 A′、B′、C′ 点，G72 指令最终的连续切削轨迹为 B′ 点→C′ 点。

（4）e：粗车时 Z 轴的退刀量，取值范围 0.001～99.999（单位：mm），无符号，退刀方向与进刀方向相反。

（5）ns：精车轨迹的第一个程序段的程序段号；nf：精车轨迹的最后一个程序段的程序段号；Δu：粗车时 X 轴留出的精加工余量，取值范围为 -99.999～99.999（粗车轮廓相对于精车轨迹的 X 轴坐标偏移，即 A′ 点与 A 点 X 轴绝对坐标的差值，单位为 mm，直径，有符号）；

（6）Δw：粗车时 Z 轴留出的精加工余量，取值范围为 -99.999～99.999（粗车轮廓相对于精车轨迹的 Z 轴坐标偏移，即 A′ 点与 A 点 Z 轴绝对坐标的差值，单位为 mm，有符号）。

（7）F：切削进给速度；S：主轴转速；T：刀具号、刀具偏置号；M、S、T、F 可在第一个 G72 指令或第二个 G72 指令中，也可在 ns～nf 程序中指定。在 G72 循环中，ns～nf 间程序段号的 M、S、T、F 指令说明都无效，仅在有 G70 精车循环的程序段中才有效。

3. 指令执行过程

（1）从起点 A 点快速移动到 A' 点，X 轴移动 Δu、Z 轴移动 Δw。

（2）从 A' 点 Z 轴移动 Δd（进刀），ns 程序段是 G0 时按快速移动速度进刀，ns 程序段是 G1 时按 G72 的切削进给速度 F 进刀，进刀方向与 A 点→B 点的方向一致。

（3）X 轴切削进给到粗车轮廓，进给方向与 B 点→C 点 X 轴坐标变化一致。

（4）X 轴、Z 轴按切削进给速度退刀 e（45°直线），退刀方向与各轴进刀方向相反。

（5）X 轴以快速移动速度退回到与 A' 点 Z 轴绝对坐标相同的位置。

（6）如果 Z 轴再次进刀（$\Delta d+e$）后，移动的终点仍在 A' 点→B' 点的连线中间（未达到或超出 B' 点），Z 轴再次进刀（$\Delta d+e$），然后执行（3）；如果 Z 轴再次进刀（$\Delta d+e$）后，移动的终点到达 B' 点或超出了 A' 点→B' 点的连线，Z 轴进刀至 B' 点，然后执行（7）。

（7）沿粗车轮廓从 B' 点切削进给至 C' 点；从 C' 点快速移动到 A 点，G72 循环执行结束，程序跳转到 nf 程序段的下一个程序段执行。

【技能训练】

试根据图 9.17 所示的工件形状用径向粗车循环编写加工程序。

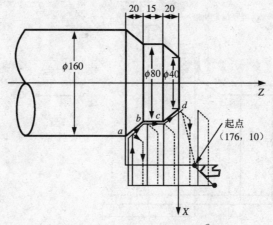

图 9.17　径向粗车循环加工实例

参考程序：

```
O0005；
M3 S500 T0101；
G00 X176 Z10；
G72 W2.0 R0.5 F300；
G72 P10 Q20 U0.2 W0.1；
N10 G00 Z-55 S800；
G01 X160 F120；
X80 W20；
W15；
N20 X40 W20；
G70 P050 Q090；
M30；
```

9.4.3　封闭切削循环 G73

1. 指令格式

```
G73  U (Δi)   W  (Δk)   R  (d)   F   S   T
G73  P (ns)  Q (nf)  U (Δu)  W (Δw) ;
     N ___ (ns)  …;
     …;
     N ___ (nf)  …;
```

2. 指令说明

本指令适用于成形毛坯的粗车。

（1）G73 指令分为三个部分：

① 给定退刀量、切削次数和切削速度、主轴转速、刀具指令说明的程序段。

② 给定定义精车轨迹的程序段区间、精车余量的程序段。

③ 定义精车轨迹的若干连续的程序段，执行 G73 时，这些程序段仅用于计算粗车的轨迹，实际并未被执行。

系统根据精车余量、退刀量、切削次数等数据自动计算粗车偏移量、粗车的单次进刀量和粗车轨迹，每次切削的轨迹都是精车轨迹的偏移，切削轨迹逐步靠近精车轨迹，最后一次切削轨迹为按精车余量偏移的精车轨迹。G73 的起点和终点相同，G73 指令为非模态指令，指令轨迹如图 9.18 所示。

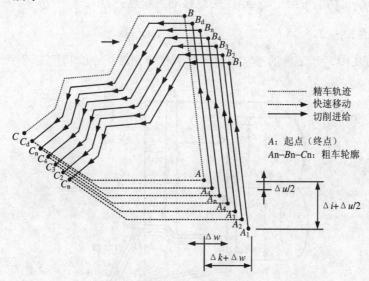

图 9.18　G73 指令循环轨迹

（2）精车轨迹：由指令的第③部分（ns～nf 程序段）给出的工件精加工轨迹，精加工轨迹的起点（即 ns 程序段的起点）与 G73 的起点、终点相同，简称 A 点；精加工轨迹的第一段（ns 程序段）的终点简称 B 点；精加工轨迹的终点（nf 程序段的终点）简称 C 点。精车轨迹为 A 点→B 点→C 点。

（3）粗车轨迹：为精车轨迹的一组偏移轨迹，粗车轨迹数量与切削次数相同。坐标偏移后精车轨迹的 A、B、C 点分别对应粗车轨迹的 A_n、B_n、C_n 点（n 为切削的次数，第一次切削表示为 A_1、B_1、C_1 点，最后一次表示为 A_d、B_d、C_d 点）。

3．指令执行过程

G73 指令执行过程如图 9.18 所示。

（1）$A \to A_1$：快速移动。

（2）第一次粗车，$A_1 \to B_1 \to C_1$。

$A_1 \to B_1$：ns 程序段是 G00 时按快速移动速度，ns 程序段是 G01 时按 G73 指定的切削进给速度；$B_1 \to C_1$：切削进给。

（3）$C_1 \to A_2$：快速移动。

（4）第二次粗车，$A_2 \to B_2 \to C_2$。

$A_2 \to B_2$：ns 程序段是 G00 时按快速移动速度，ns 程序段是 G01 时按 G73 指定的切削进给速度；$B_2 \to C_2$：切削进给。

（5）$C_2 \to A_3$：快速移动；

    ……

第 n 次粗车，$A_n \to B_n \to C_n$。

$A_n \to B_n$：ns 程序段是 G00 时按快速移动速度，ns 程序段是 G01 时按 G73 指定的切削进给速度；$B_n \to C_n$：切削进给；$C_n \to A_{n+1}$：快速移动；

    ……

最后一次粗车，$A_d \to B_d \to C_d$。

$A_d \to B_d$：ns 程序段是 G00 时按快速移动速度，ns 程序段是 G01 时按 G73 指定的切削进给速度；$B_d \to C_d$：切削进给；$C_d \to A$：快速移动到起点；

【技能训练】

试根据图 9.19 所示工件的形状用封闭切削指令循环指令编写加工程序。

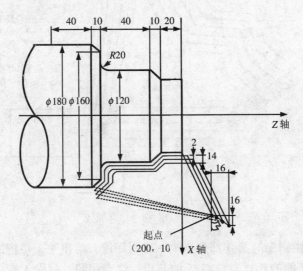

图 9.19 封闭切削循环加工实例

参考程序：

```
O0006;
M3 S500 T0101;
G99 G00 X200 Z10;
```

```
G73 U1.0 W1.0 R3;
G73 P10 Q20 U0.5 W0.3 F0.3;
N10 G00 X80 W-40;
G01 W-20 F0.15 S600;
X120 W-10;
W-20;
G02 X160 W-20 R20;
N20 G01 X180 W-10;
G70 P10 Q20;
M30;
```

9.4.4　精加工循环 G70

1．指令格式

```
G70  P（ns）  Q（nf）
```

2．指令说明

刀具从起点位置沿着 ns～nf 程序段给出的工件精加工轨迹进行精加工。在 G71、G72 或 G73 进行粗加工后，用 G70 指令进行精车，单次完成精加工余量的切削。G70 循环结束时，刀具返回到起点并执行 G70 程序段后的下一个程序段。

其中，ns 为精车轨迹的第一个程序段的程序段号；nf 为精车轨迹的最后一个程序段的程序段号。

G70 指令轨迹由 ns～nf 之间程序段的编程轨迹决定。ns、nf 在 G70～G73 程序段中的相对位置关系如下：

```
…
G71/G72/G73 …;
N （ns） …
N （nf） …
…
G70 P （ns） Q （nf）;
…
```

【知识拓展】

（1）G70 必须在 ns～nf 程序段后编写。如果在 ns～nf 程序段前编写，系统自动搜索到 ns～nf 程序段并执行，执行完成后，按顺序执行 nf 程序段的下一程序，因此会引起重复执行 ns～nf 程序段。

（2）执行 G70 精加工循环时，ns～n 程序段中的 F、S、T 指令有效。

（3）G96、G97、G98、G99、G40、G41、G42 指令在执行 G70 精加工循环时有效。

（4）在 G70 指令执行过程中，可以停止自动运行并手动移动，但要再次执行 G70 循环时，必须返回到手动移动前的位置。如果不返回就继续执行，后面的运行轨迹将错位。

9.4.5　轴向切槽多重循环 G74

1. 指令格式

```
G74  R (e) ;
G74  X (U) Z (W) P (Δi)  Q (Δk)  R (Δd)  F_ ;
```

2. 指令说明

此指令用于在工件端面加工环形槽或中心深孔，轴向断续切削起到断屑、及时排屑的作用。

从起点轴向（Z 轴）进给、回退、再进给……直至切削到与切削终点 Z 轴坐标相同的位置，然后径向退刀、轴向回退至与起点 Z 轴坐标相同的位置，完成一次轴向切削循环。径向再次进刀后，进行下一次轴向切削循环。切削到切削终点后，返回起点（G74 的起点和终点相同），轴向切槽复合循环完成。G74 的径向进刀和轴向进刀方向由切削终点 X（U）、Z（W）与起点的相对位置决定，如图 9.20 所示。

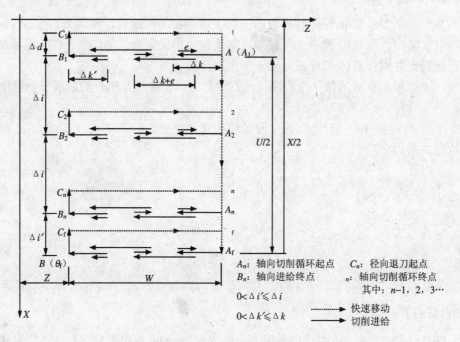

图 9.20　G74 指令循环轨迹

（1）轴向切削循环起点：每次轴向切削循环开始轴向进刀的位置表示 A_n（$n=1,2,3\cdots$），A_n 的 Z 轴坐标与起点 A 相同，A_n 与 A_{n-1} 的 X 轴坐标的差值为 Δi。第一次轴向切削循环起点 A_1 与起点 A 为同一点，最后一次轴向切削循环起点（表示为 A_f）的 X 轴坐标与切削终点相同。

（2）轴向进刀终点：每次轴向切削循环轴向进刀的终点位置表示为 B_n（$n=1,2,3\cdots$），B_n 的 Z 轴坐标与切削终点相同，B_n 的 X 轴坐标与 A_n 相同，最后一次轴向进刀终点（表示为 B_f）与切削终点为同一点。

（3）径向退刀终点：每次轴向切削循环到达轴向进刀终点后，径向退刀（退刀量为 Δd）的终点位置表示为 C_n（$n=1,2,3\cdots$），C_n 的 Z 轴坐标与切削终点相同，C_n 与 A_n X 轴坐标的差值为 Δd。

（4）轴向切削循环终点：从径向退刀终点轴向退刀的终点位置表示为 D_n（$n=1,2,3\cdots$），D_n 的 Z 轴坐标与起点相同，D_n 的 X 轴坐标与 C_{n-1} 相同（与 A_n X 轴坐标的差值为 Δd）。

（5）切削终点：X（U）Z（W）＿＿指定的位置，最后一次轴向进刀终点 B_f。

（6）R（e）：每次轴向（Z 轴）进刀后的轴向退刀量，取值范围为 0～99.999（单位为 mm），无符号。

（7）X：切削终点 B_f 的 X 轴绝对坐标值（单位为 mm）；U：切削终点 B_f 与起点 A 的 X 轴绝对坐标的差值（单位为 mm）；Z：切削终点 B_f 的 Z 轴的绝对坐标值（单位为 mm）；W：切削终点 B_f 与起点 A 的 Z 轴绝对坐标的差值（单位为 mm）。

（8）P（Δi）：单次轴向切削循环的径向（X 轴）切削量，取值范围为 0～9999999（单位为 0.001mm，半径值），无符号。

（9）Q（Δk）：轴向（Z 轴）切削时，Z 轴断续进刀的进刀量，取值范围为 0～9999999（单位为 0.001mm），无符号。

（10）R（Δd）：切削至轴向切削终点后，径向（X 轴）的退刀量，取值范围为 0～99.999（单位为 mm，半径值），无符号，省略 R（Δd）时，系统默认轴向切削终点后，径向（X 轴）的退刀量为 0。省略 X（U）和 P（Δi）指令字时，默认往正方向退刀。

3. 指令执行过程

（1）从轴向切削循环起点 A_n 轴向（Z 轴）切削进给 Δk，切削终点 Z 轴坐标小于起点 Z 轴坐标时，向 Z 轴负向进给，反之则向 Z 轴正向进给。

（2）轴向（Z 轴）快速移动退刀 e，退刀方向与（1）进给方向相反。

（3）如果 Z 轴再次切削进给（$\Delta k+e$），进给终点仍在轴向切削循环起点 A_n 与轴向进刀终点 B_n 之间，Z 轴再次切削进给（$\Delta k+e$），然后执行（2）；如果 Z 轴再次切削进给（$\Delta k+e$）后，进给终点到达 B_n 点或不在 A_n 与 B_n 之间，Z 轴切削进给至 B_n 点，然后执行（4）。

（4）径向（X 轴）快速移动退刀 Δd（半径值）至 C_n 点，B_f 点（切削终点）的 X 轴坐标小于 A 点（起点）X 轴坐标时，向 X 轴正向退刀，反之则向 X 轴负向退刀。

（5）轴向（Z 轴）快速移动退刀至 D_n 点，第 n 次轴向切削循环结束。如果当前不是最后一次轴向切削循环，执行（6）；如果当前是最后一次轴向切削循环，执行（7）。

（6）径向（X 轴）快速移动进刀，进刀方向与（4）退刀方向相反。如果 X 轴进刀（$\Delta d+\Delta i$）（半径值）后，进刀终点仍在 A 点与 A_f 点（最后一次轴向切削循环起点）之间，X 轴快速移动进刀（$\Delta d+\Delta i$）（半径值），即 $D_n \to A_{n+1}$，然后执行（1）（开始下一次轴向切削循环）。如果 X 轴进刀（$\Delta d+\Delta i$）（半径值）后，进刀终点到达 A_f 点或不在 D_n 与 A_f 点之间，X 轴快速移动至 A_f 点，然后执行（1），开始最后一次轴向切削循环。

（7）X 轴快速移动返回到起点 A，G74 指令执行结束。

【技能训练】

试根据图 9.21 所示的工件形状用轴向切槽多重循环指令编写加工程序。

参考程序：

```
O0007;
M3 S500 T0101;
G0 X40 Z5 M3 S500;        （启动主轴，定位到加工起点）
G74 R0.5 ;                （加工循环）
```

　　G74 X20 Z60 P3000 Q5000 F50　[*Z*轴每次进刀5mm，退刀0.5mm，进给到终点（Z60）后，快速返回到起点（Z5），*X*轴进刀3mm，循环以上步骤继续运行]
　　M30;

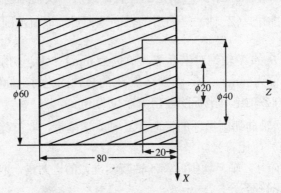

图9.21　轴向切槽多重循环加工实例

9.4.6　径向切槽多重循环 G75

1. 指令格式

　　G75　R（e）；
　　G75　X（U）___ Z ___ P（Δi）　Q（Δk）　R（Δd）　F ___；

2. 指令说明及含义

　　此指令用于加工径向环形槽或圆柱面，径向断续切削起到断屑、及时排屑的作用。

　　循环动作是由含 X（U）和 P（Δi）的 G75 程序段进行的，如果仅执行"G75 R（e）；"程序段，循环动作不进行；Δd 和 e 均用同一地址 R 指定，其区别是根据程序段中有无 X（U）和 P（Δi）指令字；在 G75 指令执行过程中，可使自动运行停止并手动移动，但要再次执行 G75 循环时，必须返回到手动移动前的位置。如果不返回就再次执行，后面的运行轨迹将错位；执行进给保持、单程序段的操作，在运行完当前轨迹的终点后程序暂停，如图9.22所示。

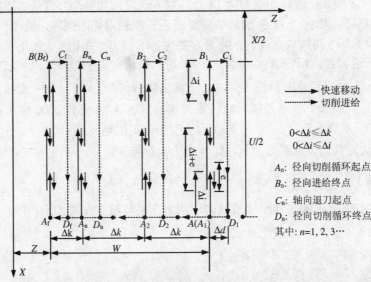

图9.22　G75 指令循环轨迹

进行切槽循环时，必须省略 R (Δd) 指令字，因在切削至径向切削终点无退刀距离。

(1) 径向切槽复合循环：从起点径向（X 轴）进给、回退、再进给……直至切削到与切削终点 X 轴坐标相同的位置，然后轴向退刀、径向回退至与起点 X 轴坐标相同的位置，完成一次径向切削循环；轴向再次进刀后，进行下一次径向切削循环；切削到切削终点后，返回起点（G75 的起点和终点相同），径向切槽复合循环完成。G75 的轴向进刀和径向进刀方向由切削终点 X（U）、Z（W）与起点的相对位置决定。

(2) 径向切削循环起点：每次径向切削循环开始径向进刀的位置表示为 A_n（$n=1,2,3\cdots$），A_n 的 X 轴坐标与起点 A 相同，A_n 与 A_{n-1} 的 Z 轴坐标的差值为 Δk。第一次径向切削循环起点 A_1 与起点 A 为同一点，最后一次径向切削循环起点（表示为 A_f）的 Z 轴坐标与切削终点相同。

(3) 径向进刀终点：每次径向切削循环径向进刀的终点位置表示为 B_n（$n=1,2,3\cdots$），B_n 的 X 轴坐标与切削终点相同，B_n 的 Z 轴坐标与 A_n 相同，最后一次径向进刀终点（表示为 B_f）与切削终点为同一点。

(4) 轴向退刀终点：每次径向切削循环到达径向进刀终点后，轴向退刀（退刀量为 Δd）的终点位置表示为 C_n（$n=1,2,3\cdots$），C_n 的 X 轴坐标与切削终点相同，C_n 与 A_n Z 轴坐标的差值为 Δd。

(5) 径向切削循环终点：从轴向退刀终点径向退刀的终点位置表示为 D_n（$n=1,2,3\cdots$），D_n 的 X 轴坐标与起点相同，D_n 的 Z 轴坐标与 C_n 相同（与 A_n Z 轴坐标的差值为 Δd）。

(6) 切削终点：X（U）＿Z（W）＿指定的位置，最后一次径向进刀终点 B_f。

X：切削终点 B_f 的 X 轴绝对坐标值（单位为 mm）；U：切削终点 B_f 与起点 A 的 X 轴绝对坐标的差值（单位为 mm）；Z：切削终点 B_f 的 Z 轴的绝对坐标值（单位为 mm）；W：切削终点 B_f 与起点 A 的 Z 轴绝对坐标的差值（单位为 mm）。

(7) R (e)：每次径向（X 轴）进刀后的径向退刀量，取值范围为 0～99.999（单位为 mm），无符号。

(8) P (Δi)：径向（X 轴）进刀时，X 轴断续进刀的进刀量，取值范围为 0～9999999（单位为 0.001mm，半径值），无符号。

(9) Q (Δk)：单次径向切削循环的轴向（Z 轴）进刀量，取值范围为 0～9999999（单位为 0.001mm），无符号。

(10) R (Δd)：切削至径向切削终点后，轴向（Z 轴）的退刀量，取值范围为 0～99.999（单位为 mm），无符号。

省略 R (Δd) 时，系统默认径向切削终点后，轴向（Z 轴）的退刀量为 0；省略 Z（W）和 Q (Δk)，默认往正方向退刀。

3. 指令执行过程

(1) 从径向切削循环起点 A_n 径向（X 轴）切削进给 Δi，切削终点 X 轴坐标小于起点 X 轴坐标时，向 X 轴负向进给，反之则向 X 轴正向进给。

(2) 径向（X 轴）快速移动退刀 e，退刀方向与（1）进给方向相反。

(3) 如果 X 轴再次切削进给（Δi+e），进给终点仍在径向切削循环起点 A_n 与径向进刀终点 B_n 之间，X 轴再次切削进给（Δi+e），然后执行（2）；如果 X 轴再次切削进给（Δi+e）后，进给终点到达 B_n 点或不在 A_n 与 B_n 之间，X 轴切削进给至 B_n 点，然后执行（4）。

(4) 轴向（Z 轴）快速移动退刀 Δd 至 C_n 点，B_f 点（切削终点）的 Z 轴坐标小于 A 点（起点）Z轴坐标时，向Z轴正向退刀，反之则向Z轴负向退刀。

（5）径向（X轴）快速移动退刀至 D_n 点，第 n 次径向切削循环结束。如果当前不是最后一次径向切削循环，执行（6）；如果当前是最后一次径向切削循环，执行（7）。

（6）轴向（Z轴）快速移动进刀，进刀方向与（4）退刀方向相反。如果Z轴进刀（$\Delta d + \Delta k$）后，进刀终点仍在 A 点与 A_f 点（最后一次径向切削循环起点）之间，Z轴快速移动进刀（$\Delta d + \Delta k$），即 $D_n \rightarrow A_{n+1}$，然后执行（1）（开始下一次径向切削循环）；如果Z轴进刀（$\Delta d + \Delta k$）后，进刀终点到达 A_f 点或不在 D_n 与 A_f 点之间，Z轴快速移动至 A_f 点，然后执行（1），开始最后一次径向切削循环。

（7）Z轴快速移动返回到起点 A，G75 指令执行结束。

【技能训练】

试根据图9.23所示的工件形状用径向切槽多重循环指令编写加工程序。

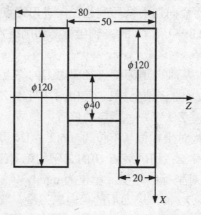

图9.23　径向切槽多重循环加工实例

参考程序：

```
O0008；
M3 S500 T0101；
G00 X150 Z50；              （启动主轴，置转速500）
X125 Z-20；                 （定位到加工起点）
G75 R0.5 F150；             （加工循环）
G75 X40 Z-50 P6000 Q3000；  [X轴每次进刀6mm，退刀0.5mm，进给到终点（X40）后，快
速返回到起点（X125），Z轴进刀3mm，循环以上步骤继续运行]
G0 X150 Z50；（返回到加工起点）
M30；（程序结束）
```

9.5　螺纹切削指令

GSK980 TD 具有多种螺纹切削指令，可加工英制/公制的单头、多头、变螺距螺纹与攻牙，螺纹退尾长度、角度可变，多重循环螺纹切削可单边切削，保护刀具，提高表面光洁度。螺纹切削指令包括：等螺距螺纹切削指令 G32、变螺距螺纹切削指令 G34、攻牙循环切削指令 G33、螺纹循环切削指令 G92、多重螺纹切削循环指令 G76。

GSK980 TD 具有的多种螺纹切削指令可用于加工没有退刀槽的螺纹，但由于在螺纹切削的开始及结束部分 X 轴、Z 轴有加减速过程，此时的螺距误差较大，因此仍需要在实际的螺纹起点与结束时留出螺纹引入长度与退刀的距离。

在螺纹螺距确定的条件下，螺纹切削时 X 轴、Z 轴的移动速度由主轴转速决定，与切削进给速度倍率无关。

螺纹切削时主轴倍率控制有效，主轴转速发生变化时，由于 X 轴、Z 轴加减速的原因会使螺距产生误差，因此，螺纹切削时不要进行主轴转速调整，更不要停止主轴，主轴停止将导致刀具和工件损坏。

9.5.1　等螺距螺纹切削指令 G32

1. 指令格式

G32 X（U）＿　Z（W）＿＿　F（I）＿＿　J＿＿　K＿＿　Q＿＿

2. 指令说明

可以加工公制或英制等螺距的直螺纹、锥螺纹和端面螺纹和连续的多段螺纹加工。

刀具的运动轨迹是从起点到终点的一条直线，如图 9.24 所示。从起点到终点位移量（X 轴按半径值）较大的坐标轴称为长轴，另一个坐标轴称为短轴，运动过程中主轴每转一圈长轴移动一个导程，短轴与长轴作直线插补，刀具切削工件时，在工件表面形成一条等螺距的螺旋切槽，实现等螺距螺纹的加工。F、I 指令字分别用于给定公制、英制螺纹的螺距。

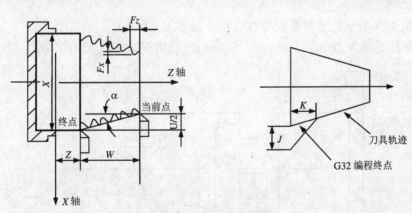

图 9.24　G32 指令轨迹

（1）螺纹的螺距是指主轴转一圈长轴的位移量（X 轴位移量则按半径值）；起点和终点的 X 坐标值相同（不输入 X 或 U）时，进行直螺纹切削；起点和终点的 Z 坐标值相同（不输入 Z 或 W）时，进行端面螺纹切削；起点和终点 X、Z 坐标值都不相同时，进行锥螺纹切削。

（2）F：公制螺纹螺距，为主轴转一圈长轴的移动量，取值范围为 0.001～500mm，F 指令值执行后保持有效，直至再次执行给定螺纹螺距的 F 指令字。

（3）I：每英寸螺纹的牙数，为长轴方向 1 英寸（25.4mm）长度上螺纹的牙数，也可理解为长轴移动 1 英寸（25.4mm）时主轴旋转的圈数。取值范围为 0.06～25 400 牙/英寸，I 指令值执行后保持有效，直至再次执行给定螺纹螺距的 I 指令字。

（4）J：螺纹退尾时在短轴方向的移动量（退尾量），取值范围为-9999.999～9999.999（单位为 mm），带正负方向；如果短轴是 X 轴，该值为半径指定；J 值是模态参数。

（5）K：螺纹退尾时在长轴方向的长度。取值范围为 0～9999.999（单位为 mm），如果

长轴是 X 轴，则该值为半径指定；不带方向；K 值是模态参数。

（6）Q：起始角，指主轴一转信号与螺纹切削起点的偏移角度。取值范围为 0～360000（单位为 0.001 度）。Q 值是非模态参数，每次使用都必须指定，如果不指定就认为是 0 度。

【知识拓展】

注意事项：

（1）J、K 是模态指令，连续螺纹切削时下一程序段省略 J、K 时，按前面的 J、K 值进行退尾，在执行非螺纹切削指令时取消 J、K 模态。

（2）省略 J 或 J、K 时，无退尾；省略 K 时，按 K=J 退尾；J=0 或 J=0、K=0 时，无退尾；J≠0，K=0 时，按 J=K 退尾；J=0，K≠0 时，无退尾。

（3）当前程序段为螺纹切削，下一程序段也为螺纹切削，在下一程序段切削开始时不检测主轴位置编码器的一转信号，直接开始螺纹加工，此指令说明可实现连续螺纹加工。

（4）执行进给保持操作后，系统显示"暂停"、螺纹切削不停止，直到当前程序段执行完才停止运动；如为连续螺纹加工则执行完螺纹切削程序段才停止运动，程序运行暂停。

（5）在单段运行，执行完当前程序段停止运动，如为连续螺纹加工则执行完螺纹切削程序段才停止运动。

（6）系统复位、急停或驱动报警时，螺纹切削减速停止。

【技能训练】

试根据图 9.25 所示的工件形状用 G32 指令编写加工程序。

已知：螺纹螺距为 2mm。δ_1=3mm，δ_2=2mm，总切深 2mm，分两次切入。

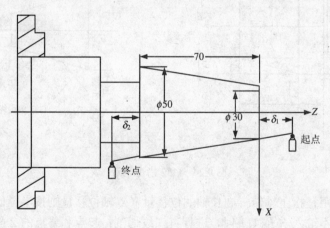

图 9.25 G32 指令加工实例

参考程序：

```
O0009
M3 S300 T0101;
G00 X28 Z3;
G32 X51 W-75 F2.0;
G00 X55;
W75;
X27;
```

```
G32 X50 W-75 F2.0；
G00 X55；
W75；
M30；
```

9.5.2　螺纹切削循环 G92

1．指令格式

```
G92 X(U)_ Z(W)_ F_ J_  K_ L_；      （公制直螺纹切削循环）
G92 X(U)_ Z(W)_ I_ J_  K_ L_；      （英制直螺纹切削循环）
G92 X(U)_ Z(W)_ R_ F_ J_  K_ L_；   （公制锥螺纹切削循环）
G92 X(U)_ Z(W)_ R_ I_ J_  K_ L_；   （英制锥螺纹切削循环）
```

2．指令说明

从切削起点开始，进行径向（X 轴）进刀、轴向（Z 轴或 X、Z 轴同时）切削，实现等螺距的直螺纹、锥螺纹切削循环。执行 G92 指令，在螺纹加工末端有螺纹退尾过程：在距离螺纹切削终点固定长度（称为螺纹的退尾长度）处，在 Z 轴继续进行螺纹插补的同时，X 轴沿退刀方向指数或线性（由参数设置）加速退出，Z 轴到达切削终点后，X 轴再以快速移动速度退刀。如图 9.26、图 9.27 所示。

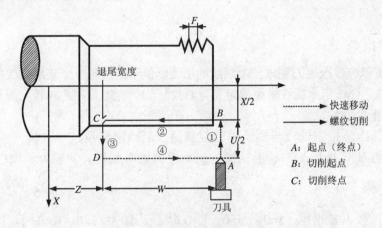

图 9.26　G92 圆柱螺纹指令轨迹

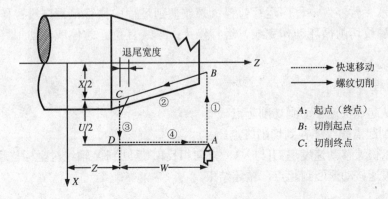

图 9.27　G92 圆锥螺纹指令轨迹

（1）切削起点：螺纹插补的起始位置。

（2）切削终点：螺纹插补的结束位置。

（3）X：切削终点 X 轴绝对坐标，单位为 mm；U：切削终点与起点 X 轴绝对坐标的差值，单位为 mm；Z：切削终点 Z 轴绝对坐标，单位为 mm；W：切削终点与起点 Z 轴绝对坐标的差值，单位为 mm。

（4）R：切削起点与切削终点 X 轴绝对坐标的差值（半径值），当 R 与 U 的符号不一致时，要求|R|≤|U/2|，单位为 mm。

（5）F 公制螺纹螺距，取值范围为 0.001～500mm，F 指令值执行后保持，可省略输入。

（6）I 英制螺纹每英寸牙数，取值范围为 0.06～25400 牙/英寸，I 指令值执行后保持，可省略输入。

（7）J：螺纹退尾时在短轴方向的移动量，取值范围为 0～9999.999（单位为 mm），不带方向（根据程序起点位置自动确定退尾方向），模态参数，如果短轴是 X 轴，则该值为半径指定。

（8）K：螺纹退尾时在长轴方向的长度，取值范围为 0～9999.999（单位为 mm），不带方向，模态参数，如长轴是 X 轴，该值为半径指定。

（9）L：多头螺纹的头数，该值的范围为 1～99，模态参数（省略 L 时默认为是单头螺纹）。

【知识拓展】

G92 指令可以分多次进刀完成一个螺纹的加工，但不能实现 2 个连续螺纹的加工，也不能加工端面螺纹。G92 指令螺纹螺距的定义与 G32 一致，螺距是指主轴转一圈长轴的位移量（X 轴位移量按半径值）。

锥螺纹的螺距是指主轴转一圈长轴的位移量（X 轴位移量按半径值），B 点与 C 点 Z 轴坐标差的绝对值大于 X 轴（半径值）坐标差的绝对值时，Z 轴为长轴；反之，X 轴为长轴。

注意事项：

省略 K 时，按 J=K 退尾；J=0 或 J=0、K=0 时，无退尾；J≠0，K=0 时，按 J=K 退尾；J=0，K≠0 时，无退尾；螺纹切削过程中执行进给保持操作后，系统仍进行螺纹切削，螺纹切削完毕，显示"暂停"，程序运行暂停；螺纹切削过程中执行单程序段操作后，在返回起点后（一次螺纹切削循环动作完成）运行停止；系统复位、急停或驱动报警时，螺纹切削减速停止。

3. 循环过程

（1）X 轴从起点快速移动到切削起点。

（2）从切削起点螺纹插补到切削终点。

（3）X 轴以快速移动速度退刀[与（1）方向相反]，返回到 X 轴绝对坐标与起点相同处。

（4）Z 轴快速移动返回到起点，循环结束。

【技能训练】

试根据图 9.28 所示工件的形状用 G92 指令编写加工程序。

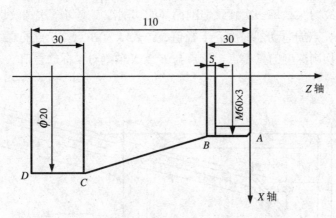

图 9.28　G92 指令加工实例

参考程序：

```
O0012;
M3 S500 T0101;
G0 X150 Z50;
G0 X65 Z5;
G92 X58.7 Z-28 F3 J3 K1;
X57.7 ;
X57;
X56.9;
M30;
```

9.5.3　多重螺纹切削循环 G76

1. 指令格式

```
G76  P (m) (r) (a)  Q (Δdmin)  R (d) ;
G76  X (U) __  Z (W) __  R (i)  P (k)  Q (Δd)  F (I) __ ;
```

2. 指令说明

通过多次螺纹粗车、螺纹精车完成规定牙高（总切深）的螺纹加工，如果定义的螺纹角度不为 0°，螺纹粗车的切入点由螺纹牙顶逐步移至螺纹牙底，使得相邻两牙螺纹的夹角为规定的螺纹角度。G76 指令可加工带螺纹退尾的直螺纹和锥螺纹，可实现单侧刀刃螺纹切削，吃刀量逐渐减少，有利于保护刀具、提高螺纹精度。G76 指令不能加工端面螺纹。G76 指令的加工轨迹如图 9.29 所示。

（1）起点（终点）：程序段运行前和运行结束时的位置，表示为 A 点。

（2）螺纹终点：由 X（U）___ Z（W）___定义的螺纹切削终点，表示为 D 点。如果有螺纹退尾，切削终点长轴方向为螺纹切削终点，短轴方向退尾后的位置。

（3）螺纹起点：Z 轴绝对坐标与 A 点相同、X 轴绝对坐标与 D 点 X 轴绝对坐标的差值为 i（螺纹锥度，半径值），表示为 C 点。如果定义的螺纹角度不为 0°，切削时并不能到达 C 点。

（4）螺纹切深参考点：Z 轴绝对坐标与 A 点相同、X 轴绝对坐标与 C 点 X 轴绝对坐标的

差值为 k（螺纹螺纹切深：每一次螺纹切削循环的切削深度。每一次螺纹切削轨迹的反向延伸线与直线 BC 的交点的总切削深度、半径值），表示为 B 点。B 点的螺纹切深为 0，是系统计算每一次螺纹切削深度的参考点，该点与 B 点 X 轴绝对坐标的差值（无符号，半径值）为螺纹切深。

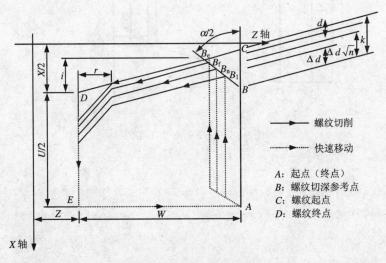

图 9.29   G76 指令的循环轨迹

（5）螺纹切削量：本次螺纹切深与上一次螺纹切深的差值。

（6）退刀终点：每一次螺纹粗车循环、精车循环中螺纹切削结束后，径向（X 轴）退刀的终点位置，表示为 E 点。

（7）螺纹切入点：每一次螺纹粗车循环、精车循环中实际开始螺纹切削的点，表示为 B 点（n 为切削循环次数），B_1 为第一次螺纹粗车切入点，B_f 为最后一次螺纹粗车切入点，B_e 为螺纹精车切入点。

（8）X：螺纹终点 X 轴绝对坐标（单位为 mm）；U：螺纹终点与起点 X 轴绝对坐标的差值（单位为 mm）；Z：螺纹终点 Z 轴的绝对坐标值（单位为 mm）；W：螺纹终点与起点 Z 轴绝对坐标的差值（单位为 mm）。

（9）P（m）：螺纹精车次数 00～99（单位为次），m 指令值执行后保持有效，在螺纹精车时，每次进给的切削量等于螺纹精车的切削量 d 除以精车次数 m。

（10）P（r）：螺纹退尾长度 00～99（单位为 0.1×L，L 为螺纹螺距），r 指令值执行后保持有效。螺纹退尾指令说明可实现无退刀槽的螺纹加工。

（11）P（a）：相邻两牙螺纹的夹角，取值范围为 00～99，单位为度（°）。

（12）Q（Δdmin）：螺纹粗车时的最小切削量，取值范围为 00～99999（单位为 0.001mm，无符号，半径值）。

（13）R（d）：螺纹精车的切削量，取值范围为 00～99.999（单位为 mm，无符号，半径值），半径值等于螺纹精车切入点 B_e 与最后一次螺纹粗车切入点 B_f 的 X 轴绝对坐标的差值。

（14）R（i）：螺纹锥度，螺纹起点与螺纹终点 X 轴绝对坐标的差值，取值范围为 -9999999～9999999（单位为 mm，半径值）。

（15）P（k）：螺纹牙高，螺纹总切削深度，取值范围为 1～9999999（单位为 0.001mm，半径值、无符号）。

（16）Q（Δd）：第一次螺纹切削深度，取值范围为 1～9999999（单位为 0.001mm，半径值、无符号）。未输入Δd 时，系统报警。

（17）F：公制螺纹螺距，取值范围为 0.001～500mm；I：英制螺纹每英寸的螺纹牙数，取值范围为 0.06～25400 牙/英寸。

3. 指令执行过程

（1）从起点快速移动到 B_1，螺纹切深为Δd。如果 a=0，仅移动 X 轴；如果 a≠0，X 轴和 Z 轴同时移动，移动方向与 A→D 的方向相同。

（2）沿平行于 C→D 的方向螺纹切削到与 D→E 相交处（r≠0 时有退尾过程）。

（3）X 轴快速移动到 E 点。

（4）Z 轴快速移动到 A 点，单次粗车循环完成。

（5）再次快速移动进刀到 B_n（n 为粗车次数），如果切深小于（k−d），转（2）执行；如果切深大于或等于（k−d），按切深（k−d）进刀到 B_f 点，转（6）执行最后一次螺纹粗车。

（6）沿平行于 C→D 的方向螺纹切削到与 D→E 相交处（r≠0 时有退尾过程）。

（7）X 轴快速移动到 E 点。

（8）Z 轴快速移动到 A 点，螺纹粗车循环完成，开始螺纹精车。

（9）快速移动到 B_e 点（螺纹切深为 k、切削量为 d）后，进行螺纹精车，最后返回 A 点，完成一次螺纹精车循环。

（10）如果精车循环次数小于 m，转（9）进行下一次精车循环，螺纹切深仍为 k，切削量为 0；如果精车循环次数等于 m，G76 复合螺纹加工循环结束。

【知识拓展】

注意事项：

（1）螺纹切削过程中执行进给保持操作后，系统仍进行螺纹切削，螺纹切削完毕，显示"暂停"，程序运行暂停。

（2）螺纹切削过程中执行单程序段操作，在返回起点后（一次螺纹切削循环动作完成）运行停止。

（3）系统复位、急停或驱动报警时，螺纹切削减速停止。

（4）G76 P（m）（r）（a）Q（Δdmin）R（d）可全部省略或省略部分指令地址，省略的地址按参数设定值运行。

【技能训练】

试根据图 9.30 所示工件的形状用 G76 指令编写加工程序。

参考程序：

```
O0013;
G50 X100 Z50 M3 S300;          （设置工件坐标系启动主轴，指定转速）
G00 X80 Z10;                   （快速移动到加工起点）
```

```
G76  P020560  Q150  R0.1;      （精加工重复次数 2，倒角宽度 0.5mm，刀具角度 60°，最小
切入深度 0.15，精车余量 0.1）
G76  X60.64  Z-62  P3680  Q1800  F6;      （螺纹牙高 3.68，第一螺纹切削深度 1.8）
G00  X100  Z50;                （返回程序起点）
M30;                           （程序结束）
```

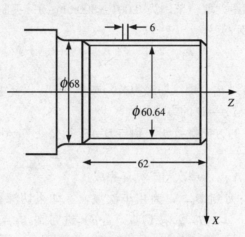

图 9.30   G76 指令加工实例

9.6   GSK 数控车床面板和指令键

9.6.1   机床控制面板

GSK980 TD 系统采用铝合金立体操作面板，外观如图 9.31 所示。

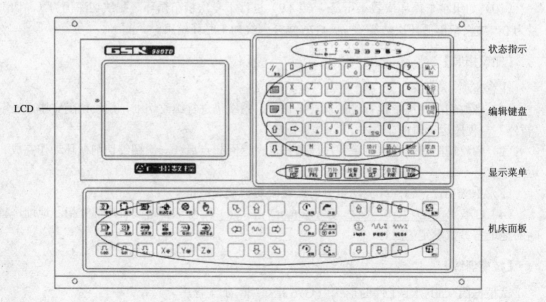

图 9.31   GSK980 TD 系统的操作面板

1. 状态指示

状态指示含义如表 9.3 所示。

表9.3　状态指示的含义

状态指示	含　义	状态指示	含　义
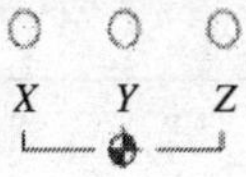 X　Y　Z	X、Z 轴回零结束指示灯	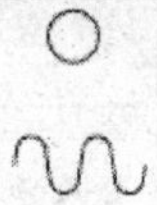	快速指示灯
	单段运行指示灯		程序段选跳指示灯
	机床锁指示灯	 MST	辅助功能锁指示灯
	空运行指示灯		

2.　编辑键盘

编辑键盘的含义如表 9.4 所示。

表9.4　编辑键盘的含义

按　　键	名　　称	功　能　说　明
//复位	复位键	CNC 复位，进给、输出停止等
N　G　X　Z　U　W　M　S　T	地址键	地址输入
H/Y　F/E　R/V　L/D　P/Q　I/A　J/B　K/C		双地址键，反复按键，在两者间切换
–空格　/#	符号键	双地址键，反复按键，在两者间切换
7　8　9　4　5　6　1　2　3　0	数字键	数字输入

按　键	名　称	功 能 说 明
小数点	小数点	小数点输入
输入 IN	输入键	参数、补偿量等数据输入的确定
输出 DUT	输出键	启动通信输出
转换 GHG	转换键	信息、显示的切换
插入 修改　删除 DEL　取消 CAN	编辑键	编辑时程序、字段等的插入、修改、删除（ 插入 修改 为复合键，反复按键，在两功能间切换）
换行 EOB	EOB 键	程序段结束符的输入
↑　⇨ ⇩　⇦	光标移动键	控制光标移动
📄 📄	翻页键	同一显示界面下页面的切换

3. 显示菜单

显示菜单的含义如表 9.5 所示。

表 9.5　显示菜单的含义

菜 单 键	备　注
位置 POS	进入位置界面。位置界面有相对坐标、绝对坐标、综合坐标、坐标&程序四个页面
程序 PRG	进入程序界面。程序界面有程序内容、程序目录、程序状态三个页面
刀补 OFT	进入刀补界面、宏变量界面（反复按键可在两界面间转换）。刀补界面可显示刀具偏值；宏变量界面显示 CNC 宏变量
报警 ALM	进入报警界面。报警界面有 CNC 报警、PLC 报警两个页面
设置 SET	进入设置界面、图形界面（反复按键可在两界面间转换）。设置界面有开关设置、数据备份、权限设置；图形界面有图形设置、图形显示两页面
参数 PAR	进入状态参数、数据参数、螺补参数界面（反复按键可以在各界面间转换）

菜单键	备　注
诊断 DGN	进入诊断界面、PLC 状态、PLC 数据、机床软面板、版本信息界面（反复按键可在各界面间转换）。诊断界面、PLC 状态、PLC 数据显示 CNC 内部信号状态、PLC 各地址、数据的状态信息；机床软面板可进行机床软键盘操作；版本信息界面显示 CNC 软件、硬件及 PLC 的版本号

9.6.2　GSK980 TD 系统机床面板

GSK980 TD 机床面板中按键的指令是由 PLC 程序（梯形图）定义，各按键具体指令的意义请参阅机床厂家的说明书。

GSK980 TD 标准 PLC 程序定义的机床面板各按键指令如表 9.6 所示。

表 9.6　GSK980 TD 系统机床面板各按键指令表

按　键	名　称	功能说明	功能有效时操作方式
暂停	进给保持键	程序、MDI 指令运行暂停	自动方式、录入方式
运行	循环启动键	程序、MDI 指令运行启动	自动方式、录入方式
进给倍率	进给倍率键	进给速度的调整	自动方式、录入方式、编辑方式、机械回零、手轮方式、单步方式、手动方式、程序回零
快速倍率	快速倍率键	快速移动速度的调整	自动方式、录入方式、机械回零、手动方式、程序回零
主轴倍率	主轴倍率键	主轴速度调整（主轴转速模拟量控制方式有效）	自动方式、录入方式、编辑方式、机械回零、手轮方式、单步方式、手动方式、程序回零
换刀	手动换刀键	手动换刀	机械回零、手轮方式、单步方式、手动方式、程序回零
点动 润滑	点动开关键	主轴点动状态开/关	机械回零、手轮方式、单步方式、手动方式、程序回零
	润滑开关键	机床润滑开/关	

按　键	名　称	功能说明	功能有效时操作方式
冷却	冷却液开关键	冷却液开/关	自动方式、录入方式、编辑方式、机械回零、手轮方式、单步方式、手动方式、程序回零
正转　停止　反转	主轴控制键	主轴正转主轴停止主轴反转	机械回零、手轮方式、单步方式、手动方式、程序回零
∿	快速开关	快速速度/进给速度切换	自动方式、录入方式、机械回零、手动方式、程序回零
手动进给键	手动进给键	手动、单步操作方式 X、Y、Z 轴正向/负向移动	机械回零、单步方式、手动方式、程序回零
X　Y　Z	手轮控制轴选择键	手轮操作方式 X、Y、Z 轴选择	手轮方式
0.001　0.01　0.1	手轮/单步增量选择与快速倍率选择键	手轮每格移动0.001/0.01/0.1mm单步每步移动0.001/0.01/0.1mm	自动方式、录入方式、机械回零、手轮方式、单步方式、手动方式、程序回零
单段	单段开关	程序单段运行/连续运行状态切换，单段有效时单段运行指示灯亮	自动方式、录入方式
跳段	程序段选跳开关	程序段首标有"/"号的程序段是否跳过状态切换，程序段选跳开关打开时，跳段指示灯亮	自动方式、录入方式
机床锁	机床锁住开关	机床锁住时机床锁住指示灯亮，X、Z 轴输出无效	自动方式、录入方式、编辑方式、机械回零、手轮方式、单步方式、手动方式、程序回零
MST 辅助键	辅助功能锁住开关	辅助功能锁住时辅助功能锁住指示灯亮，M、S、T 功能输出无效	自动方式、录入方式
空运行	空运行开关	空运行有效时空运行指示灯点亮，加工程序/MDI 指令段空运行	自动方式、录入方式

续表

按　键	名　称	功能说明	功能有效时操作方式
 编辑	编辑方式选择键	进入编辑操作方式	自动方式、录入方式、机械回零、手轮方式、单步方式、手动方式、程序回零
 自动	自动方式选择键	进入自动操作方式	录入方式、编辑方式、机械回零、手轮方式、单步方式、手动方式、程序回零
 录入	录入方式选择键	进入录入（MDI）操作方式	自动方式、编辑方式、机械回零、手轮方式、单步方式、手动方式、程序回零
 机械零点	机械回零方式选择键	进入机械回零操作方式	自动方式、录入方式、编辑方式、手轮方式、单步方式、手动方式、程序回零
 手轮	单步/手轮方式选择键	进入单步或手轮操作方式（两种操作方式由参数选择其一）	自动方式、录入方式、编辑方式、机械回零、手动方式、程序回零
 手动	手动方式选择键	进入手动操作方式	自动方式、录入方式、编辑方式、机械回零、手轮方式、单步方式、程序回零
 程序零点	程序回零方式选择键	进入程序回零操作方式	自动方式、录入方式、编辑方式、机械回零、手轮方式、单步方式、手动方式

【技能训练】

熟悉 GSK 数控车床面板和指令键。

9.7　GSK980 TD 系统数控车床的基本操作

9.7.1　手动操作

在手动操作方式下可进行手动进给、主轴控制、倍率修调、换刀等操作。

1. 坐标轴移动

在手动操作方式下，可以使两轴手动进给、手动快速移动。

（1）手动进给

按住进给轴及方向选择键 中的 或 X 轴方向键可使 X 轴向负向或正向进给，松开按键时轴运动停止；按住 或 Z 轴方向键可使 Z 轴向负向或正向进给，松开按键时轴运动停止；用户也可同时按住 X、Z 轴的方向选择键实现两个轴的同时运动。进给倍率实时修调有效。

当进行手动进给时，按下 键，使状态指示区的指示灯 亮则进入手动快速移动状态。

（2）手动快速移动

按 🎛️ 中的 🔄 键直至状态指示区的快速移动指示灯亮，按下 ⬇️ 或 ⬆️ 键可使 X 轴向负向或正向快速移动，松开按键时轴运动停止；按下 ⬅️ 或 ➡️ 键可使 Z 轴向负向或正向快速移动，松开按键时轴运动停止；也可同时按住 X、Z 轴的方向选择键实现两个轴的同时移动。快速倍率实时修调有效。

当进行手动快速移动时，按下 🔄 键，使指示灯 🔄 熄灭，快速移动无效，以手动速度进给。

2．手动换刀

🔧：手动操作方式下，按此键，手动相对换刀（若当前为第 1 把刀具，按此键后，刀具换至第 2 把；若当前为第 4 把刀具，按此键后，刀具换至第 1 把）。

9.7.2　程序编辑与管理

在编辑操作方式下，可建立、选择、修改、复制、删除程序，也可实现 CNC 与 CNC、CNC 与 PC 机的双向通信。为防程序被意外修改、删除，GSK980 TD 设置了程序开关。编辑程序前，必须打开程序开关。

1．程序的建立

程序中，可编入程序段号，也可不编入程序段号，程序是按程序段编入的先后顺序执行的（调用时例外）。当开关设置页面"自动序号"开关处于关状态时，CNC 不自动生成程序段号，但在编程时可以手动编入程序段号。

当开关设置页面"自动序号"开关处于开状态时，CNC 自动生成程序段号，编辑时，按 🔲 键自动生成下一程序段的程序段号。

2．程序内容的输入

（1）按 🔲 键进入编辑操作方式。

（2）按 🔲 键进入程序界面，按 🔲 或 🔲 键选择程序内容显示页面（图 9.32）。

（3）依次按地址键 🔲、数字键 🔲、🔲、🔲、🔲（以建立 O0001 程序为例，见图 9.33）。

```
程序内容  行6 列1      O0008N0000
O0008：（CNC PROGRAM 20051020）
G50 X0Z0；
G1 X100 Z100 F200；
G2 U100 W50 R50；
G0 X0 Z0；
X100 Z100
M30；
%
O0001                    S0000 T0100
            编辑方式
```

```
程序内容  行6 列1      O0008N0000
O0008：（CNC PROGRAM 20051020）
G50 X0Z0；
G1 X100 Z100 F200；
G2 U100 W50 R50；
G0 X0 Z0；
X100 Z100
M30；
%
                         S0000 T0100
            编辑方式
```

图 9.32　程序内容显示页面 　　　　　图 9.33　建立 O0001 程序

（4）按 🔲 键，建立新程序（图 9.34）。

图 9.34　建立新程序

（5）按照编制好的零件程序逐个输入，每输入一个字符，在屏幕上立即显示输入的字符（复合键的处理是反复按此复合键，实现交替输入），一个程序段输入完毕，按 ⌨ 键结束。

（6）按步骤（5）的方法可完成程序其他程序段的输入。

3．字符的检索

按 ⌨ 键进入编辑操作方式，按 ⌨ 键选择程序内容显示页面。

4．程序的删除

（1）单个程序的删除

操作步骤如下：

① 选择编辑操作方式，进入程序显示页面。

② 依次按地址键 ⌨，数字键 ⌨、⌨、⌨、⌨（以 O 0001 程序为例）。

③ 按 ⌨ 键，O 0001 程序被删除。

（2）全部程序的删除

操作步骤如下：

① 选择编辑操作方式，进入程序显示页面。

② 依次按地址键 ⌨，符号键 ⌨，数字键 ⌨、⌨、⌨。

③ 按 ⌨ 键，全部程序被删除。

9.7.3　刀具偏置与对刀

为简化编程，允许在编程时不考虑刀具的实际位置。GSK980 TD 提供了定点对刀、试切对刀及回机械零点对刀三种对刀方法，通过对刀操作来获得刀具偏置数据。

1．定点对刀

如图 9.35 所示，定点对刀操作步骤如下：

（1）首先确定 X、Z 向的刀补值是否为零，如果不为零，必须把所有刀具号的刀补值清零。

（2）使刀具中的偏置号为 00（如 T0100、T0300）。

（3）选择任意一把刀（一般是加工中的第一把刀）作为基准刀。

（4）将基准刀的刀尖定位到某点（对刀点），如图 9.35（a）所示。

（5）在录入操作方式、程序状态页面下用 G50 X__ Z__ 指令设定工件坐标系。

（6）使相对坐标（U，W）的坐标值清零。

（7）移动刀具到安全位置后，选择另外一把刀具，并移动到对刀点，如图9.35（b）所示。

（8）按 $\boxed{\text{刀补OFT}}$ 键、按 $\boxed{\uparrow}$ 键、$\boxed{\downarrow}$ 键移动光标选择该刀对应的刀具偏置号。

（9）按地址键 $\boxed{\text{U}}$，再按 $\boxed{\text{输入}}$ 键，X 向刀具偏置值被设置到相应的偏置号中。

（10）按地址键 $\boxed{\text{W}}$，再按 $\boxed{\text{输入}}$ 键，Z 向刀具偏置值被设置到相应的偏置号中。

（11）重复步骤（7）～（10），可对其他刀具进行对刀。

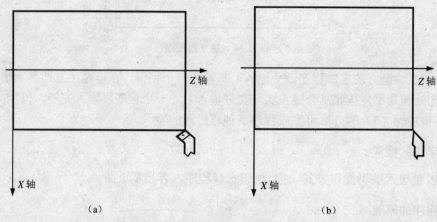

(a) 　　　　　　　　　　　　　　　　　(b)

图9.35　定点对刀操作

2．试切对刀

如图9.36所示，试切对刀操作步骤如下（以工件端面建立工件坐标系）：

（1）选择任意一把刀，使刀具沿表面 A 切削，如图9.36（a）所示。

（2）在 Z 轴不动的情况下，沿 X 轴退出刀具，并且停止主轴旋转。

（3）按 $\boxed{\text{刀补OFT}}$ 键进入偏置界面，选择刀具偏置页面，按 $\boxed{\uparrow}$ 键、$\boxed{\downarrow}$ 键移动光标选择该刀具对应的偏置号。

（4）依次按地址键 $\boxed{\text{Z}}$、数字键 $\boxed{0}$ 及 $\boxed{\text{输入}}$ 键。

（5）使刀具沿表面 B 切削。

（6）在 X 轴不动的情况下，沿 Z 轴退出刀具，并且停止主轴旋转。

（7）测量直径"α"（假定$\alpha=15$）。

（8）按 $\boxed{\text{刀补OFT}}$ 键进入偏置界面，选择刀具偏置页面，按 $\boxed{\uparrow}$ 键、$\boxed{\downarrow}$ 键移动光标选择该刀具对应的偏置号。

（9）依次按地址键 $\boxed{\text{X}}$、数字键 $\boxed{1}$、$\boxed{5}$ 及 $\boxed{\text{输入}}$ 键。

（10）移动刀具至安全换刀位置，换另一把刀，如图9.36（b）所示。

（11）使刀具沿表面 A_1 切削。

（12）在 Z 轴不动的情况下沿 X 轴退出刀具，并且停止主轴旋转。

（13）测量表面 A_1 与工件坐标系原点之间的距离"β'"（假定$\beta'=1$）。

（14）按 $\boxed{\text{刀补OFT}}$ 键进入偏置界面，选择刀具偏置页面，按 $\boxed{\uparrow}$ 键、$\boxed{\downarrow}$ 键移动光标选择该刀具对应的偏置号。

（15）依次按地址键 $\boxed{\text{Z}}$、符号键 $\boxed{-}$、数字键 $\boxed{1}$ 及 $\boxed{\text{输入}}$ 键。

（16）使刀具沿表面 B_1 切削。

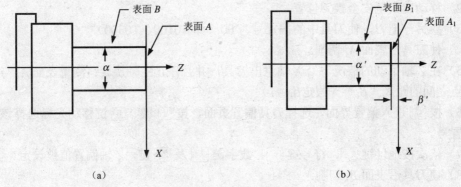

（a）　　　　　　　　　　　　　　　　（b）

图 9.36　试切对刀操作

（17）在 X 轴不动的情况下，沿 Z 轴退出刀具，并且停止主轴旋转。

（18）测量距离"α'"（假定 α' =10）。

（19）按 刀补 键进入偏置界面，选择刀具偏置页面，按 ⬆ 键、⬇ 键移动光标选择该刀具对应的偏置号。

（20）依次按地址键 ⌧、数字键 ①、⓪ 及 输入 键。

（21）其他刀具对刀方法重复步骤（10）～（20）。

注：此对刀方法的刀补值有可能很大，因此 CNC 必须设置为以坐标偏移方式执行刀补（CNC 参数 NO.003 的 BIT4 位设置为 1），并且，第一个程序段用 T 指令执行刀具长度补偿，或程序的第一个移动指令程序段包含执行刀具长度补偿的 T 指令。

3. 回机械零点对刀

用此对刀方法不存在基准刀非基准刀问题，在刀具磨损或调整任何一把刀时，只要对此刀进行重新对刀即可。对刀前回一次机械零点。断电后再上电只要回一次机械零点后即可继续加工，操作简单方便。如图 9.37 所示，回机械零点对刀操作步骤如下（以工件端面建立工件坐标系）：

（1）按 机械回零 键进入机械回零操作方式，使两轴回机械零点。

（2）选择任意一把刀，使刀具中的偏置号为 00（如 T0100、T0300）。

（3）使刀具沿表面 A 切削。

（4）在 Z 轴不动的情况下，沿 X 轴退出刀具，并且停止主轴旋转。

（5）按 刀补 进入偏置界面，选择刀具偏置页面，按 ⬆ 键、⬇ 键移动光标选择该刀具对应的偏置号。

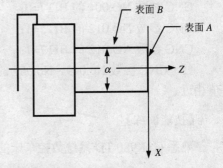

图 9.37　回机械零点对刀操作

（6）依次按地址键 ⓩ、数字键 ⓪ 及 ⓪ 键，Z 轴偏置值被设定。

（7）使刀具沿表面 B 切削。

（8）在 X 轴不动的情况下，沿 Z 轴退出刀具，并且停止主轴旋转。

（9）测量距离"α"（假定 α=15）。

（10）在 X 轴不动的情况下，沿 Z 轴退出刀具，并且停止主轴旋转。

（11）依次按地址键 ⌧、数字键 ①、⑤ 及 输入 键，X 轴刀具偏置值被设定。

（12）移动刀具至安全换刀位置。

（13）换另一把刀，使刀具中的偏置号为 00（如 T0100、T0300）。

（14）使刀具沿表面 A_1 切削。

（15）在 Z 轴不动的情况下沿 X 轴退出刀具，并且停止主轴旋转；测量表面 A_1 与工件坐标系原点之间的距离"β_1"（假定 $\beta_1 = 1$）。

（16）按 $\boxed{\text{宗}}$ 进入偏置界面，选择刀具偏置页面，按 $\boxed{↑}$ 键、$\boxed{↓}$ 键移动光标选择该刀具对应的偏置号。

（17）依次按地址键 $\boxed{Z}$、符号键 $\boxed{-}$、数字键 $\boxed{1}$ 及 $\boxed{\text{输入}}$ 键，Z 轴偏置值被设定。

（18）使刀具沿表面 B_1 切削。

（19）在 X 轴不动的情况下，沿 Z 轴退出刀具，并且停止主轴旋转。

（20）测量距离"α_1"（假定 $\alpha_1 = 10$）。

（21）按 $\boxed{\text{宗}}$ 进入偏置界面，选择刀具偏置页面，按 $\boxed{↑}$ 键、$\boxed{↓}$ 键移动光标选择该刀具对应的偏置号。

（22）依次按地址键 $\boxed{X}$、数字键 $\boxed{1}$、$\boxed{0}$ 及 $\boxed{\text{输入}}$ 键，X 轴刀具偏置值被设定。

（23）移动刀具至安全换刀位置。

（24）重复步骤（15）～（23），即可完成所有刀的对刀。

【知识拓展】

回机械零点对刀时应注意以下问题：

（1）机床必须安装机械零点开关才能进行回机械零点对刀操作。

（2）回机械零点对刀后，不能执行 G50 指令设定工件坐标系。

（3）CNC 必须设置为以坐标偏移方式执行刀补（CNC 参数 NO.003 的 BIT4 位设置为 1），而且，第一个程序段用 T 指令执行刀具长度补偿，或程序的第一个移动指令程序段包含执行刀具长度补偿的 T 指令。

（4）相应参数必须如下设置：

CNC 参数 NO.004 的 BIT7=0；

CNC 参数 NO.012 的 BIT5=1；

CNC 参数 NO.012 的 BIT7=1；

（5）CNC 参数 No.049、No.050 的设置值应与机械零点在工件坐标系 XOZ 中的绝对坐标值相近。

【技能训练】

熟悉 GSK980 TD 系统数控车床的基本操作。

9.8　数控车床对刀操作实训

9.8.1　实训目的

（1）掌握游标卡尺、千分尺的使用方法。

（2）掌握车刀的安装和对刀方法。

（3）掌握工件的安装方法。

（4）掌握数控车床的操作方法。

（5）能正确安装外圆车刀、切槽刀及螺纹刀。

9.8.2　实训设备、量具、刀具和材料

（1）CK6132 数控车床 5 台。

（2）外圆车刀、切槽刀、螺纹刀和游标卡尺等。

（3）毛坯材料：L12 或 L13。

9.8.3　实训内容

（1）安装外圆车刀、切槽刀及螺纹刀。

（2）对刀。

9.8.4　实训步骤

1．安装外圆车刀、切槽刀及螺纹刀

注意车刀的悬伸长度及中心高。

2．安装工件

注意要夹紧和找正工件。

3．对刀操作

分别对 90°车刀（1 号刀）、切槽刀（2 号刀）、螺纹刀（3 号刀）进行对刀操作。

9.8.5　注意事项

（1）操作数控车床时应确保人身和设备的安全。

（2）禁止多人同时操作机床。

（3）禁止让机床在同一方向连续"超程"。

（4）工件、刀具要夹紧、夹牢。

（5）选择换刀时，要注意安全位置，防止意外事故发生。

9.9　综合加工实训

9.9.1　实训目的

（1）能够对简单轴类零件进行数控车削工艺分析。

（2）掌握 G00、G01、G71、G70、G92 指令的应用和手工编程方法。

（3）熟悉数控车床上工件的装夹、找正。

（4）掌握试切对刀方法及自动加工的过程及注意事项。

9.9.2　实训设备、量具、刀具和材料

（1）CK6140 数控车床 5 台

（2）刀具 1 号（90°外圆粗车刀），刀具 2 号（90°外圆精车刀），刀具 3 号（5mm 宽切槽车刀），刀具 4 号（60°螺纹车刀），游标卡尺等。

（3）毛坯材料：L12 或 L13。

9.9.3　实训内容

零件如图 9.38 所示，毛坯棒料直径 ϕ50mm、长 90mm。

9.9.4　实训步骤

1．分析工件图样，选择定位基准和加工方法，确定走刀路线选择刀具和装夹方法，确定切削用量参数。

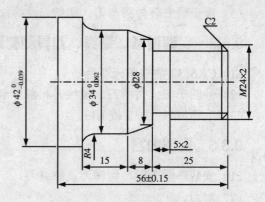

图 9.38　综合实例

工艺路线：

（1）工件伸出长度 70mm，找正夹紧。

（2）使用 1 号车刀用 G71 指令粗加工外轮廓。

（3）使用 2 号车刀用 G70 指令精加工外轮廓。

（4）使用 3 号车刀切退刀槽。

（5）使用 4 号车刀用 G92 指令循环加工三角螺纹。

2．编写数控加工程序。

相关计算：

（1）确定螺纹大径　$d_{大}=24-0.1p=24-0.1\times 2=23.8$（mm）

（2）确定螺纹小径　$d_{小}=24-1.3p=24-1.3\times 2=21.4$（mm）

3．分别将 1 号车刀、2 号车刀、3 号车刀和 4 号车刀对刀。

4．输入程序、检查是否正确。

5．程序图形模拟校验。

6．零件自动加工。

对于初学者，应多采用单段执行循环，并将有关倍率开关修调到最低，便于边加工边分析，以避免某些错误。

7．根据零件图纸要求，选择量具对工件进行检测，并对零件进行质量分析。

9.9.5　注意事项

（1）注意工件装夹的可靠性。

（2）注意刀具装夹的可靠性。

（3）机床在试运行前必须进行图形模拟加工，避免程序错误、刀具碰撞工件或卡盘。

（4）快速进刀和退刀时，一定要注意不要碰上工件和三爪卡盘。

（5）操作中出现工件跳动、异常声响等情况时，必须立即停车处理。

（6）加工零件过程中一定要提高警惕，将手放在"急停"按钮上，如遇到紧急情况，迅速按下"急停"按钮，防止意外事故发生。

第10章 华中 HNC—21/22T 系统 数控车床编程与操作

【教学目标】

掌握 HNC—21/22T 系统基本指令的使用方法，掌握固定循环与子程序的使用方法，掌握数控车床面板和键盘的含义，能够熟练操作机床。

【工具设备】

HNC—21/22T 系统数控车床。

【教学方法与课时安排】

教师讲授、演示、学生讨论与实操相结合的教学法。共用 20 学时。

10.1 华中 HNC—21/22T 系统概述

数控机床加工中的动作在加工程序中用指令的方式事先予以规定，这类指令有准备指令G、辅助指令 M、刀具指令 T、主轴转速指令 S 和进给指令 F 等。编程人员在编程前必须对所使用的数控系统指令进行仔细研究，掌握每个指令的确切含义，以免发生错误。

10.1.1 准备指令 G 代码

准备指令 G 指令由 G 和其后的一或二位数值组成，它用来规定刀具和工件的相对运动轨迹、机床坐标系、坐标平面、刀具补偿、坐标偏置等多种加工操作。

G 指令有非模态 G 指令和模态 G 指令之分。非模态 G 指令只在所规定的程序段中有效，程序段结束时被注销；模态 G 指令是一组可相互注销的 G 指令，这些指令说明一旦被执行，则一直有效，直到被同一组的 G 指令注销为止。华中世纪星 HNC—21T 数控装置的 G 指令说明如表 10.1 所示。

表 10.1 G 指令说明一览表

G 代码	组 号	指令说明	G 代码	组 号	指令说明
G00		快速定位	G03	01	逆圆插补
▶ G01	01	直线插补	G04	00	暂停
G02		顺圆插补	G20	08	英寸输入

G 代码	组 号	指 令 说 明	G 代码	组 号	指 令 说 明
▶G21	08	毫米输入	G59	11	工作坐标系设定
G28	00	返回到参考点	G65	06	宏指令简单调用
▶G29		由参考点返回	G71		外径/内径车削复合循环
G32	01	螺纹切削	G72		端面车削复合循环
▶G36	16	直径编程	G73		闭环车削复合循环
G37		半径编程	G76	01	螺纹切削复合循环
▶G40		刀尖半径补偿取消	▶G80		内/外径车削固定循环
▶G41	09	左刀补	G81		端面车削固定循环
G42		右刀补	G82		螺纹切削固定循环
G52	00	局部坐标系设定	G90	13	绝对值编程
▶G54		工作坐标系设定	G91		增量值编程
G55		工作坐标系设定	G92	00	工件坐标系设定
G56	11	工作坐标系设定	G94	14	每分钟进给
G57		工作坐标系设定	G95		每转进给
G58		工作坐标系设定			

注意：（1）00 组中的 G 代码是非模态的，其他组的 G 代码是模态的。

（2）标记"▶"者为默认值。

10.1.2 辅助指令 M 代码

辅助指令由地址字 M 和其后的一或两位数字组成，主要用于控制零件程序的走向，以及机床各种辅助指令的开关动作。M 指令有非模态 M 指令和模态 M 指令两种形式。非模态 M 指令只在书写了该代码的程序段中有效；模态 M 指令是一组可相互注销的 M 指令，这些指令在被同一组的另一个指令注销前一直有效。模态 M 指令组中包含一个默认指令，系统上电时将被初始化为该指令。

另外，M 指令还可分为前作用 M 指令和后作用 M 指令两类。前作用 M 指令在程序段编制的轴运动之前执行；后作用 M 指令在程序段编制的轴运动之后执行。

华中世纪星 HNC—21T 数控装置 M 指令说明如表 10.2 所示。

表 10.2 M 代码及指令

代 码	模 态	功 能 说 明	代 码	模 态	功 能 说 明
M00	非模态	程序停止	M03	模态	主轴正转启动
M02	非模态	程序结束	M04	模态	主轴反转启动
M30	非模态	程序结束并返回程序起点	M05	▶模态	主轴停止转动
			M06	非模态	换刀
M98	非模态	调用子程序	M07	模态	切削液打开
M99	非模态	子程序结束	M09	▶模态	切削液停止

注意：标记"▶"者为默认值。

1．程序暂停 M00

当 CNC 执行到 M00 指令时，将暂停执行当前程序，以方便操作者进行刀具和工件的尺寸测量、工件调头、手动变速等操作。暂停时，机床的主轴、进给及冷却液停止，而全部现存的模态信息保持不变，欲继续执行后续程序，重按操作面板上的"循环启动"键。M00 为非模态后作用 M 指令。

2．程序结束 M02

M02 一般放在主程序的最后一个程序段中。当 CNC 执行到 M02 指令时，机床的主轴、进给、冷却液全部停止，加工结束，若要重新执行该程序，就得重新调用该程序，然后再按操作面板上的"循环启动"键。M02 为非模态后作用 M 指令。

3．主轴控制指令 M03、M04、M05

M03 启动主轴以程序中编制的主轴速度顺时针方向（从 Z 轴正向朝 Z 轴负向看）旋转。

M04 启动主轴以程序中编制的主轴速度逆时针方向旋转。

M05 使主轴停止旋转。

M03、M04 为模态前作用 M 指令；M05 为模态后作用 M 指令，M05 为默认指令。

4．冷却液打开、停止指令 M07、M09

M07 指令将打开冷却液管道。

M09 指令将关闭冷却液管道。

M07 为模态前作用 M 指令；M09 为模态后作用 M 指令，M09 为默认指令。

5．程序结束并返回到零件程序头指令 M30

M30 和 M02 指令基本相同，只是 M30 指令还兼有控制返回到零件程序头（%）的作用。使用 M30 的程序结束后，若要重新执行该程序，只需再次按操作面板上的"循环启动"键。

10.1.3　主轴转速指令 S、进给指令 F 和刀具指令 T

1．主轴指令 S

主轴指令 S 控制主轴转速，其后的数值表示主轴速度，单位为转/每分钟（r/min）。S 是模态指令，S 指令只有在主轴速度可调节时有效。S 所编程的主轴转速可以借助机床控制面板上的主轴倍率开关进行修调。

2．进给速度 F

F 指令表示工件被加工时刀具相对于工件的合成进给速度，F 的单位取决于 G94（每分钟进给量 mm/min）或 G95（主轴每转一转刀具的进给量 mm/r）。使用下式可以实现每转进给量与每分钟进给量的转化。

$$f_m = f_r \times S$$

式中，f_m——每分钟的进给量（mm/min）；

f_r——每转进给量（mm/r）；

S——主轴转数（r/min）。

当工作在 G01、G02 或 G03 方式下，编程的 F 一直有效，直到被新的 F 值所取代，而工作在 G00 方式下，快速定位的速度是各轴的最高速度，与所编 F 无关。借助机床控制面板上的倍率按键，F 可在一定范围内进行倍率修调。当执行攻丝循环 G76、G82，螺纹切削 G32 时，倍率开关失效，进给倍率固定在 100%。

 注意

> 当使用每转进给量方式时，必须在主轴上安装一个位置编码器。

3．刀具指令 T

T 代码用于选刀，其后的 4 位数字分别表示选择的刀具号和刀具补偿号。执行 T 指令，转动转塔刀架，选用指定的刀具。当一个程序段同时包含 T 代码与刀具移动指令时，先执行 T 代码指令，而后执行刀具移动指令。

【技能训练】

熟悉准备指令 G 代码和辅助指令 M 代码以及主轴转速指令 S、进给指令 F 和刀具指令 T。

10.2　华中 HNC—21/22T 数控车床基本编程方法

10.2.1　尺寸单位选择 G20、G21

1．指令格式

G20/G21。

2．指令说明

G20：英制输入制式。

G21：公制输入制式。

两种制式下线性轴、旋转轴的尺寸单位如表 10.3 所示。G20、G21 为模态指令，可相互注销，G21 为默认值。

表 10.3　尺寸输入制式及其单位

	线 性 轴	旋 转 轴
英制（G20）	英寸	度
公制（G21）	毫米	度

10.2.2　进给速度单位的设定 G94、G95

1．指令格式

G94/G95。

2. 指令说明

G94：每分钟进给。

G95：每转进给。

G94 为每分钟进给。对于线性轴，F 的单位依 G20/G21 的设定而为 mm/min 或 in/min；对于旋转轴，F 的单位为度/分钟。

G95 为每转进给，即主轴转一转时刀具的进给量。F 的单位依 G20/G21 的设定而为 mm/r 或 in/r。这个指令说明只在主轴装有编码器时才能使用。

G94、G95 为模态指令，可相互注销，G94 为默认值。

10.2.3　绝对值编程 G90 与相对值编程 G91

1. 指令格式

G90/G91。

2. 指令说明

G90：绝对值编程，每个编程坐标轴上的编程值是相对于程序原点的。

G91：相对值编程，每个编程坐标轴上的编程值是相对于前一位置而言的，该值等于沿轴移动的距离。

G90、G91 为模态指令，可相互注销，G90 为默认值。

例：如图 10.1 所示，要求刀具由原点按顺序移动到 1、2、3 点，使用 G90、G91 编程。

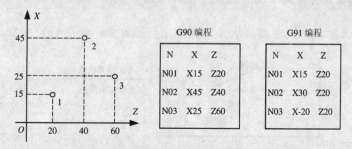

图 10.1　G90/G91 编程

选择合适的编程方式可使编程简化。当图纸尺寸由一个固定基准给定时，采用绝对方式编程较为方便；而当图纸尺寸是以轮廓顶点之间的间距给出时，采用相对方式编程较为方便。

G90、G91 可用于同一程序段中，但要注意其顺序所造成的差异。

10.2.4　直径方式和半径方式编程

1. 指令格式

G36/G37。

2. 指令说明

G36：直径编程。

G37：半径编程。

数控车床的工件外形通常是旋转体，其 X 轴尺寸可以用两种方式加以指定：直径方式和半径方式。

例如：直径编程时，G91 X-100.00 是指刀具在 X 向进给 50mm；G90 X100 是指刀具在 X 向进给至 ϕ100mm 处。

10.2.5　快速定位 G00

1．指令格式

```
G00 X__ Z___;
```

2．指令说明

X、Z：快速定位终点，在 G90 时为终点在工件坐标系中的坐标；在 G91 时为终点相对于起点的位移量。

执行 G00 指令，刀具相对于工件以各轴预先设定的速度，从当前位置快速移动到程序段指令的定位目标点。G00 指令中的快移速度由机床参数"快移进给速度"对各轴分别设定，不能用 F 规定。G00 一般用于加工前快速定位或加工后快速退刀。快移速度可由面板上的快速修调按钮修正。

 注意

在执行 G00 指令时，由于各轴以各自速度移动，不能保证各轴同时到达终点，因而联动直线轴的合成轨迹不一定是直线。操作者必须格外小心，以免刀具与工件发生碰撞。常见的做法是，将 X 轴移动到安全位置，再放心地执行 G00 指令。

例：如图 10.2 所示，要求刀具从 A 点快速定位到 B 点，使用 G00 编程。

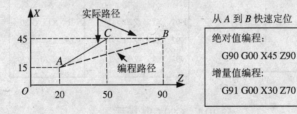

图 10.2　G00 编程

当 X 轴和 Z 轴的快进速度相同时，从 A 点到 B 点的快速定位路线为 A→C→B，即以折线的方式到达 B 点，而不是以直线方式从 A→B。

10.2.6　直线插补及倒角指令 G01

1．直线插补

（1）指令格式

```
G01 X__ Z__ F__;
```

（2）指令说明

X、Z：程序段指令的终点，在 G90 时为终点在工件坐标系中的坐标；在 G91 时为终点相对于起点的位移量；F：进给速度。

例：如图 10.3 所示，要求从 A 点线性进给到 B 点（此时的进给路线是从 A→B 的直线），使用 G01 编程。

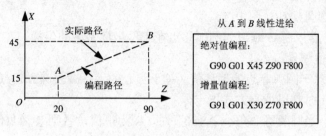

图 10.3　G01 编程

2．倒角

倒角控制机能可以在两相邻轨迹程序段之间插入直线倒角或圆弧倒角，它只能在自动方式下起作用。在指定直线插补（G01）或圆弧插补（G02、G03）的程序段尾输入 C__，便插入直接倒角程序段；输入 R__，便插入圆弧倒角程序段。

C 后的数值表示倒角起点和终点距假想拐角交点的距离，R 后的数值表示倒角圆弧的半径。

例：如图 10.4 所示，要求在两相邻轨迹程序段间分别插入直线倒角和圆弧倒角，使用 G01 编程。

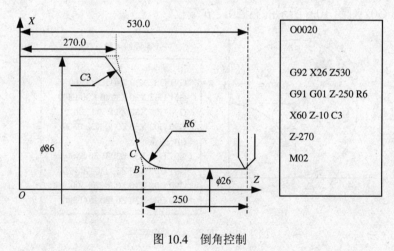

图 10.4　倒角控制

 注意

（1）第二直线段必须由点 B 而不是由点 C 开始，在增量坐标编程方式下，需指定从点 B 开始移动的距离。

（2）在螺纹切削程序段中不得出现倒角控制指令。

（3）X，Z 轴指定的移动量比指定的 R 或 C 小时，系统将报警。

10.2.7　圆弧进给 G02/G03

1．指令格式

```
G02/G03 X__ Z__ I__ K__ (R)F__;
```

2．指令说明

G02：顺时针圆弧插补；

G03：逆时针圆弧插补（图 10.5）。

X、Z：圆弧终点，在 G90 时为圆弧终点在工件坐标系中的坐标；在 G91 时为圆弧终点相对于圆弧起点的位移量。

I、K：圆心相对于圆弧起点的偏移值（等于圆心的坐标减去圆弧起点的坐标，如图 10.5 所示），在 G90/G91 时都以增量方式指定。

R：圆弧半径，当圆弧圆心角小于 180° 时，R 为正值，否则 R 为负值。

F：被编程的两个轴的合成进给速度。

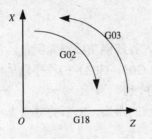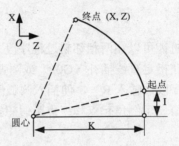

图 10.5　圆弧判断

例：使用 G02 对图 10.6 所示的圆弧 a、b 编程。

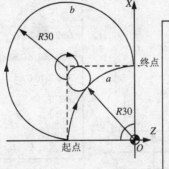

圆弧编程的 4 种方法组合

(i) 圆弧 a
G91 G02 X30 Z30 R30 F300
G91 G02 X30 Z30 I0 K30 F300
G90 G02 X30 Z0 R30 F300
G90 G02 X30 Z0 I0 K30 F300
(ii) 圆弧 b
G91 G02 X30 Z30 R-30 F300
G91 G02 X30 Z30 I30 K0 F300
G90 G02 X30 Z0 R-30 F300
G90 G02 X30 Z0 I30 K0 F300

图 10.6　圆弧 a、b 编程

例：使用 G02/G03 对图 10.7 所示的整圆编程。

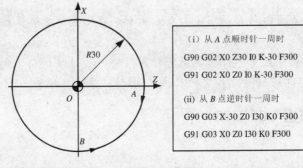

（i）从 A 点顺时针一周时

G90 G02 X0 Z30 I0 K-30 F300

G91 G02 X0 Z0 I0 K-30 F300

（ii）从 B 点逆时针一周时

G90 G03 X-30 Z0 I30 K0 F300

G91 G03 X0 Z0 I30 K0 F300

图 10.7　整圆编程

注意

（1）顺时针或逆时针是从垂直于圆弧所在平面的坐标轴的正方向看到的回转方向。
（2）整圆编程时不可以使用 R，只能用 I、J、K。
（3）同时编入 R 与 I、J、K 时，R 有效。

10.2.8 自动返回参考点 G28

1．指令格式

```
G28 X___Z___;
```

2．指令说明

X、Z：回参考点时经过的中间点。G28 指令首先使所有的轴都快速定位到中间点，然后再从中间点返回到参考点。电源接通后，在没有手动返回参考点的状态下，指定 G28 时，从中间点自动返回参考点，与手动返回参考点相同。

10.2.9 自动从参考点返回 G29

1．指令格式

```
G29 X___Z___;
```

2．指令说明

X、Z：返回的定位终点。G29 可使所有编程轴以快速进给经过由 G28 指令定义的中间点，然后再到达指定点。通常该指令紧跟在 G28 指令之后。

例：用 G28、G29 对图 10.8 所示的路径编程：要求由 A 经过中间点 B 并返回参考点，然后从参考点经由中间点 B 返回到 C。

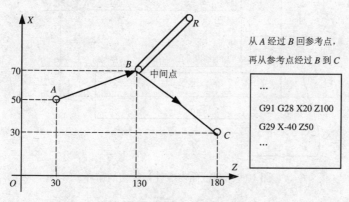

从 A 经过 B 回参考点，
再从参考点经过 B 到 C

```
...
G91 G28 X20 Z100
G29 X-40 Z50
...
```

图 10.8 用 G28、G29 编程

本例表明，编程员不必计算从中间点到参考点的实际距离。

10.2.10 暂停指令 G04

1．指令格式

```
G04 P__;
```

2. 指令说明

P：暂停时间，单位为 s。

在执行含 G04 指令的程序段时，先执行暂停指令。G04 为非模态指令，仅在其被规定的程序段中有效。G04 可使刀具做短暂停留，以获得圆整而光滑的表面。该指令除用于切槽、钻镗孔外，还可用于拐角轨迹控制。

【技能训练】

掌握华中 HNC—21/22T 数控车床的基本编程方法。

10.3 固定循环与子程序

10.3.1 内（外）径切削循环 G80

1. 圆柱面内（外）径切削循环

（1）指令格式

```
G80 X（U）__ Z（W）__ F__ ;
```

（2）指令说明

绝对值编程时，X、Z 为切削终点 C 在工件坐标系下的坐标；增量值编程时，U、W 为切削终点 C 相对于循环起点 A 的有向距离，其符号由轨迹 1 和 2 的方向确定。

（3）指令执行过程

该指令执行如图 10.9 所示的 $A \rightarrow B \rightarrow C \rightarrow D \rightarrow A$ 轨迹动作。

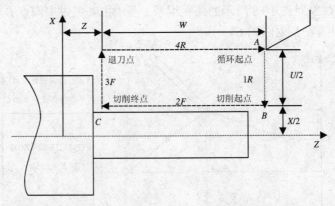

图 10.9　圆柱面内（外）径切削循环

例：编制图 10.10 所示零件的加工程序，要求采用直径方式编程，按箭头所指示的路径进行加工。

参考程序：

```
O0002
N030   G80 G91 X-8.00 Z-66.000 F40.0;
N031   X-16.0  Z-66.0;
N032   X-24.0  Z-66.0;
```

```
N033   X-32.0  Z-66.0;
       M02;
```

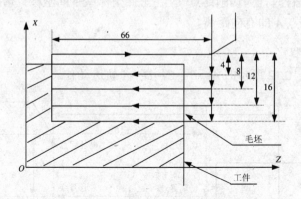

图 10.10　内（外）径切削循环编程示例

2．圆锥面内（外）径切削循环

（1）指令格式

```
G80 X__Z__ I___F__;
```

（2）指令说明

绝对值编程时，X、Z 为切削终点 *C* 在工件坐标系下的坐标；增量值编程时，U、W 为切削终点 *C* 相对于循环起点 *A* 的有向距离。I 为切削起点 *B* 与切削终点 *C* 的半径差，其符号为差的符号。

（3）指令执行过程

该指令执行如图 10.11 所示的 $A \rightarrow B \rightarrow C \rightarrow D \rightarrow A$ 轨迹动作。

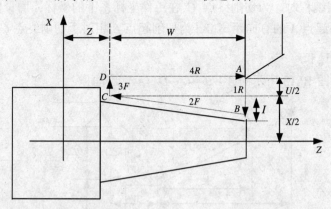

图 10.11　圆锥面内（外）径切削循环

10.3.2　端面切削循环 G81

1．端平面切削循环

（1）指令格式

```
G81 X__Z__F__;
```

（2）指令说明

X、Z：绝对值编程时，为切削终点 *C* 在工件坐标系下的坐标；增量值编程时，为切削终点 *C* 相对于循环起点 *A* 的有向距离。

（3）指令执行过程

该指令执行如图 10.12 所示的 *A*→*B*→*C*→*D*→*A* 轨迹动作。

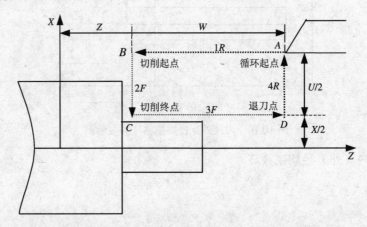

图 10.12　端平面切削循环

2. 圆锥端面切削循环

（1）指令格式

```
G81 X__Z__ K__F__;
```

（2）指令说明

X、Z：绝对值编程时，为切削终点 *C* 在工件坐标系下的坐标；增量值编程时，为切削终点 *C* 相对于循环起点 *A* 的有向距离；**K**：为切削起点 *B* 相对于切削终点 *C* 的 *Z* 向有向距离。

（3）指令执行过程

该指令执行如图 10.13 所示的 *A*→*B*→*C*→*D*→*A* 轨迹动作。

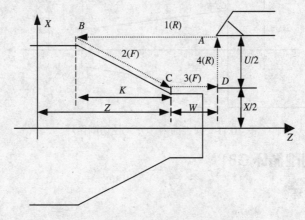

图 10.13　圆锥端面切削循环

10.3.3　螺纹切削循环 G82

1. 直螺纹切削循环

（1）指令格式

```
G82 X__Z__R__E__C__P__F__;
```

（2）指令说明

X、Z：绝对值编程时，为螺纹终点 C 在工件坐标系下的坐标；增量值编程时，为螺纹终点 C 相对于循环起点 A 的有向距离；F：螺纹导程；R、E：螺纹切削的退尾量，R、E 均为向量，R 为 Z 向回退量，E 为 X 向回退量，R、E 可以省略，表示不用回退指令说明；C：螺纹头数，为 0 或 1 时切削单头螺纹；P：单头螺纹切削时，为主轴基准脉冲处距离切削起始点的主轴转角（默认值为 0）；多头螺纹切削时，为相邻螺纹头的切削起始点之间对应的主轴转角。

（3）指令执行过程

该指令执行图 10.14 所示的 A→B→C→D→E→A 轨迹动作。

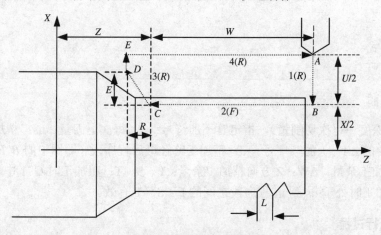

图 10.14　直螺纹切削循环

2. 锥螺纹切削循环

（1）指令格式

```
G82 X__Z__ I__R__E__C__P__F__;
```

（2）指令说明

X、Z：绝对值编程时，为螺纹终点 C 在工件坐标系下的坐标；增量值编程时，为螺纹终点 C 相对于循环起点 A 的有向距离；I：为螺纹起点 B 与螺纹终点 C 的半径差，其符号为差的符号；F：螺纹导程；R、E：螺纹切削的退尾量，R、E 均为向量，R 为 Z 向回退量；E 为 X 向回退量，R、E 可以省略，表示不用回退指令；C：螺纹头数，为 0 或 1 时切削单头螺纹；P：单头螺纹切削时，为主轴基准脉冲处距离切削起始点的主轴转角（默认值为 0）；多头螺纹切削时，为相邻螺纹头的切削起始点之间对应的主轴转角。

（3）指令执行过程

该指令执行图 10.15 所示的 $A{\to}B{\to}C{\to}D{\to}A$ 轨迹动作。

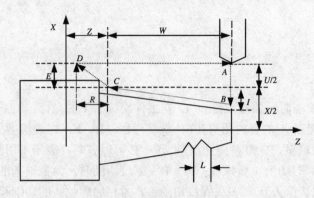

图 10.15　锥螺纹切削循环

10.3.4　内（外）径粗车复合循环 G71

复合循环指令，只需指定精加工路线和粗加工的吃刀量，系统会自动计算粗加工路线和走刀次数。

1．指令格式

G71 U（Δd）R（e）P（ns）Q（nf）X（ΔU）Z（ΔW）F（f）S（s）T（t）；

2．指令说明

Δd：切削深度（每次切削量），指定时不加符号；e：每次退刀量；ns：精加工路径第一程序段（即图中的 AA'）的顺序号；nf：精加工路径最后程序段（即图中的 $B'B$）的顺序号；ΔU：X 方向精加工余量；ΔW：Z 方向精加工余量；F、S、T：粗加工时 G71 中编程的 F、S、T 有效，而精加工时处于 ns 到 nf 程序段之间的 F、S、T 有效。

3．指令执行过程

该指令执行如图 10.16 所示的粗加工和精加工，其中精加工路径为 $A{\to}A'{\to}B'{\to}B$ 的轨迹。

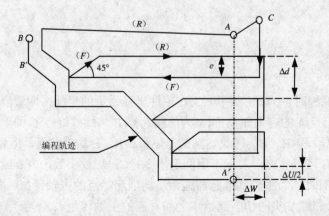

图 10.16　内（外）径粗车复合循环 G71

G71 切削循环下，切削进给方向平行于 Z 轴，X（ΔU）和 Z（ΔW）的符号如图 10.17 所示。其中（+）表示沿轴正方向移动，（-）表示沿轴负方向移动。

🐝 **注意**

（1）G71 指令必须带有 P、Q 地址，否则不能进行该循环加工。

（2）在 ns 的程序段中应包含 G00/G01 指令，进行由 A 到 A' 的动作，且该程序段中不应编有 Z 向移动指令。

（3）在顺序号为 ns 到顺序号为 nf 的程序段中，可以有 G02/G03 指令，但不应包含子程序。

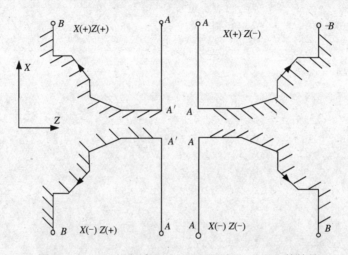

图 10.17　G71 复合循环下 X（ΔU）和 Z（ΔW）的符号

【技能训练】

试编制如图 10.18 所示零件的加工程序，要求加工 A' 点到 B 点的工件外形，循环起始点在 A（250，370），切削深度为 8mm，退刀量为 2mm，X 方向精加工余量为 0.1mm，Z 方向精加工余量为 0.2mm。

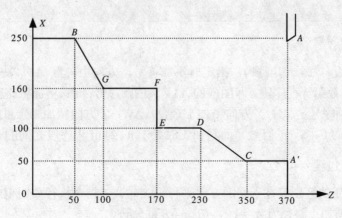

图 10.18　G71 编程示例

（1）绝对编程

```
O1000;
G92 X250 Z370;
G90 G71 U8 R2 P100 Q200 X0.1 Z0.2 F100 M03;
N100 G00 X50 Z370;       从A点到A′点
    G01 X50 Z350;        从A′点到C点
        X100 Z230;       从C点到D点
        X100 Z170;       从D点到E点
        X160 Z170;       从E点到F点
        X160 Z100;       从F点到G点
N200    X250 Z50;        从G点到B点
    G00 X250 Z370;       从B点到A点
    M02;
```

（2）相对编程

```
O1000;
G92 X250 Z370;
G91 G71 U8 R2 P100 Q200 X0.1 Z0.2 F100 M03;
N100 G00 X-200 Z0;       从A点到A′点
    G01 Z-20;            从A′点到C点
        X50 Z-120;       从C点到D点
        Z-60;            从D点到E点
        X60;             从E点到F点
        Z-70;            从F点到G点
N200    X90 Z-50;        从G点到B点
    G00 Z220;            从B点到A点
    M02;
```

10.3.5　端面粗车复合循环 G72

1. 指令格式

G72 W（Δd）R（e）P（ns）Q（nf）X（ΔU）Z（ΔW）F（f）S（s）T（t）;

2. 指令说明

Δd：切削深度（每次切削量），指定时不加符号，方向由矢量 AA' 决定；e：每次退刀量；ns：精加工路径第一程序段（即图中的 AA'）的顺序号；nf：精加工路径最后程序段（即图中的 $B'B$）的顺序号；ΔU：X 方向精加工余量；ΔW：Z 方向精加工余量；F、S、T：粗加工时 G71 中编程的 F、S、T 有效，而精加工时处于 ns 到 nf 程序段之间的 F、S、T 有效。

3. 指令执行过程

该循环与 G71 的区别仅在于切削方向平行于 X 轴。该指令执行如图 10.19 所示的粗加工和精加工，其中精加工路径为 $A \rightarrow A' \rightarrow B' \rightarrow B$ 的轨迹。

G72 切削循环下，切削进给方向平行于 X 轴，X（ΔU）和 Z（ΔW）的符号如图 10.19 所示。其中（+）表示沿轴的正方向移动，（–）表示沿轴负方向移动。

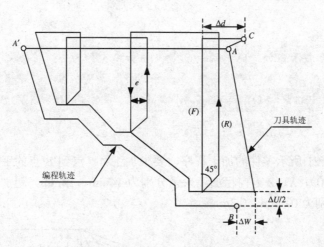

图 10.19　端面粗车复合循环 G72

10.3.6　闭环车削复合循环 G73

1. 指令格式

> G73 U（ΔI）W（Δk）R（d）P（ns）Q（nf）X（ΔU）Z（ΔW）F（f）S（s）T（t）；

2. 指令说明

ΔI：X 轴方向的粗加工总余量；Δk：Z 轴方向的粗加工总余量；d：粗切削次数；ns：精加工路径第一程序段（即图中的 AA'）的顺序号；nf：精加工路径最后程序段（即图中的 $B'B$）的顺序号；ΔU：X 方向精加工余量；ΔW：Z 方向精加工余量；F、S、T：粗加工时 G71 中编程的 F、S、T 有效，而精加工时处于 ns 到 nf 程序段之间的 F、S、T 有效。

3. 指令执行过程

该指令说明在切削工件时刀具轨迹为如图 10.20 所示的封闭回路，刀具逐渐进给，使封闭切削回路逐渐向零件最终形状靠近，最终切削成工件的形状，其精加工路径为 $A \rightarrow A' \rightarrow B' \rightarrow B$。这种指令能对铸造、锻造等粗加工中已初步成形的工件进行高效率切削。

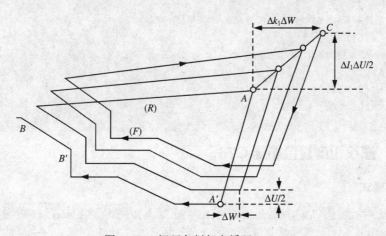

图 10.20　闭环车削复合循环 G73

注意

（1）Δi 和 Δk 表示粗加工时总的切削量，粗加工次数为 d，则每次 X、Z 方向的切削量为 $\Delta i/d$，$\Delta k/d$。

（2）按 G73 段中的 P 和 Q 指令值实现循环加工，要注意 ΔU 和 ΔW、ΔI 和 Δk 的正负号。

【技能训练】

试编制如图 10.21 所示零件的加工程序，要求加工 A' 点到 B 点的工件外形，设切削起始点在 A（200，250），X、Z 方向粗加工余量分别为 14mm、14mm，粗加工次数为 3；X、Z 方向精加工余量分别为 0.6mm、0.3mm。

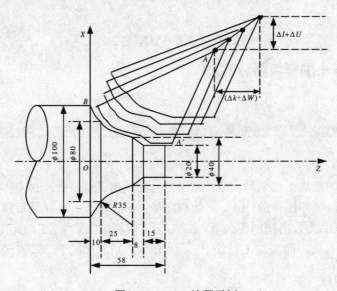

图 10.21   G73 编程示例

参考程序：

```
O0010;
G00 X120 Z85;
G73 U14 W14 R3 P40 Q80 X0.6 Z0.3 F0.3 S100;
N40 G00 X20 Z58;
G01 X20 Z43;
X40 Z35;
G02 X80 Z10 R35;
N80 G01 X100 Z0;
    M02;
```

10.3.7 螺纹切削复合循环 G76

1. 指令格式

G76 C (m) R (r) E (e) A (α) X (U) Z (W) I (i) K (k) U (d) V (Δdmin) Q (Δd)
P (p) F (L);

2．指令说明

m：精整次数（1～99），为模态值；r：螺纹 Z 向退尾长度（00～99），为模态值；e：螺纹 X 向退尾长度（00～99），为模态值；a：刀尖角度（二位数字）；在 80、60、55、30、29 和 0 六个角度中选一个；U、W：绝对值编程时，为螺纹终点的坐标；增量值编程时，为螺纹终点相对于循环起点 A 的有向距离；$\Delta d\,min$：最小切削深度；当一次切削深度（$\Delta d\sqrt{n}-\Delta d\sqrt{n-1}$）小于 $\Delta d\,min$ 时，则切削深度设定为此值；d：精加工余量；i：螺纹两端的半径差；如 i=0，为直螺纹（圆柱螺纹）切削方式；k：螺纹高度；该值由 X 轴方向上的半径值指定；Δd：第一次切削深度（半径值）；p：主轴基准脉冲处距离切削起始点的主轴转角；L：螺纹导程（同 G32）。

3．指令执行过程

螺纹切削固定循环 G76 执行如图 10.22 所示的加工轨迹，其单边切削及参数如图 10.23 所示。

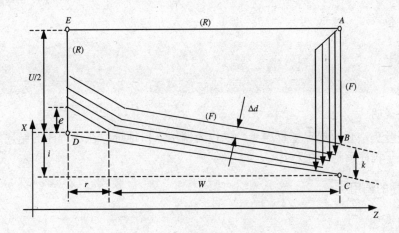

图 10.22　螺纹切削复合循环 G76

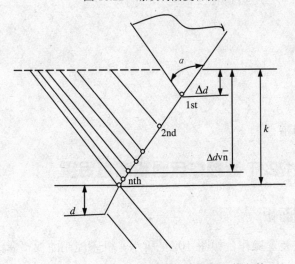

图 10.23　G76 循环单边切削及其参数

注意

（1）按 G76 段中的 X（U）和 Z（W）指令实现循环加工，增量编程时，要注意 U 和 W 的正负号（由刀具轨迹 AC 和 CD 段的方向决定）。

（2）G76 循环进行单边切削，减小了刀尖的受力。第一次切削时切削深度（$\Delta d \sqrt{n} - \Delta d \sqrt{n-1}$）小于 Δdmin 时则切削总深度设定为此值，其中 n 为切削加工的次数，使每次循环的切削量保持恒定。

10.3.8　子程序

当在程序中出现重复使用的某段固定程序时，为简化编程，可以将这一段程序作为子程序事先存入存储器，以便作为子程序进行调用。子程序可以以自动的方式进行调用。M98 用来调用子程序。M99 表示子程序结束，执行 M99 使控制返回到主程序。

1. 子程序

（1）指令格式

```
%  xxxx
…
M99
```

（2）指令说明

在子程序开头，必须规定子程序号，以作为调用入口地址。在子程序的结尾用 M99，以控制执行完该子程序后返回主程序。

2. 子程序的调用

（1）指令格式

```
M98 P__  L__
```

（2）指令说明

P：被调用的子程序号；

L：重复调用次数。

【技能训练】

熟悉子程序及其调用指令。

10.4　HNC—21/22T 数控车床面板和指令键

10.4.1　机床控制面板

华中世纪星车床数控装置操作台如图 10.24 所示。机床控制面板"急停"按钮位于操作台的右上角。

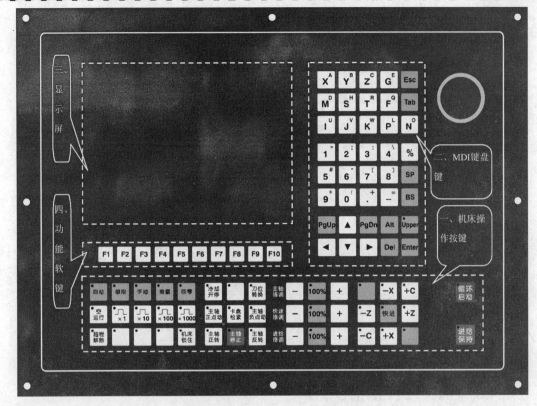

图 10.24　华中世纪星车床数控装置操作台

10.4.2　HNC—21T 的软件操作界面

HNC—21T 的软件操作界面如图 10.25 所示，各部分组成如下：

（1）图形显示窗口，可以根据需要，用指令键 F9 设置窗口的显示内容。

（2）菜单命令条，通过菜单命令条中的指令键 F1～F10 来完成系统指令的操作。

（3）运行程序索引，自动加工中的程序名和当前程序段行号。

（4）选定坐标系下的坐标值。

（5）工件坐标零点，工件坐标系零点在机床坐标系下的坐标。

（6）辅助机能自动加工中的 M、S、T 代码。

（7）当前加工程序行，当前正在或将要加工的程序段。

（8）当前加工方式、系统运行状态及当前时间。工作方式：系统工作方式根据机床控制面板上相应按键的状态可在自动（运行）、单段（运行）、手动（运行）、增量（运行）、回零、急停、复位等之间切换；运行状态：系统工作状态在"运行正常"和"出错"间切换；系统时钟：当前系统时间。

（9）机床坐标。刀具当前位置在机床坐标系下的坐标；剩余进给：当前程序段的终点与实际位置之差。

（10）直径/半径编程、公制/英制编程、每分进给/每转进给、快速修调、进给修调、主轴修调。

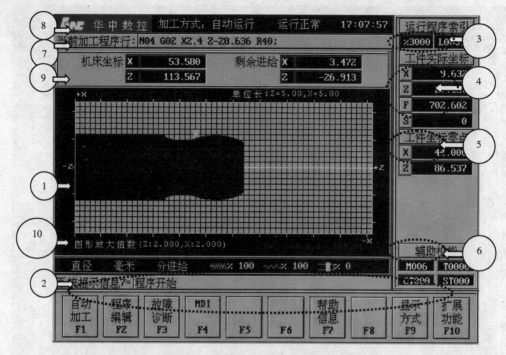

图 10.25　HNC—21T 的软件操作界面

10.4.3　HNC—21T 的指令菜单

操作界面中最重要的一块是菜单命令条。系统指令的操作主要通过菜单命令条中的指令说明键 F1～F10 来完成。由于每个指令包括不同的操作，菜单采用层次结构，即在主菜单下选择一个菜单项后，数控装置会显示该指令下的子菜单，用户可根据该子菜单的内容选择所需的操作，如图 10.26 所示。

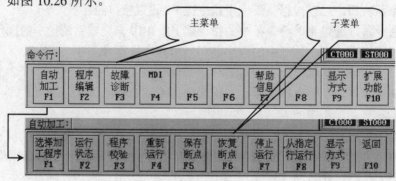

图 10.26　菜单层次

当要返回主菜单时，按子菜单下的 F10 键即可。

【技能训练】

输入下列程序，并检验是否正确。

```
O1000;
G92 X250 Z370;
G90 G71 U8 R2 P100 Q200 X0.1 Z0.2 F100 M03;
```

```
N100 G00 X50 Z370;
     G01 X50 Z350;
         X100 Z230;
         X100 Z170;
         X160 Z170;
         X160 Z100;
N200     X250 Z50;
     G00 X250 Z370;
     M30;
```

10.5　HNC—21/22T 数控车床的基本操作

10.5.1　手动操作

手动操作主要包括：手动移动机床坐标轴（点动、增量、手摇）；手动控制主轴（启停、点动）；机床锁住、刀位转换。

1. 手动移动机床坐标轴（点动、增量、手摇）

机床手动操作主要由机床控制面板完成，机床控制面板如图 10.27 所示。

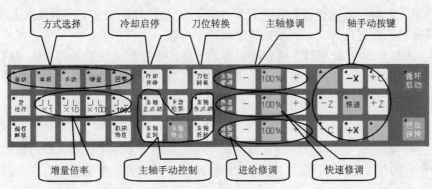

图 10.27　机床控制面板

（1）手动移动机床坐标轴

手动移动机床坐标轴的操作由手持单元和机床控制面板上的方式选择、轴手动、增量倍率、进给修调、快速修调等按键共同完成。

① 点动进给　按一下"手动"按键（指示灯亮），按压"+X"或"−X"按键，X 轴将产生正向或负向连续移动；松开"+X"或"−X"按键，X 轴即减速停止。用同样的操作方法，使用"+Z"、"−Z"按键可使 Z 轴产生正向或负向连续移动。在点动运行方式下，同时按压 X、Z 方向的轴手动按键，能同时手动连续移动 X、Z 坐标轴。

② 点动快速移动　在点动进给时，若同时按压"快进"按键，则产生相应轴的正向或负向快速运动。

③ 点动进给速度选择　点动快速移动的速率为系统参数"最高快移速度"乘以快速修调选择的快移倍率。按压进给修调或快速修调右侧的"100%"按键（指示灯亮），进给或快速修调倍率被置为 100%，按一下"+"按键，修调倍率默认是递增 10%，按一下"−"按键，修调倍默认是率递减 10%。

（2）增量进给

按一下控制面板上的"增量"按键（指示灯亮），系统处于增量进给方式，可增量移动机床坐标轴：按一下"+X"或"−X"按键（指示灯亮），X 轴将向正向或负向移动一个增量值；用同样的操作方法，使用"+Z"、"−Z"按键可使 Z 轴向正向或负向移动一个增量值。

同时按一下 X、Z 方向的轴手动按键，能同时增量进给 X、Z 坐标轴。

（3）增量值选择

增量进给的增量值由"×1"、"×10"、"×100"、"×1000"四个增量倍率按键控制。增量倍率按键和增量值的对应关系如下表 10.4 所示。

表 10.4　进给倍率选择

增量倍率按键	×1	×10	×100	×1000
增量值（mm）	0.001	0.01	0.1	1

 注意

> 这几个按键互锁，即按一下其中一个（指示灯亮），其余几个会失效（指示灯灭）。

（4）手摇进给

当手持单元的坐标轴选择波段开关置于"X"、"Z"挡时，按一下控制面板上的"增量"按键，系统处于手摇进给方式，可手摇进给机床坐标轴。手持单元的坐标轴选择波段开关置于"X"挡；顺时针/逆时针旋转手摇脉冲发生器一格，可控制 X 轴向正向或负向移动一个增量值。用同样的操作方法使用手持单元，可以控制 Z 轴向正向或负向移动一个增量值。手摇进给方式每次只能增量进给 1 个坐标轴。

（5）手摇倍率选择

手摇进给的增量值（手摇脉冲发生器每转一格的移动量）由手持单元的增量倍率波段开关"×1"、"×10"、"×100"控制。增量倍率波段开关的位置和增量值的对应关系如表 10.5 所示。

表 10.5　手摇倍率选择

位　　置	×1	×10	×100
增量值（mm）	0.001	0.01	0.1

2. 手动控制主轴（启停、点动）

主轴正转在手动方式下，按一下"主轴正转"按键（指示灯亮），主电动机以机床参数设定的转速正转，直到按压"主轴停止"或"主轴反转"按键。"主轴正转"、"主轴反转"、"主轴停止"这几个按键互锁，即按一下其中一个（指示灯亮），其余两个会失效（指示灯灭）。

3. 机床锁住

在手动运行方式下，按一下"机床锁住"按键（指示灯亮），再进行手动操作，系统继续执行，显示屏上的坐标轴位置信息变化，但不输出伺服轴的移动指令，所以机床停止不动。

4. 刀位转换

在手动方式下，按一下"刀位转换"按键，转塔刀架转动一个刀位。

10.5.2　手动数据输入（MDI）运行（F4→F6）

在图 10.26 所示的主操作界面下，按 F4 键进入 MDI 指令说明子菜单。命令行与菜单条的显示如图 10.28 所示。

图 10.28　MDI 指令说明子菜单

在 MDI 指令说明子菜单下按 F6，进入 MDI 运行方式，命令行的底色变成了白色，并且有光标在闪烁，如图 10.29 所示。这时可以从 NC 键盘输入并执行一个 G 代码指令段，即"MDI 运行"。

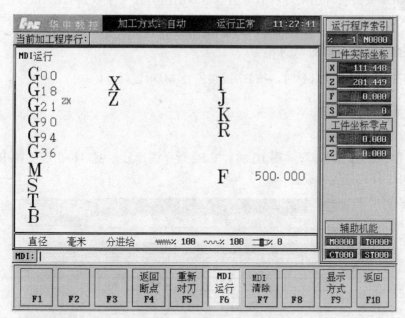

图 10.29　MDI 运行

1. 输入 MDI 指令段

MDI 输入的最小单位是一个有效指令字。因此，输入一个 MDI 运行指令段可以有下述两种方法：

一次输入，即一次输入多个指令字的信息。

多次输入，即每次输入一个指令字信息。

例如，要输入"G00 X100 Z1000"MDI 运行指令段，可以直接输入"G00 X100 Z1000"并按 Enter 键，图 10.29 显示窗口内关键字 G、X、Z 的值将分别变为 00、100、1000；或者先输入"G00"并按 Enter 键，显示窗口内将显示大字符"G00"，再输入"X100"并按 Enter

键，然后输入"Z1000"并按 Enter 键，显示窗口内将依次显示大字符"X100"、"Z1000"。在输入命令时，可以在命令行看见输入的内容，在按 Enter 键之前，发现输入错误，可用 BS、►、◄键进行编辑；按 Enter 键后，系统发现输入错误，会提示相应的错误信息。

2. 运行 MDI 指令段

在输入完一个 MDI 指令段后，按一下操作面板上的"循环启动"键，系统即开始运行所输入的 MDI 指令。如果输入的 MDI 指令信息不完整或存在语法错误，系统会提示相应的错误信息，此时不能运行 MDI 指令。

3. 修改某一字段的值

在运行 MDI 指令段之前，如果要修改输入的某一指令字，可直接在命令行上输入相应的指令字符及数值。例如，在输入"X100"并按 Enter 键后，希望 X 值变为 109，可在命令行上输入"X109"并按 Enter 键。

4. 清除当前输入的所有尺寸字数据

在输入 MDI 数据后，按 F7 键可清除当前输入的所有尺寸字数据（其他指令字依然有效），显示窗口内 X、Z、I、K、R 等字符后面的数据全部消失，此时可重新输入新的数据。

5. 停止当前正在运行的 MDI 指令

在系统正在运行 MDI 指令时，按 F7 键可停止 MDI 运行。

6. MDI 输入刀偏数据

操作步骤如下：

在 MDI 指令说明子菜单下（图 10.28）按 F2 键，图形显示窗口将出现如图 10.30 所示的刀偏数据，可进行刀偏数据设置；

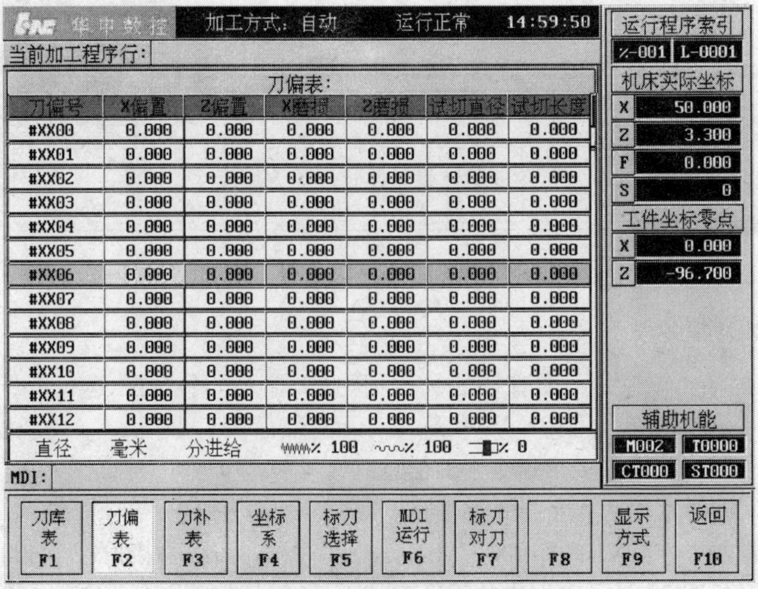

图 10.30　刀偏数据的输入与修改

（1）用▲、▼、►、◄、Pgup、Pgdn 移动蓝色亮条选择要编辑的选项。

（2）按 Enter 键，蓝色亮条所指刀具数据的颜色和背景都发生变化，同时有一光标在闪烁。

（3）用►、◄、BS、Del 键进行编辑修改。

（4）修改完毕，按 Enter 键确认。

（5）若输入正确，图形显示窗口相应位置将显示修改过的值，否则原值不变。

7．MDI 输入刀补数据

操作步骤如下：

（1）在 MDI 指令说明子菜单下（图 10.28）按 F3 键，图形显示窗口将出现如图 10.31 所示的刀补数据，可进行刀补数据设置。

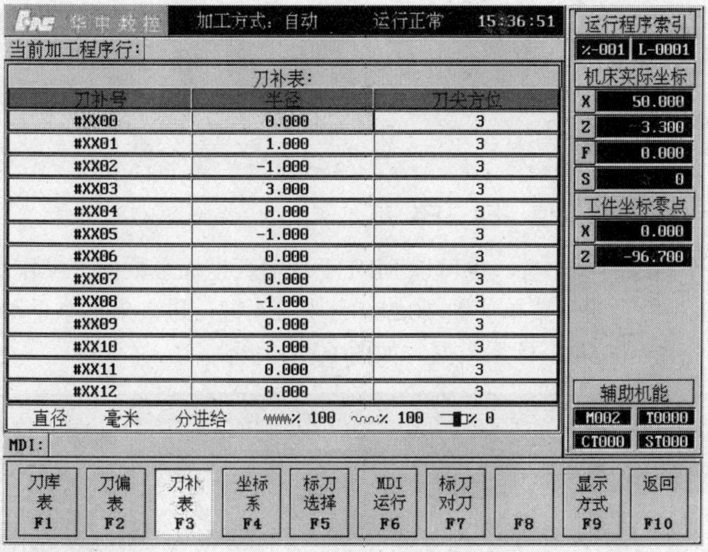

图 10.31　刀补数据的输入与修改

（2）用▲、▼、►、◄、Pgup、Pgdn 移动蓝色亮条选择要编辑的选项。

（3）按 Enter 键，蓝色亮条所指刀具数据的颜色和背景都发生变化，同时有一光标在闪烁。

（4）用►、◄、BS、Del 键进行编辑修改。

（5）修改完毕，按 Enter 键确认。

（6）若输入正确，图形显示窗口相应位置将显示修改过的值，否则原值不变。

10.5.3　坐标系设置

1．自动设置坐标系偏置值

（1）在 MDI 指令说明子菜单（图 10.28）下按 F2 键，进入刀偏数据设置方式，如图 10.30 所示。

（2）用▲、▼键移动蓝色亮条到要设置为标准刀具的位置。

（3）按 F5 键设置标准刀具，蓝色亮条所在行变成红色。

（4）用标准刀具试切工件外径，然后沿着 Z 轴方向退刀。

图 10.32　选择要设置的坐标系

（5）在刀偏数据的试切直径栏输入试切后工件的直径值。

（6）用标准刀具试切工件端面，然后沿着 X 轴方向退刀。

（7）在刀偏数据的试切长度栏输入工件坐标系 Z 轴零点到试切端面的有向距离。

（8）按 F7 键，弹出如图 10.32 所示的菜单。

（9）用 ▲、▼ 键移动蓝色亮条选择要设置的坐标系。

（10）按 Enter 键确认，设置完毕。

 注意

① 自动设置坐标系零点偏置前，机床必须先回机械零点。

② Z 轴试切长度有正有负之分。

③ 设置的工件坐标系 X 轴零点偏置=机床坐标系 X 坐标−试切直径，因而试切工件外径后，不得移动 X 轴。

④ 设置的工件坐标系 Z 轴零点偏置=机床坐标系 Z 坐标−试切长度，因而试切工件端面后，不得移动 Z 轴。

2. 手动输入坐标系偏置值（F4→F4）

如果您是一个熟练的操作者，也可以 MDI 手动输入坐标系数据，操作步骤如下：

（1）在 MDI 指令说明子菜单（图 10.28）下按 F4 键，进入坐标系手动数据输入方式，图形显示窗口首先显示 G54 坐标系数据，如图 10.33 所示。

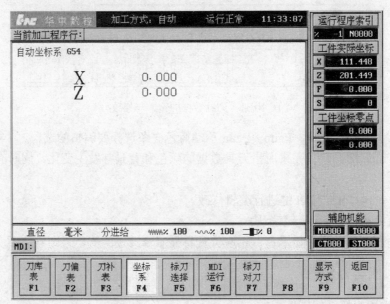

图 10.33　MDI 方式下的坐标系设置

（2）按 Pgdn 或 Pgup 键，选择要输入的坐标系数据：G54/G55/G56/G57/G58/G59 坐标系/当前工件坐标系等的偏置值（坐标系零点相对于机床零点的值），或当前相对值零点。

（3）在命令行输入所需数据，输入“X0 Z0”，并按 Enter 键，将设置 G54 坐标系的 X 及 Z 偏置分别为 0、0。

（4）若输入正确，图形显示窗口相应位置将显示修改过的值，否则原值不变。

10.6　HNC—21/22T 数控车床对刀操作实训

10.6.1　实训目的

（1）掌握游标卡尺、千分尺的使用方法。
（2）掌握车刀的安装和对刀方法。
（3）掌握工件的安装方法。
（4）掌握数控车床的操作方法。
（5）能正确安装外圆车刀、切槽刀及螺纹刀。

10.6.2　实训设备、量具、刀具和材料

（1）CK6132 数控车床 5 台。
（2）外圆车刀、切槽刀、螺纹刀和游标卡尺等。
（3）毛坯材料：L12 或 L13。

10.6.3　实训内容

（1）安装外圆车刀、切槽刀及螺纹刀。
（2）对刀。

10.6.4　实训步骤

1. 安装外圆车刀、切槽刀及螺纹刀。
注意车刀的悬伸长度及中心高。
2. 安装工件。
注意要夹紧和找正工件。
3. 对刀操作。
分别对 90°车刀（1 号刀）、切槽刀（2 号刀）、螺纹刀（3 号刀）进行对刀操作。
（1）开机。
（2）回零。
（3）进入程序录入界面。
（4）录入"M03"、"输入"、"S500"、"输入"、"循环启动"，让主轴正转。
（5）选择手轮方式，使 1 号刀处于加工位置。
（6）用手轮移动坐标轴车平工件端面。
（7）沿 X 向退刀。
（8）按指令说明键 OFFSET/SETING 显示刀具偏移画面。
（9）进入刀补界面，翻页并移动光标至 101，录入"Z0"、按"测量"键。
（10）选择手轮方式，用手轮移动坐标轴车光工件外圆（车至可以测量的长度）。
（11）沿 Z 向退刀（退至便于测量的地方），按下主轴停转键，并测量所车外圆直径 D。
（12）按指令说明键 OFFSET/SETING 显示刀具偏移画面。
（13）进入刀补界面，翻页并移动光标至 101，录入"XD"、按"测量"键。

（14）选择手轮方式，更换 2 号刀（注意移至安全位置），按下主轴正转键。

（15）用手轮移动坐标轴轻碰工件端面。

（16）沿 X 向退刀。

（17）在刀补界面，翻页并移动光标至 102，录入（注意选择录入方式）"Z0"、按"测量"键。

（18）再次选择手轮方式，用手轮移动坐标轴再车工件外圆（车至可以测量的长度）。

（19）沿 Z 向退刀（退至便于测量的地方），按下主轴停转键，并测量所车外圆直径 D。

（20）在刀补界面，翻页并移动光标至 102，录入（注意选择录入方式）"XD"、按"测量"键，重复（14）～（20）的过程，完成 3 号刀的对刀。依次类推完成其他刀的对刀。

10.6.5　注意事项

（1）操作数控车床时应确保人身和设备的安全。

（2）禁止多人同时操作机床。

（3）禁止让机床在同一方向连续"超程"。

（4）工件、刀具要夹紧、夹牢。

（5）选择换刀时，要注意安全位置。适时撤压"急停"按钮，防止意外事故发生。

10.7　综合加工实训

10.7.1　实训目的

（1）能够对简单轴类零件进行数控车削工艺分析。

（2）掌握 G00、G01、G71、G70、G92 指令的应用和手工编程方法。

（3）熟悉数控车床上工件的装夹、找正。

（4）掌握试切对刀方法及自动加工的过程及注意事项。

10.7.2　实训设备、量具、刀具和材料

（1）CK6140 数控车床 5 台。

（2）1 号刀具（90°外圆粗车刀），2 号刀具（刀尖角 35°的外圆精车刀），3 号刀具（4mm 宽切槽刀），4 号刀具（60°螺纹车刀），游标卡尺等。

（3）毛坯材料：L12 或 L13。

10.7.3　实训内容

加工如图 10.34 所示的零件，材料为 45 钢，棒料直径 ϕ55mm、长 150mm。

10.7.4　实训步骤

1. 分析工件图样，选择定位基准和加工方法，确定走刀路线选择刀具和装夹方法，确定切削用量参数。

工艺路线：

（1）工件伸出长度 130mm，找正夹紧。

（2）使用 1 号车刀用 G71 指令粗加工外轮廓。

（3）使用 2 号车刀用 G70 指令精加工外轮廓。

（4）使用 3 号车刀切退刀槽。

（5）使用 4 号车刀用 G82 指令循环加工三角螺纹。

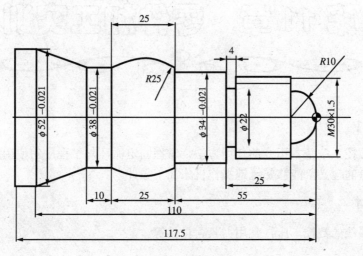

图 10.34　综合实例

2．编写数控加工程序。

相关计算：

（1）确定螺纹大径 $d_大$＝30−0.1p＝30−1.5×0.1＝29.85（mm）。

（2）确定螺纹小径 $d_小$＝30−1.3p＝30−1.3×1.5＝28.05（mm）。

3．对刀。

分别将 1 号车刀、2 号车刀、3 号车刀和 4 号车刀对刀。

4．输入程序、检查。

5．程序图形模拟校验。

6．零件自动加工。

对于初学者，应多采用单段执行循环，并将有关倍率开关修调到最低，便于边加工边分析，以避免某些错误。

7．根据零件图纸要求，选择量具对工件进行检测，并对零件进行质量分析。

10.7.5　注意事项

（1）注意工件装夹的可靠性。

（2）注意刀具装夹的可靠性。

（3）机床在试运行前必须进行图形模拟加工，避免程序错误、刀具碰撞工件或卡盘。

（4）快速进刀和退刀时，一定要注意不要碰上工件和三爪卡盘。

（5）操作中出现工件跳动、异常声响等情况时，必须立即停车处理。

（6）加工零件过程中一定要提高警惕，将手放在"急停"按钮上，如遇到紧急情况，迅速按下"急停"按钮，防止意外事故发生。

第 11 章　零件加工实训

【教学目标】

掌握各种数控系统基本指令的使用方法，掌握固定循环与子程序的使用方法，掌握数控车床面板和键盘的含义，能够熟练地操作机床加工零件。

【工具设备】

各种数控系统的数控车床，常用刀具、量具等。

【教学方法与课时安排】

教师讲授、演示与学生讨论、操作相结合的教学法。共 20 个课程。

11.1　轴类零件外圆表面的数控车削加工

11.1.1　实训目标

【知识目标】

（1）掌握外圆锥面相关尺寸的计算方法。
（2）掌握外圆锥面的加工工艺及编程方法。

【技能目标】

（1）能正确使用刀具补偿指令。
（2）能正确设置刀具补偿参数。
（3）会使用量具对工件进行检验。

11.1.2　设备、工具、量具、刀具和材料

（1）数控车床、外圆车刀、切断刀、千分尺、游标卡尺等。
（2）毛坯材料：45 钢。

11.1.3　实训内容和要求

1. 实训内容

零件图如图 11.1 所示。

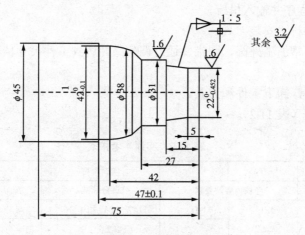

图 11.1　圆锥零件图

2. 实训要求

（1）时间：6h。

（2）加工工艺安排合理，程序正确。

（3）尺寸及加工精度符合图纸要求。

11.1.4　实训操作步骤

1. 根据图纸分析加工工艺，填写加工工艺卡片，编制加工程序。

（1）填写加工工艺卡片（表 11.1）。

表 11.1　实训 1 工艺卡片

实训项目	1	工件名称	圆锥零件	设备名称	CAK6140		实训班级	
实训内容		零件图号	11.1	夹具名称	三爪卡盘		实训时间	
加工阶梯轴零件		毛坯材料	45 钢	程序号			实训教师	
实训要求 （知识和技能目标）		掌握外圆锥面的加工工艺及编程方法；能够对外圆锥面相关尺寸进行计算；能使用量具对工件进行检验		数控系统	FANUC、HNC、GSK	实训地点		数控 车间
工件坐标系 基准视图		以工件右端面中心为工件坐标系原点						

	工步	工步内容	刀号	刀具规格	主轴转速 n / （r/min）	进给量 f / （mm/r）	背吃刀量 a_p /mm	余量	备注
工序号	1	切端面	T01	20×20	400	0.05	0.5	0	外圆车刀
	2	粗车 $\phi 42$ 外圆	T01	20×20	600	0.15	1	0.5	
	3	粗车 $\phi 30$ 外圆及 两处斜面	T01	20×20	600	0.2	0.5	0.5	
	4	粗车 $\phi 22$ 外圆及 斜面	T01	20×20	600	0.2	0.5	0.5	
	5	精车外形	T02	20×20	800	0.1	0.5	0	
	6	切断	T03	20×20	400	0.1	0.1	0	切断刀
编　制			审核教师		批　准		共 1 页	第 1 页	

（2）编制加工程序并输入机床。

2．装夹毛坯材料，安装刀具。

3．平端面，粗精加工外圆、圆锥并通过调整磨耗达到工件尺寸精度要求。

4．工件切断。

5．加工完毕后，卸下工件和刀具。

6．填写考核表（表 11.2）。

表 11.2　实训 1 考核表

姓名		班级		实训项目	1	工件编号	
序号	考核实训	考核内容及要求		评分标准	配分	检测结果	得分
1	外圆（40分）	$\phi22$	IT	每超差 0.052 扣 4 分	8 分		
		$R_a3.2$	R_a	降一级扣 2 分	4 分		
		$\phi30$	IT	超差 0.1 扣 4 分	4 分		
		$R_a3.2$	R_a	降一级扣 2 分	4 分		
		$\phi38$	IT	超差 0.1 扣 4 分	4 分		
		$R_a3.2$	R_a	降一级扣 2 分	4 分		
		$\phi42$	IT	每超差 0.1 扣 4 分	8 分		
		$R_a3.2$	R_a	降一级扣 2 分	4 分		
2	长度（40分）	L5	IT	超差 0.1 扣 4 分	8 分		
		L15	IT	超差 0.1 扣 4 分	8 分		
		L27	IT	超差 0.1 扣 4 分	8 分		
		L42	IT	超差 0.1 扣 4 分	8 分		
		L47	IT	每超差 0.02 扣 2 分	8 分		
3	锥度（10分）		IT	超差 0.1 扣 5 分	10 分		
4	安全文明生产（5分）	1.操作规范，未受伤。 2.工件装夹、刀具安装、工量具的放置规范。 3.正确使用量具。 4.清扫机床和环境卫生			每违反一条扣 1 分。扣完为止		
5	规范操作(5分)	1.开机前的检查和开机顺序正确。 2.正确对刀，回机床参考点建立工件坐标系。 3.正确设置参数			每违反一条扣 1 分。扣完为止		
6	按时完成	1.超时≤15min：扣 5 分 2.超时≤30min：扣 10 分 3.超时＞30min：不得分					
7	总配分 100						
	工时定额		6h		检验教师		

11.2　槽类零件的车削加工

11.2.1　实训目标

【知识目标】

（1）掌握槽类零件的车削加工工艺与编程方法。

（2）掌握切槽刀、切断刀的选择、安装方法。

【技能目标】

（1）能熟练地对槽类零件进行加工。

（2）能够正确选择切削用量保证沟槽表面质量。

11.2.2 设备、工具、量具、刀具和材料

（1）数控车床、外圆车刀、切槽刀、切断刀、千分尺、游标卡尺等。

（2）毛坯材料：45 钢。

11.2.3 实训内容和要求

1. 实训内容

零件图如图 11.2 所示。

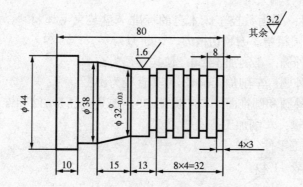

图 11.2 槽类表面加工零件图

2. 实训要求

（1）时间：6h。

（2）加工工艺安排合理，程序正确。

（3）尺寸及加工精度符合图纸要求。

11.2.4 实训操作步骤

1. 根据图纸分析加工工艺，填写加工工艺卡片，编制加工程序。

（1）填写加工工艺卡片（表 11.3）。

表 11.3 实训 2 工艺卡片

实训项目	2	工件名称	阶梯轴	设备名称	CAK6140	实训班级	
实训内容		零件图号	11.2	夹具名称	三爪卡盘	实训时间	
加工阶梯轴零件		毛坯材料	45 钢	程序号		实训教师	
实训要求 （知识和技能目标）		掌握槽类零件的车削加工工艺与编程方法；掌握切槽刀、切断刀的选择、安装方法；能熟练地对槽类零件进行加工，能够正确选择切削用量保证沟槽表面质量		数控系统	FANUC、HNC、GSK	实训地点	数控车间

工序号	工步	工步内容	刀号	刀具规格	主轴转速 n /（r/min）	进给量 f /（mm/r）	背吃刀量 a_p/mm	余量	备注
	1	车削端面	T01	20×20	800	0.3	1	0	
	2	车削φ44 外圆	T01	20×20	800	0.3	1	0.5	
	3	粗车φ38 外圆	T01	20×20	800	0.3	1	0.5	外圆车刀
	4	粗车φ32 外圆和圆锥面	T01	20×20	800	0.3	1	0.5	
	5	精车各外圆表面至尺寸要求	T02	20×20	1200	0.1	0.5	0	
	6	车削等距槽	T03	20×20	300	0.1	4	0	切槽刀
	7	切断	T04	20×20	300	0.1	5	0	切断刀
编　制			审核教师		批　准		共 1 页	第 1 页	

（2）编制加工程序并输入机床。

2．装夹毛坯材料：采用数控车床本身的标准卡盘装夹毛坯材料，毛坯伸出三爪卡盘95mm，安装刀具（外圆粗精车刀、切槽刀、切断刀）。

3．车削加工φ44 外圆：车削加工φ50，使其直径为φ44。

4．车削加工φ38 外圆：车削加工φ44，使其直径为φ38。

5．车削加工φ32 外圆和圆锥面：车削加工φ38，使其直径为φ32 和锥面。

6．车削加工等距槽：车削加工等距槽。

7．切断，完成加工零件。

8．填写考核表（表 11.4）。

表 11.4　实训 2 考核表

姓名		班级			实训项目	2	工件编号	
序号	考核实训	考核内容及要求			评分标准	配分	检测结果	得分
1	外圆（30分）	φ44		IT	每超差 0.052 扣 3 分	6 分		
		R_a3.2		R_a	降一级扣 2 分	4 分		
		φ38		IT	超差 0.1 扣 3 分	6 分		
		R_a3.2		R_a	降一级扣 2 分	4 分		
		φ32		IT	超差 0.1 扣 3 分	6 分		
		R_a1.6		R_a	降一级扣 2 分	4 分		
2	长度（50分）	L8 四处，每处 2.5 分		IT	超差 0.1 扣 2 分	10 分		
		L4 四处，每处 2.5 分		IT	超差 0.1 扣 2 分	10 分		
		L3，槽深 四处，每处 2.5 分		IT	超差 0.1 扣 2 分	10 分		
		L90		IT	超差 0.1 扣 2 分	5 分		
		L10		IT	超差 0.1 扣 2 分	5 分		
		L15		IT	超差 0.1 扣 2 分	5 分		
		L15		IT	超差 0.1 扣 2 分	5 分		

序号	考核实训	考核内容及要求		评分标准	配分	检测结果	得分
3	锥度 （10分）	1∶2.5	IT	超差 0.1 扣 5 分	10 分		
4	安全文明 生产（5分）	1.操作规范，未受伤。 2.工件装夹、刀具安装、工量具的放置规范。 3.正确使用量具。 4.清扫机床和环境卫生		每违反一条扣 1 分。 扣完为止			
5	规范操作 （5分）	1.开机前的检查和开机顺序正确。 2.正确对刀，回机床参考点建立工件坐系。 3 正确设置参数		每违反一条扣 1 分。 扣完为止			
6	按时完成	1.超时≤15min，扣 5 分。 2.超时≤30min，扣 10 分。 3.超时＞30min，不得分					
7	总配分 100						
	工时定额	6h			检验教师		

11.3　成形表面零件的车削加工

11.3.1　实训目标

【知识目标】

（1）掌握凸、凹圆弧面零件的加工工艺及编程方法。

（2）掌握节点的计算方法。

（3）掌握零件的装夹方法和找正方法。

【技能目标】

（1）能计算刀具加工凸、凹弧的干涉程度。

（2）能根据凸、凹弧的大小选择合适的刀具。

（3）能够正确使用量具检验圆弧面零件的相关尺寸。

11.3.2　设备、工具、量具、刀具和材料

（1）数控车床、90°外圆车刀、刀尖角为 35°外圆车刀、切断刀、千分尺、游标卡尺等。

（2）毛坯材料：45 钢。

11.3.3　实训内容和要求

1. 实训内容

零件图如图 11.3 所示。

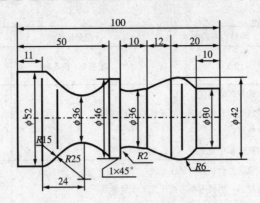

图 11.3　凸、凹弧零件

要求：表面粗糙度为 R_a=3.2μm，尺寸精度为 0.05μm。

2．实训要求

（1）时间：6h。

（2）加工工艺安排合理，程序正确。

（3）尺寸及加工精度符合图纸要求。

11.3.4　实训操作步骤

1．根据图纸分析加工工艺，填写加工工艺卡片，编制加工程序。

（1）填写加工工艺卡片（表 11.5）。

表 11.5　实训 3 工艺卡片

实训项目	3	工件名称	阶梯轴	设备名称	CAK6140	实训班级	
实训内容		零件图号	11.3	夹具名称	三爪卡盘	实训时间	
加工阶梯轴零件		毛坯材料	45 钢	程序号		实训教师	
实训要求 （知识和技能目标）		掌握凸、凹圆弧面零件的加工工艺及编程方法；掌握零件的装夹方法和找正方法；能根据凸、凹弧的大小选择合适的刀具		数控系统	FANUC、HNC、GSK	实训地点	数控车间
工件坐标系 基准视图		以工件右端面中心为工件坐标系原点					

	工步	工步内容	刀号	刀具规格	主轴转速 n/ （r/min）	进给量 f/ （mm/r）	背吃刀量 a_p/mm	余量	备注
工序号	1	车削端面	T01	20×20	800	0.3	1	0	90°外圆车刀
	2	粗车φ52 外圆	T01	20×20	800	0.3	1	0.5	
	3	粗车工件表面	T02	20×20	600	0.3	1	0.5	刀尖角为35°的外圆车刀
	4	精车各外圆表面至尺寸要求	T03	20×20	1200	0.1	0.5	0	
	5	切断	T04	20×20	300	0.1	5	0	切断刀
编　制		审核教师		批　准		共 1 页		第 1 页	

（2）编制加工程序并输入机床。

2．采用数控车床本身的标准卡盘装夹毛坯材料，毛坯伸出三爪卡盘 110mm，安装刀具（端面车刀、外圆粗、精车刀、切断刀）。

3．车端面，Z 向对刀；车外圆测量外圆尺寸，X 向对刀。

4．粗车ϕ52 的外圆。

5．粗车工件各个表面。

6．精车各个表面至尺寸要求。

7．工件切断。

8．填写考核表（表 11.6）。

表 11.6　实训 3 考核表

姓名		班　　级		实训项目	2	工件编号	
序号	考核实训	考核内容及要求		评分标准	配分	检测结果	得分
1	外圆 （72 分）	ϕ52	IT	超差 0.05 扣 2 分	4 分		
		R_a3.2	R_a	降一级扣 2 分	4 分		
		ϕ36	IT	超差 0.05 扣 2 分	8 分		
		R_a 3.2 两处，每处 8 分	R_a	降一级扣 2 分	8 分		
		ϕ46	IT	超差 0.05 扣 2 分	4 分		
		R_a 3.2	R_a	降一级扣 2 分	4 分		
		ϕ42	IT	超差 0.05 扣 2 分	4 分		
		R_a 3.2	R_a	降一级扣 2 分	4 分		
		ϕ30	IT	超差 0.05 扣 2 分	4 分		
		R_a 3.2	R_a	降一级扣 2 分	4 分		
		R15	IT	超差 0.05 扣 2 分	4 分		
		R_a 3.2	R_a	降一级扣 2 分	4 分		
		R25	IT	超差 0.05 扣 2 分	4 分		
		R_a 3.2	R_a	降一级扣 2 分	4 分		
		R6	IT	超差 0.05 扣 2 分	4 分		
		R_a 3.2	R_a	降一级扣 2 分	4 分		
2	长度 （18 分）	L100	IT	超差 0.05 扣 1 分	3 分		
		L50	IT	超差 0.05 扣 2 分	3 分		
		L20	IT	超差 0.05 扣 2 分	3 分		
		L12	IT	超差 0.05 扣 2 分	3 分		
		L10 两处，每处 3 分	IT	超差 0.05 扣 2 分	6 分		
3	安全文明 生产 （5 分）	1.操作规范，未受伤。 2.工件装夹、刀具安装、工量具的放置规范。 3.正确使用量具。 4.清扫机床和环境卫生		每违反一条扣 1 分。 扣完为止			
4	规范操作 （5 分）	1.开机前的检查和开机顺序正确。 2.正确对刀，回机床参考点建立工件坐标系。 3.正确设置参数		每违反一条扣 1 分。 扣完为止			

续表

序号	考核实训	考核内容及要求	评分标准	配分	检测结果	得分
5	按时完成	1. 超时≤15min，扣 5 分。 2. 超时≤30min，扣 10 分。 3. 超时＞30min，不得分				
6	总配分 100					
工时定额		6h		检验教师		

11.4　零件螺纹表面的车削加工

11.4.1　实训目标

【知识目标】

（1）掌握外圆柱螺纹加工工艺和编程方法。

（2）掌握外圆柱螺纹的实际外径、小径的尺寸计算方法及加工过程中刀具补偿的调整。

（3）掌握螺纹刀对刀的方法。

【技能目标】

能够正确制定螺纹车削加工工艺方案，保证零件精度达到规定要求。

11.4.2　设备、工具、量具、刀具和材料

（1）数控车床、90°外圆车刀、刀尖角为 35°外圆车刀、切槽刀（刀宽 4mm）、60°硬质合金三角形外螺纹车刀、千分尺、螺纹环规、游标卡尺等。

（2）毛坯材料：45 钢。

11.4.3　实训内容和要求

1. 实训内容

零件图如图 11.4 所示。

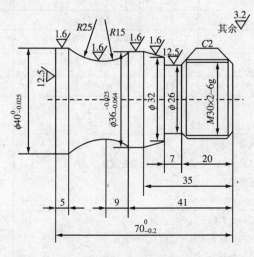

图 11.4　螺纹零件

2. 实训要求

（1）时间：6h。

（2）加工工艺安排合理，程序正确。

（3）尺寸及加工精度符合图纸要求。

11.4.4 实训操作步骤

1．根据图纸分析加工工艺，填写加工工艺卡片，编制加工程序。

（1）填写加工工艺卡片（表 11.7）。

表 11.7 实训 4 工艺卡片

实训项目	4	工件名称	阶梯轴	设备名称	CAK6140	实训班级	
实训内容		零件图号	11.4	夹具名称	三爪卡盘	实训时间	
加工阶梯轴零件		毛坯材料	45 钢	程序号		实训教师	
实训要求 （知识和技能目标）		掌握外圆柱螺纹加工工艺和编程方法；掌握外圆柱螺纹尺寸计算方法；能够正确制定螺纹车削加工工艺方案，保证零件精度达到规定要求		数控 系统	FANUC、 HNC、GSK	实训地点	数控车间
工件坐标系 基准视图		以工件右端面中心为工件坐标系原点					

	工步	工步内容	刀号	刀具规格	主轴转速 n/ （r/min）	进给量 f/ （mm/r）	背吃刀量 a_p/mm	余量	备注
工序号	1	车削端面	T01	20×20	800	0.3	1	0	90°外圆车刀
	2	粗车 ϕ40.5 外圆	T01	20×20	800	0.3	1	0.5	
	3	粗车外形轮廓	T02	20×20	600	0.3	1	0.5	刀尖角为 35°的外圆车刀
	4	精车外形轮廓	T02	20×20	800	0.1	0.5	0	
	5	车螺纹退刀槽	T03	20×20	300	0.08	4	0	切槽刀
	6	车螺纹	T04	20×20	400	2	分层	0	60°螺纹车刀
	7	切断	T03	20×20	300	0.1	4	0	切槽刀
编 制		审核教师		批 准			共 1 页	第 1 页	

（2）编制加工程序并输入机床。

2．采用数控车床本身的标准卡盘装夹毛坯材料，毛坯伸出三爪卡盘 90mm，安装刀具［90°外圆车刀、刀尖角为 35°外圆车刀、切槽刀（刀宽 4mm）、60°三角形外螺纹车刀］。

3．车端面，Z 向对刀；车外圆测量外圆尺寸，X 向对刀。

4．粗车外圆至 ϕ40.5×75。

5．粗车外形轮廓。

6．精车外形轮廓。

7．车螺纹退刀槽，并用切槽刀右刀尖倒出 M30×2 螺纹左端 C2 倒角。

8．车削 M30×2 的螺纹。

9．切断工件。

10．考核表（表 11.8）。

表 11.8　实训 4 考核表

姓名		班级			实训项目	4	工件编号	
序号	考核实训	考核内容及要求			评分标准		配分	检测结果	得分
1	外圆 （20 分）	$\phi40$	IT		超差 0.025 扣 3 分		6 分		
		$R_a1.6$	R_a		降一级扣 2 分		4 分		
		$\phi36$	IT		超差 0.02 扣 3 分		6 分		
		$R_a1.6$	R_a		降一级扣 2 分		4 分		
2	锥度 （10 分）	1:2	IT		超差 0.1 扣 3 分		6 分		
		$R_a1.6$	R_a		降一级扣 2 分		4 分		
3	长度 （30 分）	L70	IT		超差 0.05 扣 3 分		6 分		
		L35	IT		超差 0.05 扣 3 分		6 分		
		L20	IT		超差 0.05 扣 3 分		6 分		
		L41	IT		超差 0.05 扣 3 分		6 分		
		L5	IT		超差 0.05 扣 3 分		6 分		
4	螺纹 （10 分）	$M32\times2$	IT		止通检查不满足要求不得分		6 分		
		$R_a3.2$	IT		降一级扣 2 分		4 分		
5	圆弧 （10 分）	R15	IT		超差 0.05 扣 3 分		6 分		
		$R_a1.6$	R_a		降一级扣 2 分		4 分		
		R25	IT		超差 0.05 扣 3 分		6 分		
		$R_a1.6$	R_a		降一级扣 2 分		4 分		
6	倒角 （5 分）	C2	IT		超差 0.1 扣 3 分		5 分		
7	退刀槽 （5 分）	$7\times\phi26$	IT		超差 0.1 扣 3 分		5 分		
8	安全文明生产 （5 分）	1.操作规范，未受伤。 2.工件装夹、刀具安装、工量具的放置规范。 3.正确使用量具。 4.清扫机床和环境卫生			每违反一条扣 1 分。扣完为止				
9	规范操作 （5 分）	1.开机前的检查和开机顺序正确。 2.正确对刀，回机床参考点建立工件坐标系。 3.正确设置参数			每违反一条扣 1 分。扣完为止				
10	按时完成	1.超时≤15min，扣 5 分。 2.超时≤30min，扣 10 分。 3.超时＞30min，不得分							
11	总配分 100								
	工时定额		6h		检验教师				

11.5　孔套类零件的车削加工

11.5.1　实训目标

【知识目标】

（1）掌握孔的加工工艺和编程方法。

（2）掌握内孔的测量方法。

【技能目标】

（1）能正确操作数控机床进行阶梯孔的加工，并达到精度要求。

（2）能正确选择内孔车刀，并学会对刀方法。

11.5.2　设备、工具、量具、刀具和材料

（1）数控车床、90°外圆车刀、机夹镗刀、中心钻$\phi 3$、$\phi 14$ 钻头、切断刀、内径百分表、游标卡尺等。

（2）毛坯材料：45 钢，$\phi 40$ 棒料。

11.5.3　实训内容和要求

1．实训内容

零件图如图 11.5 所示。

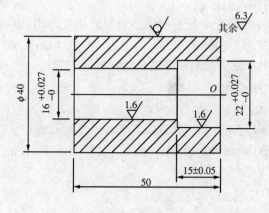

图 11.5　内孔零件

2．实训要求

（1）时间：6h。

（2）加工工艺安排合理，程序正确。

（3）尺寸及加工精度符合图纸要求。

11.5.4　实训操作步骤

1．根据图纸分析加工工艺，填写加工工艺卡片，编制加工程序。

（1）填写加工工艺卡片（表 11.9）。

表 11.9　实训 5 工艺卡片

实训项目	5	工件名称	阶梯轴		设备名称		CAK6140		实训班级	
实训内容		零件图号	11.5		夹具名称		三爪卡盘		实训时间	
加工阶梯轴零件		毛坯材料	45 钢		程序号				实训教师	
实训要求 （知识和技能目标）		掌握孔的加工工艺和编程方法；掌握内孔的测量方法；能正确操作数控机床进行阶梯孔的加工，并达到精度要求；能正确选择内孔车刀，并学会对刀方法。				数控系统	FANUC、HNC、GSK		实训地点	数控车间
工件坐标系基准视图		以工件右端面中心为工件坐标系原点								

	工步	工步内容	刀号	刀具规格	主轴转速 n /（r/min）	进给量 f /（mm/r）	背吃刀量 a_p/mm	余量	备注
工序号	1	车削端面	T01	20×20	800	0.3	1	0	外圆车刀
	2	打中心孔	T02	φ3	1000	0.1	3	0	中心钻
	3	钻孔至 φ14	T03	φ14	300	0.1	14	1 单边	钻头
	4	粗镗 φ16 孔	T03	A10K-SDUCP 07-ER	600	0.2	0.5	0.5	机夹镗刀
	5	粗镗 φ22 孔			600	0.2	1	0.5	
	6	精镗 φ16、φ22 孔			800	0.08	0.5	0.5	
	7	切断	T04	20×20	300	0.1	4	0	切槽刀
编　　制			审核教师		批　　准		共 1 页		第 1 页

（2）编制加工程序并输入机床。

2. 采用数控车床本身的标准卡盘装夹毛坯材料，毛坯伸出三爪卡盘 90mm，安装刀具[90°外圆车刀、刀尖角为 35°的外圆车刀、切槽刀（刀宽 4mm）、60°三角形外螺纹车刀]。

3. 车端面，Z 向对刀；车外圆测量外圆尺寸，X 向对刀。

4. 用 φ3 的中心钻打中心孔。

5. 用 φ14 的钻头钻孔。

6. 粗镗内孔到尺寸 φ15.5mm 和 φ21.5mm，长度为 14.5mm。

7. 精镗内孔到尺寸 φ16mm 和 φ22mm，长度为 15mm。

8. 切断工件。

9. 考核表（表 11.10）。

表 11.10　实训 5 考核表

姓名		班级			实训项目	5	工件编号	
序号	考核实训	考核内容及要求		评分标准		配分	检测结果	得分
1	内孔 （60 分）	φ16	IT	超差 0.027 扣 10 分		20 分		
		R_a1.6	R_a	降一级扣 5 分		10 分		
		φ22	IT	超差 0.027 扣 10 分		20 分		
		R_a 1.6	R_a	降一级扣 5 分		10 分		
2	长度 （30 分）	L15	IT	超差 0.05 扣 10 分		20 分		
		L50	IT	超差 0.1 扣 5 分		10 分		

序号	考核实训	考核内容及要求	评分标准	配分	检测结果	得分
3	安全文明生产 （5分）	1.操作规范，未受伤。 2.工件装夹、刀具安装、工量具的放置规范。 3.正确使用量具。 4.清扫机床和环境卫生	每违反一条扣1分。 扣完为止			
4	规范操作 （5分）	1.机前的检查和开机顺序正确。 2.正确对刀，回机床参考点建立工件坐标系。 3.正确设置参数	每违反一条扣1分。 扣完为止			
5	按时完成	1.超时≤15min，扣5分。 2.超时≤30min，扣10分。 3.超时＞30min，不得分				
6	总配分 100					
	工时定额	6h	检验教师			

11.6　综合实训一

11.6.1　实训目标

【知识目标】

（1）掌握成形表面和螺纹表面的加工工艺和综合编程方法。
（2）掌握常用工量具的使用方法。

【技能目标】

（1）能正确操作数控机床进行零件的加工，并达到精度要求。
（2）能正确根据零件表面选择车刀。

11.6.2　设备、工具、量具、刀具和材料

（1）数控车床、90°外圆车刀、刀尖角为35°外圆车刀、切槽刀（刀宽4mm）、60°硬质合金三角形外螺纹车刀、千分尺、螺纹环规、游标卡尺等。
（2）毛坯材料：45钢，ϕ30棒料。

11.6.3　实训内容和要求

1．实训内容

零件图如图11.6所示。

2．实训要求

（1）时间：6h。
（2）加工工艺安排合理，程序正确。
（3）尺寸及加工精度符合图纸要求。

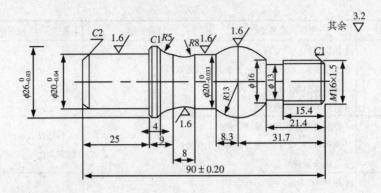

图 11.6　综合实训一零件图

11.6.4　填写加工工艺卡片

根据图纸分析加工工艺，填写加工工艺卡片（表 11.11）（要求：学生讨论后自己填写）。

表 11.11　综合实训一工艺卡片

实训项目	6	工件名称		设备名称		CAK6140	实训班级	
实训内容		零件图号		11.6	夹具名称	三爪卡盘	实训时间	
加工阶梯轴零件		毛坯材料	45 钢	程序号			实训教师	
实训要求 （知识和技能目标）					数控 系统	FANUC 、 HNC、GSK	实训地点	
工件坐标系 基准视图								
工序号	工步	工步内容	刀号	刀具规格	主轴转速 n /（r/min）	进给量 f /（mm/r）	背吃刀量 a_p / mm	余量	备注
编　制		审核教师		批　准			共 1 页	第 1 页

11.6.5　考核

填写考核表（表 11.12）。

表 11.12　综合实训一考核表

姓名			班级			实训项目	综合实训一	工件编号	
序号	考核实训		考核内容及要求			评分标准	配分	检测结果	得分
1	外圆 （44 分）		$\phi20$		IT	超差 0.039 扣 3 分	6 分		
			$R_a1.6$		Ra	降一级扣 2 分	4 分		
			$\phi20$		IT	超差 0.02 扣 3 分	6 分		
			$R_a1.6$		Ra	降一级扣 2 分	4 分		
			$\phi26$		IT	超差 0.1 扣 3 分	6 分		
			$R_a3.2$		Ra	降一级扣 2 分	2 分		

续表

序号	考核实训	考核内容及要求		评分标准	配分	检测结果	得分
1	外圆 （44分）	$\phi16$	IT	超差 0.1 扣 2 分	4 分		
		$R13$	IT	超差 0.1 扣 2 分	4 分		
		$R8$	IT	超差 0.1 扣 2 分	4 分		
		$R5$	IT	超差 0.1 扣 2 分	4 分		
3	长度 （30分）	L90	IT	超差 0.1 扣 3 分	6 分		
		L21.4	IT	超差 0.1 扣 2 分	4 分		
		L15.4	IT	超差 0.05 扣 2 分	4 分		
		L25	IT	超差 0.05 扣 2 分	4 分		
		L4	IT	超差 0.05 扣 2 分	4 分		
		L9	IT	超差 0.05 扣 2 分	4 分		
		L8	IT	超差 0.05 扣 2 分	4 分		
4	螺纹 （10分）	$M16\times1.5$	IT	止通检查不满足 要求不得分	6 分		
		$R_a3.2$	IT	降一级扣 2 分	4 分		
6	倒角 （6分）	C2	IT	超差 0.1 扣 2 分	2 分		
		C1	IT	超差 0.1 扣 2 分	2 分		
		C1	IT	超差 0.1 扣 2 分	2 分		
7	退刀槽 （5分）	$6\times\phi13$	IT	超差 0.1 扣 3 分	5 分		
8	安全文明生产 （5分）	1.操作规范，未受伤。 2.工件装夹、刀具安装、工量具的放置规范。 3.正确使用量具。 4.清扫机床和环境卫生		每违反一条扣 1 分。扣完 为止			
9	规范操作 （5分）	1.开机前的检查和开机顺序正确。 2.正确对刀，回机床参考点建立工件坐标系。 3.正确设置参数		每违反一条扣 1 分。扣完 为止			
10	按时完成	1.超时≤15min，扣 5 分 2.超时≤30min，扣 10 分 3.超时＞30min，不得分					
11	总配分 100						
	工时定额	6h		检验教师			

11.7 综合实训二

11.7.1 实训目标

【知识目标】

（1）掌握内孔表面的加工工艺和综合编程方法。

（2）掌握常用工量具的使用方法。

【技能目标】

（1）能正确操作数控机床进行零件的加工，并达到精度要求。

（2）能正确根据零件表面选择车刀。

11.7.2　设备、工具、量具、刀具和材料

（1）数控车床、90°外圆车刀、中心钻、ϕ14钻头、ϕ28扩孔钻、内孔镗刀、内径百分表、游标卡尺等。

（2）毛坯材料：45钢，ϕ50棒料。

11.7.3　实训内容和要求

1．实训内容

零件图如图11.7所示。

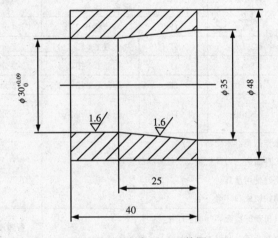

图11.7　综合实训二零件图

2．实训要求

（1）时间：6h。

（2）加工工艺安排合理，程序正确。

（3）尺寸及加工精度符合图纸要求。

11.7.4　填写工艺卡片

根据图纸分析加工工艺，填写加工工艺卡片（表11.13）（要求：学生讨论后自己填写）。

表11.13　综合实训二工艺卡片

实训项目	7	工件名称		设备名称	CAK6140		实训班级	
实训内容		零件图号	11.7	夹具名称	三爪卡盘		实训时间	
加工阶梯轴零件		毛坯材料	45钢	程序号			实训教师	
实训要求（知识和技能目标）				数控系统	FANUC、HNC、GSK		实训地点	
工件坐标系基准视图								

续表

工序号	工步	工步内容	刀号	刀具规格	主轴转速 $n/$（r/min）	进给量 $f/$（mm/r）	背吃刀量 a_p/mm	余量	备注

编 制		审核教师		批 准			共 1 页	第 1 页	

11.7.5　考核

填写考核表（表 11.14）。

表 11.14　综合实训二考核表

姓名		班级		实训项目		综合实训二	工件编号	
序号	考核实训	考核内容及要求		评分标准	配分	检测结果	得分	
1	外圆（10分）	$\phi48$	IT	超差 0.1 扣 5 分	10 分			
	内孔（50分）	$\phi30$	IT	超差 0.09 扣 10 分	20 分			
		$R_a1.6$	R_a	降一级扣 5 分	10 分			
		$\phi35$	IT	超差 0.1 扣 5 分	10 分			
		$R_a1.6$	R_a	降一级扣 5 分	10 分			
3	长度（20分）	$L40$	IT	超差 0.1 扣 5 分	10 分			
		$L25$	IT	超差 0.1 扣 5 分	10 分			
4	锥度（10分）	1：5	IT	超差 0.1 扣 5 分	10 分			
5	安全文明生产（5分）	1.操作规范，未受伤。 2.工件装夹、刀具安装、工量具的放置规范。 3.正确使用量具。 4.清扫机床和环境卫生		每违反一条扣 1 分。扣完为止				
6	规范操作（5分）	1.开机前的检查和开机顺序正确。 2.正确对刀，回机床参考点建立工件坐标系。 3.正确设置参数		每违反一条扣 1 分。扣完为止				
7	按时完成	1.超时≤15min，扣 5 分。 2.超时≤30min，扣 10 分。 3.超时＞30min，不得分						
8	总配分 100							
	工时定额	6h		检验教师				

11.8　综合实训三

11.8.1　实训目标

【知识目标】

（1）掌握内外圆弧表面的加工工艺和综合编程方法。

（2）掌握常用工量具的使用方法。

【技能目标】

（1）能正确操作数控机床进行零件的加工，并达到精度要求。

（2）能正确根据零件表面选择车刀。

11.8.2 设备、工具、量具、刀具和材料

（1）数控车床、90°外圆车刀、35°刀尖角外圆车刀、中心钻、$\phi14$钻头、$\phi28$扩孔钻、内孔镗刀、内径百分表、游标卡尺等。

（2）毛坯材料：45钢，$\phi50$棒料。

11.8.3 实训内容和要求

1. 实训内容

零件图如图11.8所示。

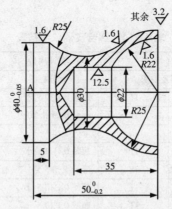

图 11.8   综合实训三零件图

2. 实训要求

（1）时间：6h。

（2）加工工艺安排合理，程序正确。

（3）尺寸及加工精度符合图纸要求。

11.8.4 填写工艺卡片

根据图纸分析加工工艺，填写加工工艺卡片（表11.15）（要求：学生讨论后自己填写）。

表 11.15   综合实训三工艺卡片

实训项目	8		工件名称		设备名称	CAK6140		实训班级	
实训内容			零件图号	11.8	夹具名称	三爪卡盘		实训时间	
加工阶梯轴零件			毛坯材料	45钢	程序号			实训教师	
实训要求（知识和技能目标）					数控系统	FANUC、HNC、GSK		实训地点	
工件坐标系基准视图									

工序号	工步	工步内容	刀号	刀具规格	主轴转速 $n/$（r/min）	进给量 $f/$（mm/r）	背吃刀量 $a_p/$mm	余量	备注

编制		审核教师		批准		共 1 页	第 1 页

11.8.5　考核

填写考核表（表 11.16）。

表 11.16　综合实训三考核表

姓名		班级		实训项目	综合实训三	工件编号	
序号	考核实训	考核内容及要求		评分标准	配分	检测结果	得分
1	外圆（32 分）	$\phi 40$	IT	超差 0.05 扣 5 分	10 分		
		$R_a 1.6$	R_a	降一级扣 3 分	6 分		
		$\phi 30$	IT	超差 0.05 扣 5 分	10 分		
		$R_a 1.6$	R_a	降一级扣 3 分	6 分		
	内孔（10 分）	$\phi 22$	IT	超差 0.05 扣 3 分	6 分		
		$R_a 12.5$	R_a	降一级扣 2 分	4 分		
2	长度（24 分）	L50	IT	超差 0.05 扣 4 分	8 分		
		L35	IT	超差 0.05 扣 4 分	8 分		
		L5	IT	超差 0.05 扣 4 分	8 分		
3	圆弧（24 分）	外圆弧（凹）R25	IT	超差 0.05 扣 3 分	6 分		
		$R_a 1.6$	R_a	降一级扣 2 分	2 分		
		外圆弧（凸）R25	IT	超差 0.05 扣 3 分	6 分		
		$R_a 1.6$	R_a	降一级扣 2 分	2 分		
		内圆弧 R25	IT	超差 0.05 扣 3 分	6 分		
		$R_a 1.6$	R_a	降一级扣 2 分	2 分		
4	安全文明生产（5 分）	1.操作规范，未受伤。 2.工件装夹、刀具安装、工量具的放置规范。 3.正确使用量具。 4.清扫机床和环境卫生			每违反一条扣 1 分。扣完为止		
5	规范操作（5 分）	1.机前的检查和开机顺序正确。 2.正确对刀，回机床参考点建立工件坐标系。 3.正确设置参数			每违反一条扣 1 分。扣完为止		
6	按时完成	1.超时≤15min，扣 5 分。 2.超时≤30min，扣 10 分。 3.超时>30min，不得分					
7	总配分 100						
工时定额		6h		检验教师			

第12章 数控车床维护和故障诊断

【教学目标】

掌握数控车床的维护和保养方法；了解数控车床安装调试方法；了解数控车床常见故障的诊断方法及精度测量的方法；通过学习能够正常维护保养机床。

【工具设备】

数控车床若干。

【教学方法与课时安排】

教师讲授、演示与学生讨论相结合的教学法。共用 10 学时。

【教学过程及内容】

数控车床的使用寿命和效率，不仅取决于机床本身的精度和性能，很大程度上也取决于它的正确使用及维修。正确的使用能防止设备非正常磨损，避免突发故障；精心的维护可使设备保持良好的工作状态，延迟老化进程，及时发现和消灭故障，防患于未然，防止恶性事故发生，从而保障安全运行。

12.1 数控车床的日常维护

12.1.1 数控车床维护的基本要求

1. 完整性

数控车床的零部件齐全，工具、附件、工件放置整齐，线路、管道完整。

2. 洁净性

数控车床内外清洁，无黄斑、无黑污、无锈蚀；各滑动面、丝杠、齿条、齿轮等处无油垢、无碰伤；各部位不漏油、不漏水、不漏气、不漏电；切削垃圾清扫干净。

3. 灵活性

为保证部件灵活性，必须按机床使用说明书的要求，定时定量加油、换油；油质要符合要求；油壶、油枪、油杯、油嘴齐全；油毡、油线清洁，油标明亮，油路畅通。

4. 安全性

严格实行定人定机和交接班制度；操作者必须熟悉机床结构，遵守操作维护规程，合理使用，精心维护，监测异常，不出事故；各种安全防护装置齐全可靠，控制系统正常，接地良好，无事故隐患。

12.1.2　数控车床维护保养的基本要点

各类数控车床因其功能、结构及系统的不同，各有不同的特性，其维护保养的内容和规则也各有特色，应根据机床种类、型号及实际使用情况，并参照该机床说明书要求，制定和建立必要的定期、定级保养制度。常见的、通用的日常维护保养要点如下所述。

1. 使机床保持良好的润滑状态

定期检查清洗自动润滑系统，添加或更换油脂、油液，使丝杠、导轨等各运动部位始终保持良好的润滑状态，降低机械磨损速度。

2. 定期检查液压系统、气压系统

对液压系统定期进行油质化验，检查和更换液压油，并定期对各润滑系统、液压系统、气压系统的过滤器或过滤网进行清洗或更换，对气压系统还要注意经常放水。

3. 定期检查电动机系统

对直流电动机定期进行电刷和换向器检查、清洗和更换，若换向器表面脏，应用白布蘸酒精予以清洗；若表面粗糙，用细金相砂纸予以修整；若电刷长度为 10mm 以下时，应予以更换。

4. 适时对各坐标轴进行超限位试验

由于切削液等原因使硬件限位开关产生锈蚀，平时又主要靠软件限位起保护作用，因此要防止限位开关锈蚀后不起作用，防止工作台发生碰撞。试验时只要按一下限位开关确认是否出现超程警报，或检查相应的 I/O 接口信号是否变化即可。

5. 定期检查电气部件

检查各插头、插座、电缆、各继电器的触点是否接触良好，检查各印制线路板是否干净。主变压器、各电机的绝缘电阻应在 $1M\Omega$ 以上。平时尽量少开电气柜门，以保持电器柜内清洁，定期对电器柜内的冷却风扇进行卫生清洗，更换其空气过滤网等。电路板上太脏或受潮，可能发生短路现象，因此，必要时对各个电路板、电气元件采用吸尘法进行卫生清扫。

6. 机床长期不用时的维护

数控机床不宜长期封存不用，购买数控机床以后要充分利用起来，尽量提高机床的利用率，尤其是投入的第一年，更要充分利用，使其容易出现故障的薄弱环节尽早暴露出来，使故障的隐患尽可能在保修期内得以排除。数控机床不用，反而会由于受潮等原因加快电子元件的变质或损坏。如数控机床长期不用时要定期通电，并进行机床功能试验程序的完整运行。要求每 1～3 周通电试运行 1 次，尤其是在环境湿度较大的霉雨季节，应增加通电次数，每次空运行 1h 左右，以利用机床本身的发热来降低机内湿度，使电子元件不致受潮。同时，也能及时发现有无电池报警发生，以防系统软件、参数丢失等。

7．更换存储器电池

一般数控系统内对 CMOS RAM 存储器器件设有可充电电池维持电路，以保证系统不通电期间保持其存储器的内容。在一般的情况下，即使电池尚未失效，也应每年更换一次，以确保系统能正常工作。电池的更换应在数控装置通电状态下进行，以防更换时 RAM 内的信息丢失。

8．印制线路板的维护

印制线路板长期不用是很容易出故障的。因此，对于已购置的备用印制线路板应定期装到数控装置上运行一段时间，以防损坏。

9．监视数控装置用的电网电压

数控装置通常允许电网电压在额定值的±15%范围内波动，如果超出此范围就会造成系统不能正常工作，甚至会引起数控系统内的电子元件损坏。为此，需要经常监视数控装置用的电网电压。

10．定期进行机床水平和机械精度检查

机械精度的校正方法有软、硬两种。其软方法主要是通过系统参数补偿，如丝杠反向间隙补偿、各坐标定位精度定点补偿、机床回参考点位置校正等；其硬方法一般要在机床大修时进行，如进行导轨修刮、滚珠丝杠螺母预紧、调整反向间隙等。

11．应尽量少开数控柜和强电柜的门

因为机加工车间空气中一般都含有油雾、漂浮的灰尘甚至金属粉末。一旦它们落在数控装置内的印制电路或电子器件上，容易引起元器件间绝缘电阻下降，并导致元器件及印制电路板的损坏。因此，应该严格规定，除了进行必要的调整和维修以外，不允许随意开启柜门，更不允许加工工件时敞开柜门。

12．经常打扫卫生

如果机床周围环境太脏、粉尘太多，会影响机床的正常运行；电路板太脏，可能产生短路现象；油水过滤网、安全过滤网等太脏，会使压力不够、散热不好，造成故障。所以必须定期进行卫生清扫。

12.1.3　日常检查要点

1．接通电源前

（1）检查冷却液、液压油、润滑油的油量是否充足。
（2）检查工具、测具等是否已准备好。
（3）切屑槽内的切屑是否已处理干净。

2．接通电源后

（1）检查操作盘上的各指示灯是否正常，各按钮、开关是否处于正确位置。
（2）CRT 显示屏上是否有任何报警显示，若有问题应及时予以处理。

（3）液压装置的压力表是否指示在所要求的范围内。

（4）各控制箱的冷却风扇是否正常运转。

（5）刀具是否正确夹紧在刀夹上，刀夹与回转刀台是否可靠地夹紧，刀具是否有损伤。

（6）若机床带有导套、夹簧，应确认其调整是否合适。

3．机床运转后

（1）运转中，主轴、滑板处是否有异常噪声。

（2）有无与平常不同的异常现象，如声音、温度、裂纹、气味等。

4．数控车床的停止

（1）检查循环情况。控制面板上循环启动的指示灯（LED）熄灭，循环启动应在停止状态。

（2）检查可移动部件。车床的所有可移动部件都应处于停止状态。

（3）检查外部设备。如有外部输入/输出设备，应全部关闭。

（4）关闭机床操作电源。按操作面板上电源断电按钮（红色），此时操作面板上电源的指示灯熄灭，机床液压泵也随之关闭。

（5）关闭机床电源。将电源开关的手柄拨到关闭挡，关闭机床电源。此时电器柜的冷却风扇随之关闭。如果较长时间不用机床，应关闭机床供给电源。

12.1.4　月检查要点

（1）检查主轴的运转情况。主轴以最高转速一半左右的转速旋转 30min，用手触摸壳体部分，若感觉温和即为正常。以此了解主轴轴承的工作情况。

（2）检查 X、Z 轴的滚珠丝杠，若有污垢，应清理干净。若表面干燥，应涂润滑脂。

（3）检查 X、Z 轴超程限位开关、各急停开关是否动作正常。可用手按压行程开关的滑动轮，若 CRT 上有超程报警显示，说明限位开关正常。顺便将各接近开关擦拭干净。

（4）检查刀架的回转头、中心伞齿轮的润滑状态是否良好，齿面是否有伤痕等。

（5）检查导套装置。

① 检查导套内孔状况，看是否有裂纹、毛刺。若有问题，予以修整。

② 导套前面盖帽内是否积存切屑。若有切屑，需清理干净。

（6）检查冷却液槽内是否积存切屑。若切屑堆积较多，应予以清理。

（7）检查液压装置。

① 检查压力表的动作状态。通过调整液压泵的压力看压力表的指针是否上下变化灵活。

② 检查液压管路是否有损坏、各管接头是否有松动或漏油现象。

（8）检查润滑油装置。

① 检查润滑泵的排油量是否合乎要求。

② 检查润滑油管路是否损坏、管接头是否有松动或漏油现象。

12.1.5　六个月检查要点

1．检查主轴

（1）检查主轴孔的振摆。将千分表探头嵌入卡盘套筒的内壁，然后轻轻地将主轴旋转一周，指针的摆动量小于出厂时精度检查表的允许值即可。

（2）检查主轴传动用 V 带的张力及磨损情况。

（3）检查编码盘用同步带的张力及磨损情况。

2．检查刀架

主要看换刀时其换位动作的圆滑性，以刀台夹紧、松开时无冲击为好。

3．检查导套装置

主轴以最高转速的一半运转 30min，用手触摸壳体部分无异常的发热及噪声为好。此外用手沿轴向拉导套，检查其间隙是否过大。

4．检查加工装置

（1）检查主轴分度用齿轮系的间隙。以规定的分度位置沿回转方向摇动主轴，以检查其间隙，若间隙过大应进行调整。

（2）检查刀具主轴驱动电机侧的齿轮润滑状态。若表面干燥应涂敷润滑脂。

（3）检查润滑泵装置浮子开关的动作状况。可用润滑泵装置抽出润滑油，看浮子落至警戒线以下时是否有报警指示，以判断浮子开关的好坏。

（4）检查直流伺服系统的直流电机。若换向器表面脏，应用白布蘸酒精予以清洗；若表面粗糙，可用细金相砂纸予以修整；若电刷长度为 10mm 以下时，应予以更换。

（5）检查其他设备各插头、插座、电缆、各继电器的触点是否接触良好；检查各印制电路板是否干净；检查主电源变压器、各电动机的绝缘电阻应在 1MΩ以上。

（6）检查断电后保存机床参数、工作程序用的后备电池的电压值，看情况予以更换。

5．生产点检

负责对生产运行中的数控车床进行点检，并负责润滑、紧固等工作。点检工作作为一项工作制度必须认真执行并持之以恒，这样才能保证数控车床的正常运行。

【技能训练】CAK6136V 数控车床的维护与保养

1．液压装置的维护与保养

（1）液压油的更换

尽管液压油的更换取决于机床用油的频率，但第一次换油时间应在机床使用 3 个月时将全部油换下，以后每 6 个月更换一次即可。

（2）滤油器的清理

在进行上述换油操作的同时，一定要对滤油器加以检查并对其进行清理。先卸下吸油管，然后取下滤油器加以清理。根据使用情况，每年更换一次滤油器。

2．润滑装置的维护与保养

（1）加油

按规定加油。

（2）滤油器的清理或更换

清理或更换溜板箱中的滤油器应每年进行一次。从溜板箱中取出油泵时，就会看到滤油器，取出泵后，不要忘记对溜板箱内部进行清理。

（3）润滑件的润滑情况检查

确保每个润滑件都得到润滑。如果某一部件没有得到润滑，可能是由于润滑油路有漏油现象或是管接头发生堵塞。堵塞的管接头不能再使用，必须用一个新的将其换下。

3．冷却装置的维护与保养

（1）检查冷却泵是否正常。

（2）冷却液的更换。

当由冷却液喷嘴喷出的液量减少时，应立即检查冷却箱（切屑盘）中的液面。若发现冷却液不足，应该添加冷却液，并使液面超过冷却泵吸入口。如果冷却液太脏，应将箱内的全部冷却液换掉。同时，还应对切屑盘内部加以清理。

（3）过滤器的清理。

取下过滤器清洗或更换。

4．三角皮带的调整

如果三角皮带承受的张紧力大于许用值，就可能缩短皮带和轴承的使用寿命。相反，张力太小，皮带就没有足够的力量来传递额定功率。

要调整皮带的张紧力，可在上下方向调整电动机的底座。皮带的适度张紧力应该通过对皮带加载而产生的挠度来确定。

按以下所给的步骤定期调整皮带的松紧度（）首次是 3 个月，以后每 6 个月调整一次（）：

（1）用手在垂直于皮带的方向上拉皮带，作用力必须在两皮带轮中间。

（2）拧紧电动机底座上的 4 个安装螺栓。

（3）拧动调整螺栓移动电动机底座，使皮带具有适度的松紧度。

皮带轮槽沟内若有油、污物、灰尘或类似的东西，会使皮带打滑、缩短皮带的使用寿命，需及时进行清理。

5．主轴箱的维护与保养

主轴轴承间隙过大直接影响加工精度。主轴的旋转精度有径向跳动及轴向窜动两项。径向跳动由主轴前端的双列向心短圆柱滚子轴承和后端的向心推力球轴承保证，轴向窜动由主轴后端的向心推力轴承保证。该项精度出厂前已调整好，一般不要调整，由于刀架自己碰撞或其他原因影响必须调整主轴的话，请按下列步骤调整：

松开螺母 1 或螺母 2 上的锁紧螺钉进行调整，调整后再紧上锁紧螺钉，如图 12.1 所示。如仍达不到要求，重复以上步骤。

调整后，进行 1 小时的空转试验，主轴轴承温度不得超过 70℃，否则应稍微松开一点螺母。注意：调整螺母 1、螺母 2 时应先松开螺母 1、螺母 2 上的固定螺钉，调整后再将螺钉拧紧。

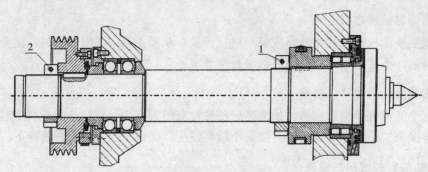

1—前轴承调整螺母；　2—后轴承调整螺母

图 12.1　主轴结构图

6．卡盘的维护与保养

为了保持机械卡盘的精度，卡盘的润滑工作很重要。根据卡盘使用说明书，使用油枪为卡盘卡爪注油。

卡盘长期工作后，其内部会积一层细屑，易发生卡爪行程不到位等一系列故障，所以每6个月卸下卡盘一次，进行清理（如果切削铸铁件，至少每两个月或多次卸下卡盘，做彻底清理）。

【复习思考题】

数控车床维护保养的基本要点有哪些？及其维护的基本要求有哪些？

12.2　数控车床的安装与调试

数控机床安装调试的目的是使数控机床恢复和达到出厂时的各项性能指标。

12.2.1　对安装地基和安装环境的要求

在确定购置某机床制造厂的数控机床后，即可根据该制造厂提供的机床安装地基图进行施工。在安装前要考虑机床重量和重心位置，与机床连接的电线、管道的铺设，预留地脚螺栓和预埋件的位置。一般小型数控机床的地基比较简单，只用支承件调整机床的水平，无须用地脚螺栓固定。中型、重型机床需要做地基，精密机床应安装在单独的地基上，并在地基周围设置防振沟。地基平面尺寸不应小于机床支承面积的外廓尺寸，并考虑安装、调整和维修所需尺寸。机床的安装位置应远离各种干扰源，其环境温度和湿度应符合说明书的规定。机床绝对不能安装在产生粉尘的车间里。另外，机床旁应留有足够的工件运输和存放空间。机床与机床、机床与墙壁之间应留有足够的通道。

数控车床、车削中心是一种高精度、高效率的自动化机床，要在生产中发挥良好的经济效果，必须合理安装数控车床。

12.2.2　数控机床的安装步骤

1．拆箱

拆箱前应仔细检查包装箱外观是否完好无损。若包装箱有明显的损坏，应通知发货单位，并会同运输部门查明原因，分清责任。拆箱后，首先找出随机携带的有关文件，按清单清点机床零部件数量和电缆数量。

2. 就位

机床的起吊应严格按说明书上的吊装方法进行。注意机床的重心和起吊位置。起吊时，必须在机床上升时使机床底座呈水平状态。在使用钢丝绳时，在钢丝绳下应垫上木块或垫板，以防打滑。待机床吊起离地面 100～200mm 时，仔细检查悬吊是否稳固。然后将机床缓缓地送至安装位置，并使垫铁、调整垫板、地脚螺栓对号入座。

3. 找平

按照机床说明书调整机床的水平精度。机床放在基础上，应在自由状态下找平，然后将地脚螺栓均匀地锁紧。找正安装水平的基础面，应在机床的主要工作面（如机床导轨面或装配基面）上进行。在评定机床安装水平时，对于普通机床，水平仪读数不大于 0.04/1000 mm，对于精密机床，水平仪读数不大于 0.02/1000 mm。在测量安装精度时，应选取一天中温度恒定的时候。避免使用为了适应调整水平的需要而使机床产生强迫变形的安装方法。否则将引起机床基础件的变形，从而引起导轨精度和导轨相配件的配合与连接的变化，使机床精度和性能受到破坏。高精度数控机床可采用弹性支承进行调整，抑制机床振动。

4. 清洗

除各部件因运输需要而安装的紧固工件（如紧固螺钉、连接板、楔铁等）外，应清洗各连接面、各运动面上的防锈涂料。清洗时不能使用金属或其他坚硬刮具，不得用绵纱或纱布，要用浸有清洗剂的棉布或绸布。清洗后涂上机床规定使用的润滑油。此外也要做好各外表面的清洗工作。

5. 连接

（1）机床解体零件及电缆、油管和气管的连接

对一些解体运输的机床（如加工中心），待主机就位后，将在运输前拆下的零部件安装在主机上。在组装中，要特别注意各接合面的清理，并去除由于磕碰形成的毛刺；要尽量使用原来的定位元件，将各部件恢复到机床拆卸前的位置，以利于下一步的调试。

主机装好后即可连接电缆、油管和气管。在机床随机文件中，有电气连接图、气液压的管路图，每根电缆、油管、气管接头上都应有标牌，电气柜和各部件的插座也有相应的标牌，根据接线图、接管图把这些电缆、管道一一对号入座。在连接中，要注意清洁除污和可靠地插接及密封。在连接电缆的插头和插座时，必须仔细清洁并检查有无松动和损坏。这些工作必须事先做好，否则在调试中发生故障后再来检查清理，就需花费大量的时间。安装电缆后，一定要把紧固螺钉拧紧，保证接头插杆的接触完全可靠。在油管、气管连接中，要特别防止异物从接口进入管路，造成整个液压系统发生故障，每个接头必须拧紧，否则到调试时，若在一些大的分油器上发现有油管渗漏，常常要拆卸一大批管子，使返修工作量加大。

（2）机床数控系统的连接

① 数控系统的开箱检查

无论是单个购入的数控系统还是与机床配套整机购入的数控系统，到货开箱后都应仔细检查。检查系统本体及与之配套的进给速度控制单元和伺服电动机、主轴控制单元和主轴电

动机的包装是否完整无损，实物和订单是否相符。此外，还应检查数控柜内各插接件有无松动、接触是否良好。

② 外部电缆的连接

数控系统外部电缆的连接，指数控装置与 MDI/CRT 单元、强电柜、机床操作面板、进给伺服电动机和主轴电动机动力线、反馈信号线的连接等，这些连接必须符合随机提供的连接手册的规定。最后还要进行地线的连接。数控机床地线的连接十分重要，良好的接地不仅对设备和人身的安全十分重要，同时能减少电气干扰，保证机床的正常运行。地线一般都采用辐射式接地法，即数控柜中的信号地、强电地、机床地等连接到公共接地点上，公共接地点再与大地相连。数控柜与强电柜之间的接地电缆要足够粗，截面积要在 $6mm^2$ 以上。地线必须与大地接触良好，机床设备接地电阻一般要求小于 4Ω。

③ 电源线的连接

数控系统电源线的连接，指数控柜电源变压器输入电缆的连接和伺服变压器绕组抽头的连接。对于进口的数控系统或数控机床更要注意，由于各国供电制式不尽一致，国外机床生产厂家为了适应各国不同的供电情况，无论是数控系统的电源变压器，还是伺服变压器都有多个抽头，必须根据我国供电的具体情况，正确地连接。

6. 确认

（1）输入电源电压、频率及相序的确认

① 输入电源电压和频率的确认。

我国供电制式是交流 380V，三相；交流 220V，单相，频率为 50Hz。有些国家的供电制式与我国不一样，不仅电压幅值不一样，频率也不一样。例如日本，交流三相的线电压是 220V，单相是 100V，频率是 60Hz。他们出口的设备为了满足各国不同的供电情况，一般都配有电源变压器，变压器上设有多个抽头供用户选择使用。电路板上设有 50Hz/60Hz 频率转换开关。所以，对于进口的数控机床或数控系统一定要先看懂随机说明书，按说明书规定的方法连接。通电前一定要仔细检查输入电源电压是否正确，频率转换开关是否已置于 50Hz 位置。

② 电源电压波动范围的确认。

检查用户的电源电压波动范围是否在数控系统允许的范围之内。一般数控系统允许电压在额定值的 85%～110% 之间波动，而欧美的一些系统要求更高一些。由于我国供电质量不太好，电压波动大，电气干扰比较严重。如果电源电压波动范围超过数控系统的要求，需要配备交流稳压器。实践证明，采用稳压措施会明显地减少故障，提高数控机床的稳定性。

③ 输入电源电压相序的确认。

目前数控机床的进给控制单元和主轴控制单元的供电电源，大都采用晶闸管控制元件，如果相序不对，接通电源，可能使进给控制单元的输入熔丝烧断。

④ 确认直流电源输出端是否对地短路。

各种数控系统内部都有直流稳压电源单元，为系统提供所需的 +5V、±15V、±24V 等直流电压。因此，在系统通电前应当用万用表检查其输出端是否有对地短路的现象。如有短路，必须查清短路的原因，排除之后方可通电，否则会烧坏直流稳压电源。

⑤ 接通数控柜电源，检查各输出电压。

在接通电源之前，为了确保安全，可先将电动机动力线断开。这样，在系统工作时不会引起机床运动。但是应根据修理说明书的介绍对速度控制单元做一些必要的设定，使其不致因断开电动机动力线而造成报警。接通数控柜电源后，首先检查数控柜内各风扇是否旋转，这也是判断电源是否接通的最简便方法。随后检查各印制电路板上的电压是否正常，各种直流电压是否在允许的范围之内。一般来说，±24V 允许误差在±10%左右，±15V 的误差不超过±10%，对＋5V 电源要求较高，误差不能超过±5%，因为＋5V 是供给逻辑电路用的，波动太大，会影响系统工作的稳定性。

⑥ 检查各熔断器。

熔断器是设备的"卫士"，时刻保护着设备的安全。除供电主线路上的熔断器外，几乎每一块电路板或电路单元都装有熔断器，当过负荷、外电压过高或负载端发生意外短路时，熔断器能马上被熔断而切断电源，起到保护设备的作用，所以一定要检查熔断器的质量和规格是否符合要求。

（2）短路棒的设定和确认

数控系统内的印制电路板上有许多用短路棒短路的设定点，需要对其适当设定以适应各种型号机床的不同要求。一般来说，用户购入的如果是整台数控机床，这项设定已由机床厂完成，用户只需确认一下即可。但对于单体购入的数控装置，用户则必须根据需要自行设定。因为数控装置出厂时是按标准方式设定的，不一定适合具体用户的要求。不同的数控系统设定的内容不一样，应根据随机的维修说明书进行设定和确认。主要设定内容有以下三个方面。

① 控制部分印制电路板上的设定。

包括主板、ROM 板、连接单元、附加轴控制板、旋转变压器或感应同步器的控制板上的设定。这些设定与机床回基准点的方法、速度反馈用检测单元、检测增益调节等有关。

② 速度控制单元电路板上的设定。

在直流速度控制单元和交流速度控制单元上都有许多设定点，这些设定用于选择检测元件的种类、回路增益及各种报警。

③ 主轴控制单元电路板上的设定。

无论是直流还是交流主轴控制单元上，均有一些用于选择主轴电动机电流极性和主轴转速等的设定点。但数字式交流主轴控制单元上已用数字设定代替短路棒设定，故只能在通电时进行设定和确认。

（3）数控系统各种参数设定的确认

设定数控系统参数（包括 PLC 参数等）的目的，是当数控装置与机床相连时，能使机床具有最佳的工作性能。即使是同一种数控系统，其参数设定也随机床而异。数控机床出厂时都随机附有一份参数表。参数表是一份很重要的技术资料，必须妥善保存。当进行机床维修，特别是当系统中的参数丢失或发生错乱，需要重新恢复机床性能时，参数表是不可缺少的依据。

对于整机购进的数控机床，各种参数已在机床出厂前设定好，无须用户重新设定，但对照参数表进行一次核对还是必要的。显示已存入系统存储器的参数的方法，随各类数控系统而异，大多数可以通过按压 MDI/CRT 单元上的 PARAM（参数）键来进行。显示的参数内容应与机床安装调试完成后的参数一致，如果参数有不符合的，可按照机床维修说明书提供的方法进行设定和修改。

如果所用的进给和主轴控制单元是数字式的，那么它的设定也都是用数字设定参数，而不用短路棒。此时，须根据随机所带的说明书一一确认。

（4）确认数控系统与机床间的接口

现代的数控系统一般都有自诊断功能，在 CRT 画面上可以显示数控系统与机床接口以及数控系统内部的状态。在带有可编程控制器 PLC 时，可以反映出从 NC 到 PLC，从 PLC 到机床（MT），以及从 MT 到 PLC，从 PLC 到 NC 的各种信号状态。至于各个信号的含义及相互逻辑关系，随每个 PLC 的梯形图而异。用户可根据机床厂提供的梯形图说明书（内含诊断地址表），通过自诊断画面确认数控系统与机床之间的接口信号状态是否正确。

完成上述步骤，可以认为数控系统已经调整完毕，具备了机床联机通电调试的条件。此时，可以切断数控系统的电源，连接电动机的动力线，恢复报警设定，准备通电调试。

12.2.3　数控机床的调试

1．通电前的外观检查

（1）机床电器检查

打开机床电控箱，检查继电器、接触器、熔断器、伺服电动机速度控制单元插座等有无松动，如有松动应恢复正常状态；有锁紧机构的接插件一定要锁紧；有转接盒的机床一定要检查转接盒上的插座、接线有无松动。

（2）CNC 电箱检查

打开 CNC 电箱门，检查各类插座，包括各类接口插座、伺服电动机反馈线插座、主轴脉冲发生器插座、手摇脉冲发生器插座、CRT 插座等，如有松动要重新插好，有锁紧机构的一定要锁紧。

按照说明书检查各个印制电路板上的短路端子的设置情况，一定要符合机床生产厂所设定的状态，确实有误的应重新设置。一般情况下无须重新设置，但用户一定要对短路端子的设置状态做好原始记录。

（3）接线质量检查

检查所有的接线端子，包括强、弱电部分在装配时机床生产厂自行接线的端子及各电动机电源线的接线端子。每个端子都要用旋具紧固一次，直到用旋具拧不动为止（弹簧垫圈要压平），各电动机插座一定要拧紧。

（4）电磁阀检查

所有电磁阀都要用手推动数次，以防止长时间不通电造成的动作不良。如发现异常，应做好记录，以备通电后确认修理或更换。

（5）限位开关检查

检查所有限位开关动作的灵活性及固定是否牢固，发现动作不良或固定不牢的应立即处理。

（6）操作面板上按钮及开关检查

检查操作面板上所有按钮、开关、指示灯的接线，发现有误应立即处理。检查 CRT 单元上的插座及接线。

（7）地线检查

要求有良好的地线。外部保护导线端子与电器设备任何裸露导体零件和机床外壳之间的电阻数值不能大于 0.1Ω，机床设备接地电阻一般要求小于 4Ω。

（8）电源相序检查

用相序表检查输入电源的相序，确认输入电源的相序与机床上各处标定的电源相序绝对一致。

2．机床总电压的接通

（1）接通机床总电源

检查 CNC 电箱、主轴电动机冷却风扇、机床电器箱冷却风扇的转向是否正确，润滑、液压等处的油标指示以及机床照明灯是否正常，各熔断器有无损坏，如有异常应立即停电检修，无异常可以继续进行。

（2）测量强电各部分的电压

特别注意测量供 CNC 及伺服单元用的电源变压器的初、次级电压，并做好记录。

（3）观察有无漏油

特别注意观察供转塔转位、卡紧、主轴换挡以及卡盘卡紧等处的液压缸和电磁阀。如有漏油，应立即停电修理或更换。

3．CNC 系统电箱通电

（1）按 CNC 电源通电按钮，接通 CNC 电源。观察 CRT 显示，直到出现正常画面为止。如果出现 ALARM 显示，应该断电寻找故障并排除，然后再重新送电检查。

（2）打开 CNC 电箱，根据有关资料上给出的测试端子的位置测量各级电压，有偏差的应调整到给定值，并做好记录。

（3）将状态开关置于适当的位置，如日本 FANUC 系统应放置在 MDI 状态，选择到参数页面，逐条逐位地核对参数，这些参数应与随机所带参数表符合。如发现有不一致的参数，应弄清各个参数的意义后再决定是否修改。如齿隙补偿的数值可能与参数表不一致，这在进行实际加工后可随时进行修改。

（4）将状态选择开关放置在 JOG 位置，将点动速度放在最低挡，分别进行各坐标正反方向的点动操作，同时用手按与点动方向相应的超程保护开关，验证其保护作用的可靠性。然后，再进行慢速的超程试验，验证超程撞块安装的正确性。

（5）将状态开关置于回零位置，完成回零操作。无特殊说明时，数控机床的回零方向一般是在坐标的正方向，观察回零动作的正确性。

有些机床在设计时就规定不首先进行回零操作，参考点返回的动作不完成就不能进行其他操作。所以，遇此情况应首先进行本项操作，然后再进行上一步的操作。

（6）将状态开关置于 JOG 位置或 MDI 位置，进行手动变挡（变速）试验。验证后将主轴调速开关放在最低位置，进行各挡的主轴正反转试验，观察主轴运转情况和速度显示的正确性，然后再逐渐升速到最高速度，观察主轴运转的稳定性。

（7）进行手动导轨润滑试验，使导轨有良好的润滑。

（8）逐步变化快移超调开关和进给倍率开关，随意点动刀架，观察速度变化的正确性。

4．手动数据输入试验

（1）将机床锁住开关放在接通位置，用手动数据输入指令进行主轴任意变挡、变速试验。测量主轴实际转速，并查看主轴速度显示值，误差应在±5%以内，若误差超过±5%应予以调整（此时对主轴调速系统应进行相应的调速）。

（2）进行转塔或刀座的选刀试验，以检查刀座正转、反转和定位精度的正确性。

（3）功能试验，用手动数据输入方式指令 G01、G02、G03 并指定适当的主轴转速、F、移动尺寸等，同时调整进给倍率开关，观察功能执行情况及进给率变化情况。

（4）给定螺纹切削指令，而不给主轴转速指令，观察执行情况，如不能执行则为正确，因为螺纹切削要靠主轴脉冲发生器的同步脉冲。然后增加主轴转动指令，观察螺纹切削的执行情况（除车床外，其他机床不进行此项试验）。

（5）根据订货的情况不同，循环功能也不同，可根据具体情况对各个循环功能进行试验。为防止意外情况发生，最好先将机床锁住进行试验，然后再放开机床进行试验。

5．编辑功能试验

将状态选择开关置于 EDIT 位置，自行编制一简单程序，尽可能多地包括各种功能指令和辅助功能指令，移动尺寸以机床最大行程为限，同时进行程序的增加、删除和修改。

6．自动状态试验

将机床锁住，用编辑功能试验时编制的程序进行空运转试验，验证程序的正确性。然后放开机床，分别将进给倍率开关、快移修调开关、主轴速度修调开关进行多种变化，使机床在上述各开关的多种变化的情况下进行充分的运行后再将各超调开关置于 100%处，使机床充分运行，观察整机的工作情况是否正常。

7．外设试验

（1）连接打印机，将程序和参数打印出来，验证辅助接口的正确性。参数表保存以备用。

（2）将计算机与 CNC 相连，将程序输入 CNC，确认程序并执行一次，验证输入接口的正确性。

至此，一台数控机床才算调试完毕。当然，由于数控机床型号不同，开机调试步骤也略有不同。

【复习思考题】

数控车床安装的方法步骤有哪些？怎样调试数控车床？

12.3 数控车床常见故障及诊断方法

12.3.1 数控车床故障诊断及维修的一般方法

数控车床发生故障时，为了进行故障诊断，找出产生故障的根本原因，维修人员应遵循以下两条原则：

第一，要充分调查故障现场。这是维修人员取得维修第一手材料的一个重要手段。调查故障现场，首先要查看故障记录单；同时应向操作者调查、询问出现故障的全过程，充分了解发生的故障现象以及采取过的措施等。此外，维修人员还应对现场做细致的检查，观察系统的外观、内部各部分是否有异常之处；在确认数控系统通电无危险的情况下方可通电，通电后再观察系统有何异常、CRT 显示的报警内容是什么等。

第二，要认真分析故障的原因。数控系统虽有各种报警指示灯或自诊断程序，但不可能诊断出发生故障的确切部位。而且，同一故障、同一报警可以有多种起因，在分析故障的起因时，一定要开阔思路，尽可能考虑各种因素。

分析故障时，维修人员也不应局限于 CNC 部分，而要对车床强电、机械、液压、气动等方面都做详细的检查，并进行综合判断，以达到确诊和最终排除故障的目的。

对于数控车床发生的大多数故障，总体上说可采用下述几种方法来进行诊断。

1. 直观法

这是一种最基本、最简单的方法。维修人员通过对故障发生时产生的各种光、声、味等异常现象的观察、检查，可将故障缩小到某一个模块，甚至一块印制线路板。但是，它要求维修人员具有丰富的实践经验以及综合判断能力。

2. 系统自诊断法

充分利用数控系统的自诊断功能，根据 CRT 上显示的报警信息及各模块上的发光二极管等器件的指示，可判断出故障的大致起因；进一步利用系统的自诊断功能，还能显示系统与各部分之间的接口信号状态，找出故障的大致部位。这是故障诊断过程中最常用、最有效的方法之一。

3. 参数检查法

数控系统的车床参数是保证车床正常运行的前提条件，它们直接影响着数控车床的性能。参数通常存放在系统存储器中，一旦电池不足或受到外界的干扰，可能导致部分参数的丢失或变化，使车床无法正常工作。通过核对、调整参数，有时可以迅速排除故障；特别是对于车床长期不用的情况，参数丢失的现象经常发生。因此，检查和恢复车床参数是维修中行之有效的方法之一。另外，数控车床经过长期运行之后，由于机械运动部件磨损、电气元器件性能变化等原因，也需对有关参数进行重新调整。

4. 功能测试法

功能测试法是通过功能测试程序，检查车床的实际动作，判别故障的一种方法。功能测试可以将系统的功能（如直线定位、圆弧插补、螺纹切削、固定循环、用户宏程序等），用手工编程方法，编制一个功能测试程序，并通过运行测试程序，来检查车床执行这些功能的准确性和可靠性，进而判断出故障发生的原因。

对于长期不用的数控车床或是车床第一次开机，不论动作是否正常，都应使用本方法进行一次检查，以判断车床的工作状况。

5. 部件交换法

部件交换法就是在故障范围大致确认，并在确认外部条件完全正确的情况下，利用同样的印制线路板、模块、集成电路芯片或电气元器件替换有疑点的部分的方法。部件交换法是一种简单、易行、可靠的方法，也是维修过程中最常用的故障判别方法之一。

交换的部件可以是系统的备件，也可以用车床上现有的同类型部件替换。通过部件交换，就可以逐一排除故障可能的原因，把故障范围缩小到相应的部件上。

必须注意的是：在备件交换之前，应仔细检查、确认部件的外部工作条件；在线路中存在短路、过电压等情况时，切不可以轻易更换备件。此外，备件（或交换板）应完好，且与原板的各种设定状态一致。

在交换 CNC 装置的存储器板或 CPU 板时，通常还要对系统进行某些特定的操作，如存储器的初始化操作等，并重新设定各种参数，否则系统不能正常工作。这些操作步骤应严格按照系统的操作说明书、维修说明书进行。

6．测量比较法

数控系统的印制线路板制造时，为了调整、维修的便利，通常都设置有检测用的测量端子。维修人员利用这些测量端子，可以测量、比较正常的印制线路板和有故障的印制线路板之间的电压或波形的差异，进而分析、判断故障原因及故障所在位置。

通过测量比较法，有时还可以纠正在印制线路板上的调整、设定不当而造成的"故障"。测量比较法使用的前提是维修人员应了解或实际测量正确的印制线路板关键部位、易出故障部位的正常电压值、正确的波形，才能进行比较分析，而且这些数据应随时做好记录，并作为资料积累。

7．原理分析法

这是根据数控系统的组成及工作原理，从原理上分析各点的电平和参数，并利用万用表、示波器或逻辑分析仪等仪器对其进行测量、分析和比较，进而对故障进行系统检查的一种方法。运用这种方法，要求维修人员有较高的水平，对整个系统或各部分电路有清楚、深入的了解才能进行。对于具体的故障，也可以通过测绘部分控制线路的方法，通过绘制原理图进行维修。在本书中，提供了部分测绘的原理图，可以供维修参考。

除了以上介绍的故障检测方法外，还有插拔法、电压拉偏法、敲击法、局部升温法等。这些检查方法各有特点，维修人员可以根据不同的故障现象加以灵活应用，以便对故障进行综合分析，逐步缩小故障范围，排除故障。

12.3.2　数控车床数控系统的故障诊断

数控系统是由硬件控制系统和软件控制系统两大部分组成。其中硬件控制系统是以微处理器为核心，采用大规模集成电路芯片、可编程控制器、伺服驱动单元、伺服电动机、各种输入输出设备等可见部件组成。软件控制系统即数控软件，包括数据输入/输出、插补控制、刀具补偿控制、加减速控制、位置控制、伺服控制、键盘控制、显示控制、接口控制等控制软件及各种参数、报警文本等组成。数控系统出现故障后，要分别对软硬件进行分析、判断，定位故障并维修。

随着数控系统的可靠性越来越高，数控系统本身的故障越来越低。数控设备的外部障可以分为软件故障和外部硬件损坏引起的硬故障。软件故障是指由于操作、调整处理不当引起的，这类故障多发生在设备使用前期或设备使用人员调整时期。

1．电源类故障

电源是电路板的能源供应部分，电源不正常，电路板的工作必然异常，系统控制电源也不能正常接通，维修时必须从电源回路上入手，在常规的外观法检查后，可先对电源部分进行检查。

数控系统中对各电路板供电的系统电源大多数采用开关型稳压电源。这类电源种类繁多，故障率也较高，但大部分都是分立元件，用万用表、示波器即可进行检查。

【技能训练】

【故障一】一普通数控车床，NC 启动就断电，且 CRT 无显示。

故障分析：初步分析可能是某处接地不良，经过对各个接地点的检测处理，故障未排除。之后检查一下 CNC 各个板的电压，用示波器测量发现数字接口板上集成电路的工作电压有较强的纹波，经检查电源低频滤波电容正常。在电源两端并接一小容量滤波电容，启动机床正常，本故障由 CNC 系统电源抗干扰能力不强所致。

【故障二】一台数控车床在自动加工过程中有时系统自动关机。

故障现象：这台车床的右手工位的数控系统在车床加工过程中经常自动断电关机，每次关机时，工件的加工位置也不尽相同，而系统重新启动后还可以正常工作。

故障分析与检查：根据故障现象首先怀疑系统的硬件有问题，将两套系统的控制板对换后，还是右面的系统出现问题。根据数控系统的工作原理，如果供电系统的 24V 直流电源电压过低，系统检测到后会自动关机。因此对系统的供电电压进行检查，两套数控系统共用一套直流电源，其电压有些偏低，接近 24V，而在数控系统上测量供电电压，左面的系统电压在 23V 左右，右面的系统却在 22V 左右。根据电气原理进行分析，由于整流电源在电气柜中，而数控系统在车床前面的操作位置，供电线路较长，产生了线路压降，而右面的供电线路更长，所以压降更大。实时检查右面系统的供电电压，发现在加工的过程中，由于车床的负载加大，电压还要向下波动，当系统自动断电后，电压又恢复到 22V 以上，因此怀疑是系统的供电电压过低引起系统工作不稳定。

故障处理：为了妥善解决这个问题，考虑到是供电线路压降造成供电电压过低，为此加大供电线路的线径以减少线路压降，使右面系统的供电电压达到 23V 以上。这之后该台车床再也没有出现这个故障。

2．系统显示类故障

数控系统不能正常显示的原因很多。当系统的软件出错时，在多数情况下会导致系统显示的混乱、不正常或无法显示；当电源出现故障、系统主板出现故障时都有可能导致系统的不正常显示。显示系统本身的故障是造成系统显示不正常的主要原因，因此，系统在不能正常显示的时候，首先要分清造成系统不能正常显示的主要原因，不能简单地认为系统不能正常显示就是显示系统的故障。

【技能训练】

【故障一】一台数控车床开机后屏幕没有显示。

故障现象：这台车床在正常加工期间突然掉电，按启动按钮，系统启动不了，面板上的指示灯一个也不亮。

故障分析与检查：观察系统的 CPU 板，其上的发光二极管在启动按钮按下时，闪一下就熄灭了。测量系统电源模块上 5V 电源的负载电压，在启动按钮按下瞬间，电压上升，然后马上下降至 0V。因此首先怀疑系统电源模块有问题，但换上备用电源模块后故障依旧，说明电源模块没有问题，可能是其他模块使 5V 电源短路，电源模块通电检测到短路后，为避免损坏电源，立即关闭电源。为此首先拔下图形控制模块和接口模块，都没有解决问题，但拔下测量模块时，通电后系统正常上电，说明问题出在测量模块上。为进一步确定故障，把测量模块的电缆插头拆下，之后重新将测量模块插回，再通电测试，系统正常上电，说明测量模块没问题。将电缆插头逐个插到测量模块上，当将 X121 插头插到测量模块上时，通电开机，系统又启动不起来了，说明问题肯定出在 X121 的连线上。根据系统接线图将 X121 连接主轴脉冲编码器，对主轴脉冲编码器进行检查，发现其连接电缆破皮损坏，使电源线对地短路引起故障。

故障处理：对电缆进行防护处理，系统再通电启动，正常工作没有问题。

【故障二】一台 FANUC 系统数控车床开机之后屏幕没有显示。

故障现象：这台车床在长期停用后，再启动时，屏幕没有显示。

故障分析与检查：因为这台车床长期停用，怀疑备份电池没有电导致系统数据混乱。观察系统启动过程，面板上显示二极管正常显示。这时检查断电保护电池，确实已经没电，说明车床数据已丢失。

故障处理：首先更换电池，然后关机强行启动系统，系统进入初始化画面。将系统初始化，并输入车床数据和 PLC 程序后，车床恢复正常使用。

3. 数控系统软件故障

CNC 系统软件由管理软件和控制软件组成。管理软件包括输入、I/O 处理、显示、诊断等。控制软件包括译码、刀具补偿、速度处理、插补计算、位置控制等。数控系统的软件结构和数控系统的硬件结构两者相互配合，共同完成数控系统的具体功能。软件故障一般是由于软件中文件的变化或丢失而形成的。

4. 急停报警类故障

数控装置操作面板和手持单元上，均设有急停按钮，用于当数控系统或数控机床出现紧急情况，需要使数控机床立即停止运动时切断动力装置（如伺服驱动器等）的主电源；当数控系统出现自动报警信息后，须按下急停按钮。待查看报警信息并排除故障后，再松开急停按钮，使系统复位并恢复正常。该急停按钮及相关电路所控制的中间继电器（KA）的一个常开触点应该接入数控装置的开关量输入接口，以便为系统提供复位信号。

【技能训练】

【故障一】一数控车床在工作时突然停机，系统显示急停状态，并显示主轴温度报警。

故障分析：经过实际测量检查，发现主轴温度并没有超出允许的范围，故判断故障出现在温度仪表上，调整外围线路后报警消失。随即更换新仪表后恢复正常。

【故障二】数控车床在使用中手动移动正常，自动回零时移动一段距离后不动，重开手动移动又正常。

故障分析：该车床使用经济型数控系统，步进电动机驱动，手动移动时由于速度稍慢，移动正常，自动回零时快速移动距离较长，出现机械卡住现象。根据故障进行分析，主要是机械原因，后经询问才得知该机床因加工时尺寸不准，将另一台机床上的电动机拆来使用后出现了该故障，经仔细检查是因变速箱中的齿轮间隙太小引起，重新调整后正常。这是一例人为因素造成的故障，在修理中如不加注意会经常发生，因此在工作中应引起重视，避免这种现象的发生。

12.3.3　数控车床进给伺服系统常见故障诊断

1. 机床振动

机床振动指机床在启动或停止时的振荡、运动时的爬行、正常加工过程中的运动不稳等。可能是机械传动系统的原因，亦可能是进给伺服系统的调整与设定不当等。

（1）开停机时振荡

机床在开停机时振荡的故障原因及检查、排除措施如表 12.1 所示。

表 12.1　开停机时振荡的故障原因及检查、排除措施

项　目	故　障　原　因	检　查　步　骤	排　除　措　施
1	位置控制系统参数设定错误	对照系统参数说明检查原因	正确设定参数
2	速度控制单元设定错误	对照速度控制单元说明或根据机床生产厂家提供的设定单检查设定	正确设定速度控制单元
3	反馈装置出错	反馈装置本身是否有故障	更换反馈装置
		反馈装置连线是否正确	正确连接反馈线
4	电动机本身有故障	用替换法检查电动机是否有故障	如有故障，更换电动机
5	机床、检测器不良，插补精度差或检测增益设定太高	检查与振动周期同步的部分，并找到不良部分	更换或维修不良部分，调整或检测增益

【技能训练】

【故障】配置某系统的数控车床开机后，只要 Z 轴一移动就剧烈振荡，CNC 无报警，机床无法正常工作。

故障分析：经仔细观察、检查，发现该机床的 Z 轴在小范围（约 2.5 mm 以内）移动时工作正常，运动平稳无振动；但一旦超出以上范围，机床即剧烈振动。

根据上述现象分析可知，系统的位置控制部分以及伺服驱动器本身应无故障，初步判定故障在位置检测器件（即脉冲编码器）上。

考虑到机床为半闭环结构，维修时通过更换部件确认故障是由于脉冲编码器的不良引起的。为了深入了解引起故障的根本原因，维修时做了以下分析与试验。

① 在伺服驱动器主回路断电的情况下，手动转动轴，检查系统显示，发现无论正转、反转，系统显示器上都能够正确显示实际位置值，表明位置编码器的 A、B、－A、－B 信号输出正确。

② 由于本机床 Z 轴丝杠螺距为 5 mm，只要 Z 轴移动 2.5 mm 左右即发生剧烈振荡，因此，故障原因可能与转子的实际位置有关，即脉冲编码器的转子位置检测信号 C1、C2、C4、C8 信号存在不良。

根据以上分析，考虑到 Z 轴可以正常移动 2.5 mm 左右，实际相当于转动 180°，因此，进一步判定故障的部位是转子位置检测信号中的 C8 存在不良。

进一步检查发现，编码器内部的 C8 输出驱动集成电路已经损坏。更换集成电路后，重新安装编码器，机床恢复正常。

（2）数控机床工作过程中坐标轴振动或爬行

工作过程中，数控机床坐标轴振动或爬行的故障原因及排除措施如表 12.2 所示。

表 12.2　数控机床坐标轴振动或爬行的原因及排除措施

故障原因	检查步骤	排除措施
负载过重	重新考虑此机床所能承受的负载	减轻负载，让机床工作在额定负载以内
机械传动系统不良	依次察看机械传动链	保持良好的机械润滑，并排除传动故障
位置环增益过高	查看相关参数	重新调整伺服参数
伺服不良	通过交换法，一般可快速排除	更换伺服驱动器

2．运动失控（即飞车）

飞车失控保护是通过监控测速机电压与电枢电压来实现的。分别在其电枢回路中串联检测电阻与并联能耗制动电阻。一旦不正常，它立即切断主回路。运动失控的原因及排除措施如表 12.3 所示。

表 12.3　运动失控的原因与检查、排除措施

项　目	故障原因	检查步骤	排除措施
1	位置检测、速度检测信号不良	检查连线，检查位置、速度环是否为正反馈	改正连线
2	位置编码器故障	可用交换法	重新进行正确的连接
3	主板、速度控制单元故障	用排除法确定此模块是否有故障	更换印制电路板

3．数控机床定位精度或加工精度差

数控机床定位精度或加工精度差可分为定位超调、单脉冲进给精度差、定位点精度不好、圆弧插补加工的圆度差等情况。当圆弧插补出现 45°方向上的椭圆时，可以通过调整伺服进给轴的位置增益进行调整。

位置跟随误差可以通过数控系统的诊断参数检查。位置跟随误差则在速度控制单元上由相应的电位器来调节。注意，参与圆弧插补的两轴的位置跟随误差的差值必须控制在±1%以内。

4．位置跟随误差超差报警

伺服轴运动超过位置允差范围时，数控系统就会产生位置误差（包括跟随误差、轮廓误差和定位误差等）过大的报警。

5．超程

当进给运动超过由软件设定的软限位或由限位开关决定的硬限位时，就会发生超程报警，一般会在 CRT 上显示报警内容，根据数控系统说明书即可排除故障，解除超程。

6．过载

进给运动的负载过大，频繁正、反向运动以及进给传动链润滑状态不良均会引起过载的故障。一般会在 CRT 上显示伺服电动机过载、过热或过流等报警信息，同时，在强电柜中的进给驱动单元上，用指示灯或数码管提示驱动单元过载、过电流等信息。

7．在启动加速段或低速进给时爬行

一般是由于进给传动链的润滑状态不良、伺服系统增益过低及外加负载过大等因素所致。尤其要注意的是，伺服电动机和滚珠丝杠连接用的联轴器，由于连接松动或联轴器本身的缺陷（如裂纹等）可造成滚珠丝杠转动或伺服的转动不同步，从而使进给忽快忽慢，产生爬行现象。

8．伺服电动机不转

数控系统至进给驱动单元除了速度与位置控制信号外，还会有控制信号（也叫使能信号或伺服允许信号），一般为直流＋24 V 继电器线圈电压。

9．回参考点故障

回参考点故障一般分为找不到参考点和找不准参考点两类。前一类故障一般是回参考点减速开关产生的信号或零位脉冲信号失效，可以通过检查脉冲编码器零标志位或光栅尺零标志位是否有故障来判断；后一类故障是参考点开关挡块位置设置不当引起的，需要重新调整挡块位置。

10．开机后电动机产生尖叫（高频振荡）

这往往是 CNC 中与伺服驱动有关的参数设定、调整不当引起的。排除措施是重新按参数说明书设置好相应参数。

11．加工工件尺寸出现无规律变化

加工工件尺寸出现无规律变化的原因及排除措施如表 12.4 所示。

表 12.4　加工工件尺寸出现无规律变化的原因及排除措施

故障原因	检查步骤	排除措施
干扰	应排除干扰的措施	做好屏蔽及接地的处理
弹性联轴器未能锁紧		锁紧弹性联轴器
机械传动系统的安装、连接与精度不良	例如，机床的反向间隙过大检查相应的机床传动精度值	调整机床，或进行反向间隙补偿与螺距误差补偿
伺服进给系统参数的设定与调整不当	检查伺服参数	正确设置参数

【故障】配备某系统的数控车床，在工作过程中，发现加工工件的 X 向尺寸出现无规律的变化。

故障分析：数控机床的加工尺寸不稳定通常与机械传动系统的安装、连接与精度，以及伺服进给系统的设定与调整有关。在本机床上利用百分表仔细测量 X 轴的定位精度，发现丝杠每移动一个螺距，X 向的实际尺寸总是要增加几十微米，而且此误差不断积累。

根据以上现象分析，故障原因似乎与系统的"齿轮比"、参数计数器容量、编码器脉冲数等参数的设定有关，但经检查，以上参数的设定均正确无误，排除了参数设定不当引起故障的原因。

为了进一步判定故障部位，维修时拆下 X 轴伺服，并在轴端通过画线做标记，利用手动增量进给方式移动 X 轴，检查发现 X 轴每次增量移动一个螺距时，轴转动均大于 360°。同时，在以上检测过程中发现伺服每次转动到某一固定的角度上时，均出现"突跳"现象，且在无"突跳"区域，运动距离与轴转过的角度基本相符（无法精确测量，依靠观察确定）。

根据以上实验可以判定故障是由于 X 轴的位置监测系统不良引起的。考虑到"突跳"仅在某一固定的角度产生，且在无"突跳"区域，运动距离与轴转过的角度基本相符。因此，可以进一步确认故障与测量系统的电缆连接、系统的接口电路无关，与编码器本身的不良有关。

通过更换编码器试验，确认故障是由于编码器不良引起的。更换编码器后，机床恢复正常。

12.3.4　数控车床主轴伺服系统常见故障

1．直流主轴驱动系统故障诊断及排除

尽管直流主轴驱动系统已逐步被交流主轴驱动系统取代，但不少现有的直流主轴驱动系统还需维修，其常见故障如下：

（1）主轴速度不正常或不稳定。

（2）电动机速度达到一定值就上不去。

（3）发生过流报警。

（4）过热或过载报警。这时驱动器的过热报警指示灯会亮。

（5）电动机不转。

（6）主轴定向转动不停止。

（7）电刷磨损严重或电刷面上有划痕。

（8）过电压吸收器烧坏。

通常情况下，它是由于外加电压过高或瞬间电网电压干扰引起的。

2．交流伺服主轴驱动系统常见故障

交流主轴驱动系统按信号形式可分为交流模拟型主轴驱动单元和交流数字型主轴驱动单元。交流主轴驱动除了有直流主轴驱动同样的过热、过载、转速不正常报警或故障外，其他的总结如下：

（1）主轴不能转动，且无任何报警显示。

（2）主轴速度指令无效，转速仅有 1～2r/min。

（3）速度偏差过大，指主轴电动机的实际速度与指令速度的误差值超过允许值，一般是启动时电动机没有转动或速度上不去。

（4）过载报警。切削用量过大，频繁正、反转等均可引起过载报警，具体表现为主轴过热、主轴驱动装置显示过电流报警等。

（5）主轴振动或噪声过大。首先区分异常发生在主轴的机械部分还是电气驱动部分，检查方法如下：

① 若在减速过程中发生，一般是由驱动装置造成的，如交流驱动中的再生回路故障。

② 若在恒转速时产生，可通过观察主轴在停车过程中是否有噪声和振动来区别，如存在，则主轴机械部分有问题。

③ 检查振动周期是否与转速有关，如无关，一般是主轴驱动装置未调整好；如有关系，应检查主轴机械部分是否良好，测速装置是否正常。

（6）主轴在加/减速时工作不正常。

（7）外界干扰下主轴转速出现随机和无规律性的波动。

（8）主轴不能进行变速。

12.4　机床精度检验

本节主要介绍一下数控车床的精度验收。精度验收主要包括几何精度验收、定位精度验收、切削精度验收等。

12.4.1　数控车床几何精度

安装就位的数控车床最后需经验收后方可交付使用。数控车床的验收是一项工作量大而复杂、技术要求较高的技术工作。一般是利用高精度的检测仪器，对车床机、电、液、气各部分的综合性能和单项性能进行检测，以及车床静、动刚度和热变形等一系列试验，最后做出综合评价。用户验收车床，主要根据车床出厂检验合格证上规定的验收条件，再根据实际具备的检测手段，部分或全部地检测车床合格证上的各项指标。

1．数控车床几何精度

数控车床的几何精度是综合反映车床各关键零部件经组装后的综合几何形状误差。其检测工具和方法与普通车床类似，但检测要求更高，检测工具量具更精密。常用的检测工具有精密水平仪、直角尺、精密方箱、平尺、平行光管、千分表或测微仪、高精度主轴心棒及刚性好的千分尺杆。检测工具的精度等级必须比所测的几何精度高一个等级。每项几何精度按照数控车床验收条件的规定进行检测。

2．数控车床几何精度检验项目

数控车床几何精度检验项目如表 12.5 所示，本精度检验标准依据 JB/1、8324.1—96《简式数控卧式车床精度》标准制定。

表 12.5　数控车床几何精度检验要求

序号	检验项目		示意图	检验方法	允差/mm	实测
G1	导轨精度	纵向：导轨在垂直面内的直线度		在溜板上靠近前导轨处，纵向放一水平仪，等距离（近似等于规定的局部误差的测量长度）。移动溜板，在全长上检验，将水平仪的读数依次排列，画出导轨直线误差曲线，曲线相对其两端点连线的最大坐标值即为导轨全长的直线度误差。曲线上任意局部测量长度的两端相对曲线两端点连线的坐标差值，即为导轨局部误差	$D_c \leqslant 500,\ 0.01$（凸） $500 < D_c \leqslant 1000$，0.02（凸）局部误差任意 250 测量长度上 0.0075 $1000 < D_c \leqslant 1\,500,\ 0.025$（凸）局部误差任意 500 测量长度上 0.015 D_c 每增大 1000，允差增加 0.01	
		横向：导轨的平行度		将水平仪横向放置在溜板上，等距离移动溜板进行检验，移动距同上，误差以水平仪读数的最大代数差值计	0.040/1000	

续表

序号	检验项目	示意图	检验方法	允差/mm	实测
G2	溜板运动在水平面内的直线度（尽可能在两顶尖间轴线和刀尖所确定的平面内检验）		将指示器固定在溜板上，使其测头触及主轴和尾座顶尖的检验棒表面上，调整尾座，使指示器在检验棒两端的读数相等。移动溜板在全部行程上检验。指示器读数的最大代数差值即为直线度误差	$D_c \leq 500$, 0.015 $500 < D_c \leq 1000$ 0.02 $1000 < D_c \leq 1500$, 0.0225 D_c 每增大 1000 允差增加 0.005	
G3	尾座移动对溜板移动的平行度：a 在垂直平面内；b 在水平面内		将指示器固定在溜板上，使其测头分别触及近尾座端的套筒表面，a 在垂直平面内，b 在水平面内，并锁紧套筒，使溜板与尾座一起移动，在溜板全 程上检验 a、b 误差，分别计算指示器在任意 500mm 行程和全部行程上的最大差值就是局部长度和全长上的平行度误差	$D_c \leq 1500$ 测量长度，a、b 为 0.03 在任意 500 测量长度上为 0.02 $D_c > 1500$，a、b 均为 0.04 在任意 500 测量长	
G4	主轴端部的跳动。a 为主轴的轴向窜动 b 为主轴轴肩支撑面的跳动		固定指示器使其测头触及 a 固定在主轴端部的检验棒中心孔内由钢球上，b 主轴轴肩支撑面上。沿主轴轴线施加力 F（100N）低速定转主轴检验 a、b 误差分别计算，误差以指示器读数的最大差值计	a 为 0.02 b 为 0.02 （包括轴向窜动）	
G5	主轴定心轴颈的径向跳动		固定指示器，使其测头垂直触及主轴定心轴颈上，沿主轴轴线施加力 F（100N），旋转主轴检验。误差以指示器读数的最大差值计	0.010	
G6	主轴锥孔轴线的径向跳动 a 靠近主轴端面 b 距 a 点 300mm 处		将检验棒插入主轴锥孔中，固定指示器，使其测头触及检验棒表面分别在 a、b 两处旋转主轴检验。拔出检验棒，相对主轴旋转 90° 重新插入主轴锥孔中，依次重复检验共 4 次，a、b 误差分别计算，误差以 4 次读数的平均值计（主、次平面均检验）	a 为 0.010；b 在 300 测量长度上为 0.020	

序号	检验项目	示意图	检验方法	允差/mm	实测
G7	溜板移动对主轴轴线的平行度。a 在垂直平面内，b 在水平面内		将指示器固定在溜板上，使其测头分别触及固定在主轴上的检验棒表面。移动溜板检验，将主轴旋转 180°，再同样检验一次；a、b 误差分别计算，误差以指示器两次读数的代数和的 1/2 计	在 300 测量长度上；a 为 0.02（检验棒外端只许向上偏）；b 为 0.015（检验棒外端只许向刀具方向偏）	
G8	主轴顶尖向跳动		顶尖插入主轴孔内，固定指示器，使其测头垂直触及顶尖锥面上，沿主轴轴线施加力 F（100N），旋转主轴检验，误差以指示器读数除以 $cosa$ 后的商计	0.015（0.013）	
G9	主轴与尾座两顶尖的等高度		在主轴和尾座顶尖间装入检验棒，将指示器固定在溜板上，使其测头在垂直平面内触及检验棒，移动溜板在检验棒的两端极限位置上检验，指示器在检验棒两端读数的差值就是等高度误差。 当 $D_c \leqslant 500$ 时，尾座应紧固在床身导轨的末端，当 $D_c > 500$ 时，尾座紧固在 $D_c/2$ 处，但最大不大于 2000mm。检验时，尾座套筒应退入尾库孔中，并锁紧。	0.040（只许尾座高）	
G10	尾座套筒轴线对溜板移动的平行度。a 在垂直平面内；b 在水平面内		尾座位置同G9，尾座套筒伸出至最大工作长度的一半并锁紧，指示固定在溜板上，使其测头触及套筒表面，a 在垂直平面内，b 在水平面内，移动溜板检验。a、b 误差分别计算，误差以指示器读数最大值计	在 100 测量长度：a 为 0.015（检验棒外端只许向上偏）；b 为 0.01（检验棒外端只许向刀具方向偏）	
G11	尾座套筒锥孔轴线对溜板移动的平行度。a 在垂直平面内；b 在水平面内		尾座位置同G9，套筒退入尾座孔中并锁紧，将指示器固定在溜板上，使其测头分别触及插入套筒锥孔的检验棒表面。a 在垂直平面内，b 在水平面内，移动溜板检验 a、b 误差分别计算，误差以指示器两次测量结果的代数和之半计	在 300 测量长度上：a 为 0.03（检验棒外端只许向上偏）；b 为 0.03（检验棒外端只许向刀具方向偏）	

序号	检 验 项 目	示 意 图	检 验 方 法	允差/mm	实 测
G12	横刀架横向移动对主轴轴线的垂直度	平盘直径为300mm	将平盘装在主轴上，指示器装在横滑板上，使其测头触及平盘，移动横滑板在全工作行程上进行检验。将主轴旋转180°，再同样检验一次。误差以指示器两次读数代数和之半计	0.020/300 $a° \geqslant 90°$	
G13	同转刀架工具孔轴线与主轴轴线的重合度。a在垂直平面内；b在水平面内		指示器装在主轴端部的专用检具上，使其测头触及刀架工具孔表面或触及紧密插入工具孔中的检验棒表面，旋转主轴，分别在垂直平面（a）内、在水平面（b）内检验（刀架依次转位）。a、b误差分别计算。误差以指示器读数最大差值之半计。检验时刀架尽量接近主轴端部，触头尽量靠近刀架，每个工具孔均需检验	a为0.030 b为0.030	
G14	回转刀架附具安装基面对主轴轴线的垂直度。a在垂直平面内；b在水平面内（只适用于刀架有工具孔的车床）		将指示器固定在主轴端部的专用检具上，使其测头触及刀架附具安装基面。分别在垂直平面（a）内、在水平面（b）内旋转主轴检验。a、b误差分别计算，误差以指示器读数的差计。检验时刀架尽量靠近主轴端部，每个工位均需检验	a、b均为0.025/100	
G15	回转刀架工具孔轴线对溜板移动的平行度 a.在垂直平面内 b.在水平面内（只适用于刀架有工具孔的车床）		检验棒紧密插入工具孔中，固定指示器，使其测头触及检验棒表面，移动溜板，分别在a垂直平面内，b水平面内进行检验；将检验棒转180°，再同样检验一次。误差以指示器二次读数和之半计，每个工具孔均需检验	a、b均为0.030	
G16	安装附具定位面的精度 a.安装基面和定位面对溜板移动的平行度 b.安装基面和定位面的位置同一度		固定指示器，使其测头分别触及安装基面和定位槽的定位面上。a移动溜板检验，安装面和定位面的误差分别计算，误差以指示器读数的最大差值计；b刀架转位检验，安装基面的定位面误差分别计算。误差以指示器在各面的同一位置上读数的最大差值计。每个工位均需检验	a在100mm测量长度上为0.020 b为0.025	

注：① D_a为车床最大回转直径，D_c为顶尖距。当实测长度与本标准规定的长度不同时，允差应根据《金属切削车床精度检验通则》的要求，按长度进行折算，结果小于0.005mm时，仍按0.005mm计。
② a为锥体半角，如使用60°锥角的顶尖，则可直接读取指示器读数，但应小于括号内的允差值。

3. 注意事项

（1）检测中应注意某些几何精度要求是互相牵连和影响的，如主轴轴线与尾座轴线同轴度误差较大时，可以通过适当调整车床床身的地脚垫铁来减少误差，但这一调整同样又会引起导轨平行度误差的改变。因此，数控车床的各项几何精度检测应在一次检测中完成，否则会造成顾此失彼的现象。

（2）检测中，还应注意消除检测工具和检测方法造成的误差，如检测车床主轴回转精度时，检验心棒自身的振摆、弯曲等造成的误差；在表架上安装千分表和测微仪时，由于表架的刚性不足而造成的误差；在卧式车床上使用回转测微仪时，由于重力影响，造成测头抬头或低头时的测量数据误差等。

（3）冷态和热态时，车床的几何精度是有区别的。检测应按国家标准规定，在车床预热状态下进行，即接通电源以后，将车床各移动坐标往复运动几次，主轴以中等的转速运转十几分钟后再检测。

12.4.2　数控车床定位精度

1. 数控车床定位精度

数控车床定位精度是测量车床运动部件在数控系统控制下所能达到的位置精度。根据一台数控车床实测的定位精度数值，可以判断出加工工件在该车床上所能达到的最好加工精度。

2. 定位精度主要检测项目

定位精度主要检测项目有直线运动定位精度、直线运动重复定位精度、直线运动轴机械原点的返回精度、直线运动矢动量。检测工具有测微仪、成组块规、标准长度刻线尺、光学读数显微镜和双频激光干涉仪等。

（1）直线运动定位精度　按标准规定，对数控车床的直线运动定位精度的检验应以激光检测为准，如图 12.2 所示。条件不具备时，也可用标准长度刻线尺进行比较测量，如图 12.2 所示，这种方法的检测精度与检测技巧有关，一般可控制在（0.004～0.005）/1000。而激光检测的测量精度可比标准长度刻线尺检测精度高 1 倍。

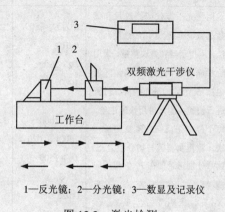

1—反光镜；2—分光镜；3—数显及记录仪

图 12.2　激光检测

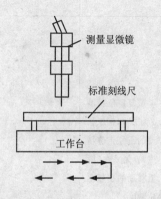

图 12.3　标准长度刻线尺比较测量

为反映多次定位中的全部误差，ISO 标准规定每一个定位点按 5 次测量数据计算出平均值和离散差±3σ，画出其定位精度曲线。测定的定位精度曲线还与环境温度和轴的工作状态有关。如数控车床的丝杠的热伸长为（0.01～0.02）mm/1000mm，而经济型的数控车床一般不能补偿滚动丝杠的热伸长，故有些数控车床采用预拉伸丝杠的方法来减少其影响。

（2）直线运动重复定位精度　该精度是反映坐标轴运动稳定性的基本指标，而车床运动稳定性决定着加工零件质量的稳定性和误差的一致性。

一般检测方法是在靠近各坐标行程的中点及两端的任意 3 个位置进行测量，每个位置用快速移动定位，在相同的条件下重复做 7 次定位，测出定位点的坐标值，并求出读数的最大差值。以 3 个位置中最大差值的 1/2，取"±"号后，作为该坐标的重复定位精度。

（3）直线运动轴机械原点的返回精度　数控车床每个坐标轴都应有精确的定位起点，即坐标轴的原点或参考点，它与程序编制中使用的工件坐标系、夹具安装基准有直接关系。数控车床每次开机时原点复归精度应一致，因此对原点的定位精度要求很高。此项检验的目的一是检测坐标轴原点的复归精度，二是检测原点归的稳定性。

（4）直线运动矢动量　坐标轴直线运动矢动量又称为直线运动反向误差，是进给轴传动链上驱动元件的反向死区以及机械传动副的反向间隙和弹性变形等误差的综合反映。该误差越大，定精度和重复定位精度就越差。如果矢动量在全行程上分布均匀，可通过数控系统的反向间隙补偿功能予以补偿。

数控车床定位精度检验项目如表 12.6 所示。

表 12.6　数控车床定位精度检验项目

序号	检验项目	示 意 图	检验方法	允差（mm）	实 测
G17	刀架回转的重复定位精度 a 为 x 轴方向 b 为 z 轴方向		检验棒紧密装入刀架的工具孔或附具孔中，固定指示器，使其测头沿刀架回转切线方向触及检验棒表面上，记下指示器读数，将刀架由测试位置移出转位 360°，再移至测试位置，记录读数，每个位置至少检验 7 次，a、b 误差分别计算，误差以指示器读数最大差值计。每个工位均检验	a、b 均为 0.010	
G18	重复定位精度 a 为 z 轴（溜板移动的重复定位精度）b 为 x 轴（滑板移动的重复定位精度）		用激光干涉仪或线纹尺和读数显微镜测量，采用线性循环方法，用指示器和量块测量，采用阶梯循环方法在正常工作区域内按 5 个均匀分布的目标位置进行检验；测量时用快速进给，每个位置正向各重复测量 5 次，测量实测值与指令值之差；读数分别记录如在 P_j 位置正向测得 5 个读数，记为 $X_{1j}\uparrow, X_{2j}\uparrow, X_{3j}\uparrow, X_{4j}\uparrow, X_{5j}\uparrow$；反向测得 5 个读数，记为 $X_{1j}\downarrow, X_{2j}\downarrow, X_{3j}\downarrow, X_{4j}\downarrow, X_{5j}\downarrow$；求平均化置偏差；	a 为 $D_c\leqslant500$，0.010 $D_c>500\sim1000$，0.016 $D_c>1000\sim1500$，0.020 $D_c>1500\sim2000$，0.025 $D_c>2\,000$，0.025 b 为 0.012	

序号	检验项目	示　意　图	检验方法	允差（mm）	实　测
G18	重复定位精度 a 为 z 轴（溜板移动的重复定位精度）b 为 x 轴（滑板移动的重复定位精度）		$\overline{X}_j \uparrow = \frac{1}{5}\sum\limits_{i=1}^{5} X_{ij} \uparrow$ $\overline{X}_j \downarrow = \frac{1}{5}\sum\limits_{i=1}^{5} X_{ij} \downarrow$ 求标准偏差 $s_j \uparrow = \sqrt{\frac{1}{4}\sum\limits_{i=1}^{5}\left(X_{ij}\uparrow - \overline{X}_j\uparrow\right)^2}$ $s_j \downarrow = \sqrt{\frac{1}{4}\sum\limits_{i=1}^{5}\left(X_{ij}\downarrow - \overline{X}_j\downarrow\right)^2}$ 重复定位 精度 R 以 $6s_j\uparrow$ 或 $6s_j\downarrow$ 各位置中最大值计	a 为 $D_c \leqslant 500$, 0.010 $D_c > 500 \sim$ 1000, 0.016 $D_c > 1000 \sim$ 1500, 0.020 $D_c > 1500 \sim$ 2000, 0.025 $D_c > 2\,000$, 0.025 b 为 0.012	
G19	反向偏差 B a 为 X 轴 b 为 Z 轴		反向偏差	a 为 $D_c \leqslant 500$, 0.015 $D_c > 500$, 0.020 b 为 0.013	
G20	定位精度 A		轴线的定位精度 A 是在轴线上规定长度内，任意位置（$\overline{X}_j + 3s_j$）的最大值与任意位置（$\overline{X}_j - 3s_j$）最小值的差值，即 $A = (\overline{X}_j + 3s_j)_{\max} - (\overline{X}_j - 3s_j)_{\min}$	a 为 $D_c \leqslant 500$, 0.032 $D_c > 500 \sim$ 1000, 0.040 $D_c > 1000 \sim$ 1500, 0.045 $D_c > 1500 \sim$ 2000, 0.050 b 为 0.030	

参考文献

[1] 单岩，王卫兵. 实用数控编程技术与应用实例. 北京：机械工业出版社，2003.

[2] 陈宏钧，马素敏. 车工操作技能手册. 北京：机械工业出版社，1998.

[3] 王卫兵. 数控编程100例. 北京：机械工业出版社，2003.

[4] 华茂发. 数控机床加工工艺. 北京：机械工业出版社，2000.

[5] 王爱玲. 现代数控机床实用操作技术. 北京：国防工业出版社，2002.

[6] 廖卫献. 数控车床加工自动编程. 北京：国防工业出版社，2002.

[7] 宋放之等. 数控工艺培训教程(数控车部分). 北京：清华大学出版社，2003.

[8] 高凤英. 数控机床编程与操作. 南京：东南大学出版社，2002.

[9] 吴道全等. 金属切削原理与刀具. 重庆：重庆大学出版社，1999.

[10] 黄鹤汀. 金属切削机床. 北京：机械工业出版社，2002.

[11] 张超英. 数控车床. 北京：化学工业出版社，2003.

[12] 龚仲华. 数控技术. 北京：机械工业出版社，2004.

[13] 徐宏海. 数控加工工艺. 北京：化学工业出版社，2004.

[14] 张超英，罗学科. 数控加工综合实训. 北京：化学工业出版社，2003.

[15] 刘雄伟等. 数控加工理论与编程技术. 北京：机械工业出版社，2001.

[16] 关颖. FANUC数控车床. 辽宁：辽宁科技出版社，2005.

[17] 韩鸿鸾. 基础数控技术. 北京：机械工业出版社，2000.

[18] 杨琳. 数控车床加工工艺与编程. 北京：劳动和社会保障出版社，2005.

[19] 韩鸿鸾. 数控车床应用基础. 济南：山东科学技术出版社，2001.

[20] 卢斌. 数控车床及其使用维修. 北京：机械工业出版社，2001.

[21] 夏庆观. 数控车床故障诊断与维修. 北京：高等教育出版社，2002.

[22] 孙汉卿. 数控车床维修技术. 北京：机械工业出版社，2000.

读者意见反馈表

书名： 数控车床操作工（中级）　　　　　**主编：** 于万成　　　　　**策划编辑：** 杨宏利

> 谢谢您关注本书！烦请填写该表。您的意见对我们出版优秀教材、服务教学，十分重要。如果您认为本书有助于您的教学工作，请您认真地填写表格并寄回。**我们将定期给您发送我社相关教材的出版资讯或目录，或者寄送相关样书。**

个人资料

姓名_____年龄_____联系电话_____（办）_____（宅）_____（手机）

学校_____专业_____职称/职务_____

通信地址_____ 邮编_____ E-mail_____

您校开设课程的情况为：

本校是否开设相关专业的课程　□是，课程名称为_____　□否

您所讲授的课程是_____课时_____

所用教材_____出版单位_____印刷册数_____

本书可否作为您校的教材？

□是，会用于_____课程教学　　□否

影响您选定教材的因素（可复选）：

□内容　　　　□作者　　　　□封面设计　　□教材页码　　　□价格　　　　□出版社

□是否获奖　□上级要求　□广告　　　　□其他_____

您对本书质量满意的方面有（可复选）：

□内容　　　　□封面设计　　□价格　　　□版式设计　　　□其他_____

您希望本书在哪些方面加以改进？

□内容　　　　□篇幅结构　　□封面设计　　□增加配套教材　　□价格

可详细填写：_____

_____

您还希望得到哪些专业方向教材的出版信息？

_____

感谢您的配合，可将本表按以下方式反馈给我们：

【方式一】电子邮件：登录华信教育资源网（http://www.hxedu.com.cn/resource/OS/zixun/zz_reader.rar）下载本表格电子版，填写后发至 ve@phei.com.cn

【方式二】邮局邮寄：北京市万寿路 173 信箱华信大厦 902 室 中等职业教育分社 （邮编：100036）

如果您需要了解更详细的信息或有著作计划，请与我们联系。

电话：010-88254475；88254591

反侵权盗版声明

　　电子工业出版社依法对本作品享有专有出版权。任何未经权利人书面许可，复制、销售或通过信息网络传播本作品的行为；歪曲、篡改、剽窃本作品的行为，均违反《中华人民共和国著作权法》，其行为人应承担相应的民事责任和行政责任，构成犯罪的，将被依法追究刑事责任。

　　为了维护市场秩序，保护权利人的合法权益，我社将依法查处和打击侵权盗版的单位和个人。欢迎社会各界人士积极举报侵权盗版行为，本社将奖励举报有功人员，并保证举报人的信息不被泄露。

举报电话：（010）88254396；（010）88258888

传　　真：（010）88254397

E-mail：　dbqq@phei.com.cn

通信地址：北京市万寿路 173 信箱

　　　　　电子工业出版社总编办公室

邮　　编：100036